神々の歩法

宮澤伊織

一面の砂漠と化した北京。廃墟となった紫禁城に、アメリカ軍の最新鋭戦争サイボーグ部隊が降り立った。標的は、魚座の超新星爆発の影響で吹き飛ばされた高次元知性体が、地球に落下し人間と融合した“憑依体”。その圧倒的な戦闘能力に対し、なす術もなく倒れゆく部隊員たちの眼前に、突如青い炎を曳いて少女ニーナが現れた。自身も憑依体となりながら理性を保つニーナの協力を得て、部隊員たちは世界各地に現れる憑依体に挑んでいく……。〈裏世界ピクニック〉著者による、第６回創元ＳＦ短編賞受賞作にはじまる本格アクションＳＦ連作長編！

神々の歩法

宮澤伊織

創元ＳＦ文庫

WALKS LIKE A SALAMANDER

by

Iori Miyazawa

2022

目次

神々の歩法

神々の歩法

西暦二〇三〇年　中華人民共和国　北京市

1

砂嵐の中を一台の六輪装甲車が進んでいた。

生身の人間であれば一瞬も目を開けていられない砂嵐だ。幅広いタイヤを履《は》いた装甲車の表面は、黄砂《こうさ》に叩かれて生じた細かい傷で隙間なく覆われている。

焼けたエンジンオイルの臭気漂う車内には、十二人の異形《いぎょう》の男たちが、押し黙って座っていた。いずれも、決して広くはない車内空間を押し潰《つぶ》さんばかりの巨体であり、ひどく歪《ゆが》んだシルエットの持ち主だった。

「諸君《ボーイズ》」

不意に、運転席の男が沈黙を破った。

「到着した」

運転席に並ぶ小さなディスプレイの中、視界を阻《はば》む砂の幕を割って、白大理石の欄干《らんかん》が並ぶ紅殻《ベンガラ》の城壁が姿を現した。

黄瑠璃瓦《おうるりがわら》の屋根はあちこち剝《は》がれ落ちて、砂の上に散らばっている。

粒子の粗い画像でもその特徴的な姿は見誤りようがない。天安門である。

清《しん》王朝時代の宮殿、紫禁城《しきんじょう》への入り口であるこの巨大な建造物は、広大な天安門広場とも砂に埋もれていた。砂上に顔を出した城門は、本来の高さの四分の三にすぎない。

北京《ペキン》が棄《す》てられて、一年にも満たない。

だが、今やこの地の住人は、乾いた風と砂のみである。


かつて毛沢東《もうたくとう》の肖像画が人民を見下ろしていた門前に、装甲車はタイヤを滑らせながら停車した。横腹のドアが開くと同時に、オブジェクティブ個人戦闘火器《OICW》を構えた男たちが次々と飛び出し、素早く散開する。

砂嵐を通した陽光が作り出す偽り《いつわ》の黄昏《たそがれ》に身を晒《さら》した彼らは、みな奇妙な姿をしていた。全身を覆い尽くす装甲は鎧《よろい》というより生物の甲殻じみていて、二本の足で歩く古代の甲冑魚《かっちゅうぎょ》を思わせる。頭部の形状にも人間の面影は残っていない。呼吸用の開口部をぴたりと閉ざし、視覚センサーを防塵《ぼうじん》シャッターで保護した顔からは、一切の表情を読み取ることができなかった。

《よし、諸君》

口を開かず、指揮官が言う。
《デューンブレード着用。行くぞ》
折りたたまれていた高周波ブレードが、音を立てて全員の足に装着される。男たちは間隔の広い菱形隊形をとり、高速で移動を開始した。彼らの背後では、無人となって残された装甲車がドアを閉ざし、自動的に警戒待機モードに移行する。角張《かくば》った砲塔が滑《なめ》らかに回転し、一〇五ミリ滑腔砲《かっこうほう》と各種センサーで周囲を睥睨《へいげい》する。

砂の海を横切り、天安門をあとにして、分隊は紫禁城の敷地内へと侵入した。

巻き上げられた砂塵《さじん》越しに、いくつもの廃墟がぼんやりと見えている。

彼らの眼前に横たわるのは、七十二万平方メートルの敷地内に立ち並ぶ六十以上の宮殿と楼閣《ろうかく》、そして巨大な広場の集合体だったものだ。

明《みん》・清の時代の王宮だった紫禁城は、国の名前が変わったあとも、長らく博物館として保存されていた。ほんの一年前までは、多くの観光客がこの広大な城内を歩いていたのだ。

そのすべてが、今や無人の廃墟となった。

宮殿の壁は崩れ、庭園を見下ろす楼閣は倒壊し、黄砂の毛布に分厚く覆われている。

分隊長《スクワッドリーダー》であるオブライエン少佐の視界には、すべての部下からの戦術情報が切れ目なく流れ込んでくる。彼はほとんど意識することなくそれを受け止め、補助プログラムにまかせて次々と濾過《ろか》していった。整形された情報は優先度順に処理され、チーム全員が戦域ネットを通じて共有する地図をアップデートする。最初は真っ白だった地図が、十二人分の情報によってみるみる埋められ、分隊の進路に沿って色づいていく。

データのやりとりと並行して、共有回線では部下たちの会話が飛び交っていた。

《十時の廃墟に動体。――クリア。問題ない、ただの鳥だ》

《本物の鳥か？　無人機じゃなかったか？》

《馬鹿にするな。熱で確認済みだ》

《わからんぞ。奴は生身の鳥をコントロールできるかも》

《よせよ、そんなことを言い始めたら、出会う生き物すべて殺さなきゃならん》

《殺されるよりはましさ》

《なんだ、もう戦闘神経症か？》

《うるせえ、言ってろ》

《なんだ、いいアニメを教えてやろうと思ったのに。スゲエ安らぐやつ》

《よし、それは教えろ……》

罵倒《ばとう》混じりの会話は、落ち着いた冷静なものだった。よく恐怖を抑えていると言っていいだろう。オブライエンは自分の部隊に誇りを覚えた。実際、恐怖して然《しか》るべきなのだ。彼らが戦わねばならない相手は、およそ人知を超えた能力を持つ敵なのだから。

彼らの敵は、人ではない。

彼らが殺しに来たのは、ある種の神だ。

神の名は、エフゲニー・ウルマノフ。ウクライナの農夫だった男である。

首都から離れた寒村に生まれ、幼なじみと結婚し、娘を二人授かった、信心深い誠実な男。

目立つところなど一つもない、善人ではあるが平凡な男。

――かつては、そうであった。

いまはもう、そうではない。

農夫エフゲニー・ウルマノフはもはや存在しない。いまのエフゲニー・ウルマノフは、地上に降りた一柱《ひとはしら》の狂える神だ。


見学者用のコーヒーショップの幌《ほろ》が、砂嵐にあおられて、ばたばたとはためいている。

通過する一行を、砂に磨かれた青銅の獅子像が見送った。

踏む者もない砂の上を、真新しいデューンブレードの軌跡が切り裂いていく。

合衆国特殊作戦軍《USSOCOM》・陸軍特殊作戦軍団《USASOC》ＡＯＦ、アドバンスト・オブジェクティブ・フォース。それが彼らの所属する組織だ。ウォーボーグ――全身を徹底的にチューンアップした戦争サイボーグのみで構成された部隊である。オブライエンＳＬ率いるデザートガンナー分隊の十二人は、その中でも選《え》りすぐりの精鋭だった。

しかし、その全員をもってしてさえ、彼らが追うたった一人の男に伍《ご》することができるかどうか――。

北京を滅ぼしたのは、他ならぬエフゲニー・ウルマノフなのだ。

その日の北京は晴れていた。いつも上空に垂れ込めている砂塵と汚染物質のスモッグが、南からの風に吹き払われ、珍しい青空が広がっていたのだ。

いつもなら空を見上げることもない都市の人民も、この日ばかりは顔を上げ、春の日差しに目を細めた。

そして、炎の尾を曳《ひ》いて天翔《あまかけ》る人影を目撃し、我と我が目を疑った。

何かの見間違いでもなく、人騒がせなアドバルーンでもないことはすぐに知れた。見守るうちに、人民解放軍の殲十《J10》が二機上がったのだ。

殲十のパイロットも、未確認機がまさか人の姿をしているとは思わなかっただろう。

まして、その男が自分たちを攻撃してくるなどとは。

見る者の目に緑の残像を焼き付けて、炎の筋が空中を走った。

二機の戦闘機は同時に赤い稲妻に打たれ、火の玉と化した。二機は煙で描かれた軌跡を交差させながら落下し、北京東西の住宅密集地にそれぞれ墜落した。

ここに至って、北京市民も、頭上で尋常ではない事態が起こっていることに気づいた。しかし、その意味を理解できる者は誰もいなかった。

二千万人の目が呆然《ぼうぜん》と見上げる中、空を歩く男は、ゆっくりとステップを踏み始めた。力強く、優雅な、狂気を秘めた舞いだった。その動き、そのリズム自体に何らかの力があった。見上げる誰もが魅了され、同時に、高まりゆく恐怖に鳥肌を立てた。都市を埋め尽くす群衆は静まりかえっていた。避けられないカタストロフの予感が人々を凍りつかせ、口を縫《ぬ》いつけているかのように。

やがて男の足取りに呼応するように、都市に破滅が訪れた。

突如、二機の戦闘機の墜落現場から巨大な火柱が立ち昇り、異常な速度で都市の中心部へ燃え広がり始めたのだ。炎は分岐し、飛び火し、数分のうちに、この巨大な都市全体を焦熱地獄に変えた。

生きながら焼かれる二千万人の絶叫は、天を揺るがすばかりだった。

燃え上がる都市の上で、男はなおも踊っていた。

男は笑った。笑いながら言った。

我はエフゲニー・ウルマノフ。

我は神なり。

衛星軌道からの映像には、北京の上に深々と印《しる》された炎の刻印が映し出されていた。

まるで炎のインクで描かれた魔法陣か、あるいは、かつてイギリスの麦畑に現れたミステリー・サークルを思わせる幾何学《きかがく》模様が。
神の足跡――それはすぐに、そう呼ばれるようになった。

2

たった一人の男によって一国の首都が壊滅《かいめつ》させられたこの事件は隠蔽《いんぺい》しようもなく、人類社会を震撼《しんかん》させた。

世界中のインテリジェンス機関が男の正体を明かすべく奔走《ほんそう》した。

北京壊滅の数週間前から、東欧から中央アジアを経てシベリアに至るまで、同じような幾何学的な痕跡を印されて、孤立した小集落や森林がいくつも破壊されていた事実が明るみに出た。独立した奇妙な火災として扱われていたそれらは、連続した事象の一環だったのだ。時系列を逆に辿《たど》っていくと、「足跡」はウクライナの小村《しょうそん》に行き着いた。この村もやはり焼き尽くされていた。生存者は一人もおらず、行方不明者の短いリストの中に、かのエフゲニー・ウルマノフの名が見出された。

ここがすべての始まりだった。一介の農夫だった男は、生まれ育ったこの村で、神としての一歩を踏み出したのだ。

よき夫。よき父親。よき隣人。農夫エフゲニー・ウルマノフ。

──かつては、そうであった。

いまはもう、そうではない。

北京を破壊しつくしたのち、エフゲニー・ウルマノフは、廃墟となった紫禁城を拠点として、古城をねぐらとする空飛ぶ魔物の如《ごと》く、環《かん》太平洋から東欧諸国、アラビア半島までの広い範囲に向けて、気まぐれな破壊の手を伸ばした。犠牲となる地域の選定に基準らしきものは見受けられず、人々はいつ襲い来るかわからない死に怯《おび》え、人の形をした魔神の姿がないかと、絶えず空に目を凝《こ》らすようになった。

もはや一刻の猶予もなかった。この神を、殺すしかない。

しかし、通常兵器による攻撃は困難を極めた。エフゲニー・ウルマノフが放つプラズマジェットの奔流は、戦車や攻撃機をバターのように切り裂いた。高高度からの巡航ミサイルや艦砲射撃は、人間サイズの敵を狙い撃つにはまるで向いていなかった。やがていかなる力によるものか、北京上空は永続的な砂嵐に覆われるようになり、精密爆撃も無人機での攻撃も不可能になった。

エフゲニー・ウルマノフを倒すには、相手に匹敵する運動性能を備えた兵器が必要だ。せめて、地上でだけでも──。その条件を満たすのは、戦争サイボーグだけだった。

政権中枢が崩壊した中国は、上海《シャンハイ》に臨時政府を置いたが、人民解放軍の内部統制で手一杯になり、エフゲニー・ウルマノフ対策に充分なリソースを割《さ》くことができない。やむなく臨時政府はアメリカに援助を要請するに至った。

当然、これにはロシアが強く反発したが、逆にロシアの介入はアメリカとＮＡＴＯが許さなかった。それに、ウォーボーグの実戦運用において最も経験を積んできたのが、米軍であることは間違いなかった。派遣の名目は、人道支援。ＡＯＦの精鋭たちが、〝神殺し〟部隊として投入されることになったのである。

十二名の兵士は密《ひそ》やかに砂の上を滑り、紫禁城内廷の壁際で停止した。

龍の浮き彫りを施《ほどこ》された緑の壁に沿って移動した彼らは、開け放たれた窓に到達すると、素早く、静かに、言葉を交わすこともなく、次々と宮殿内へ突入していった。

建物の内部にも、砂は厚く積もっていた。ウォーボーグたちは窓から吹き込む突風と化して通廊を滑走し、清朝時代の調度品が並ぶ部屋部屋を次々と制圧《クリア》する。閉め切られた鎧戸を開け、地下室を照らし出し、階段を上がり、油断なくＯＩＣＷを構えながら、廃墟と化した大伽藍《だいがらん》の空間を切り分けていく。二メートルを超す巨体が嘘のように、誰もが足音ひとつ立てない。

《なぜ奴はこんな場所をねぐらにしてるんだ？》

分隊の回線上では、今までも何度となく取り沙汰されてきた話題がまた蒸《む》し返されていた。
《砂だらけじゃねえか。ネヴァダやサウジで慣れちゃいるが、生き物がわざわざ棲《す》むところじゃねえだろ、砂漠なんて》
《博物館が見たかったんじゃないのか》
《閉館しちまったじゃねえか。普通に入場料払って来ればよかっただろ》
《故宮《こきゅう》の宝物が目当てだったとか》
《昔ここは世界の中心だったからな。神を名乗ってる奴ならここに玉座《ぎょくざ》を置きたいんじゃないか？》
《キエフかモスクワの方が近いのに？》
《皇帝溥儀《ふぎ》に隠し子がいたってのはどうだ。『王の帰還《RotK》』ってやつだ》
《ウクライナ人がラストエンペラー？　なんでそんなことになるんだよ》
《逃げてきたんじゃねえか？　犯罪者も砂漠に潜伏することがある》
《バカ言え。あの化け物が何から逃げる必要があるってんだ》
と、分隊の先に立つ斥候《フロントマン》のアードバークが、一行を制止した。
アードバークに随伴し、彼の目となる小鳥サイズの無人機が、進行方向に目標の姿を捉えたのだ。
回線上に沈黙が満ちる。

ウォーボーグたちはゆっくりと目標との距離を詰めていく。

真っ赤に塗られた柱に囲まれた城内の中庭。広さは五十メートル四方ほどか。何もない空間の中央に、一人の男が立っていた。

男は太極拳の演舞のような、緩《ゆる》やかな舞いを舞っていた。身につけているのは、質素なズボンだけだ。上半身はむき出しで、引き締まった筋肉を覆う皮膚には玉の汗が浮いている。踏み出す足を始点として、まるで水面を歩くかのように、砂の上に波紋が広がっていく。

「出てこい、おまえたち」

エフゲニー・ウルマノフが言った。

オブライエンはつかの間ためらった。彼らの第一の任務は、エフゲニー・ウルマノフとの直接戦闘ではない。

「来ないなら、こちらから行くぞ」

その一言で、オブライエンは決断を下した。OICWをぴたりと照準したまま、慎重に中庭に足を踏み出す。背後では部下たちが柱で遮蔽《しゃへい》を取りながら散開している。

頭上では砂嵐が荒れ狂っているのに、中庭は無風だ。エフゲニー・ウルマノフが何らかの力を及ぼしているに違いない。静かな中庭に、さらさらと砂が鳴る。

男の若々しい姿に、オブライエンは内心驚いた。エフゲニー・ウルマノフは既《すで》に五十代半ばだったはずだ。それがどうだろう、目の前の男の鍛《きた》え抜かれた肉体は、どう見ても二十代のものだ。

「どこの軍隊だ？　おれを殺しに来たのか」

砂上の演舞はさらに緩やかなものになっていたが、動きは止まらない。地面を走る波紋は、中庭一面に複雑な紋様を描いていた。北京を、そして多くの都市を踏みつけた、あの恐ろしい炎の足跡を彷彿《ほうふつ》とさせる紋様を。

「いいだろう。やるがいい――おまえたちに、最初の一撃の権利を与える」

相手の傲慢な口上《こうじょう》が終わる前にオブライエンは引金を絞った。二十五メートルという至近距離から、ＯＩＣＷの五・五六ミリ対人スチールコア弾が、顔面と心臓に向かって叩き込まれた。

着弾の瞬間走った閃光《せんこう》は、視覚センサーの光量補正が追いつかないほど強烈だった。弾丸がエフゲニー・ウルマノフの身体《からだ》に達する寸前、高熱の壁にぶつかったように熔《と》け、瞬間的に蒸発したのだ。

「それだけか？」

周囲の回廊から、ウォーボーグたちは一斉《いっせい》に射撃を再開した。連続する銃声がすべての音を圧倒する。だが次の瞬間、その銃声さえをも掻《か》き消すほどの音が炸裂《さくれつ》した。

それは声だった。笑いだった。

降り注ぐ銃弾の中で、エフゲニー・ウルマノフが笑っていた。

「では、こちらの手番《てばん》だ」

エフゲニー・ウルマノフが足を踏み出した。ふたたび砂が波立つ。オブライエンは本能的に飛びすさった。まずい、退《ひ》け――そう言おうとしたとき、二人の部下が鋼《はがね》の疾風《しっぷう》と化して突進する姿が見えた。パンゴリンとフェネックだ。巨体がふわりと宙に舞い、蹴りつける。デューンブレードが高周波の唸りを上げる。エフゲニー・ウルマノフは真っ正面から迎え撃った。ブレードを受け流し、三百キログラムはあるパンゴリンを回廊まで軽々と蹴り飛ばすと、同時にフェネックをその場に叩き落とした。

空気が大きく揺らいだ。起き上がろうとしていたフェネックの身体から、轟然《ごうぜん》と火柱《ひばしら》が立ち昇った。装甲の内側から炸裂する炎だった。

「フェネック!」パンゴリンが叫んで跳《は》ね起きた。

[server] > bye > fennec
[server] > fennec disconnect

戦域ネットにシステムメッセージが流れ、フェネックの接続切断を知らせる。

既にフェネックはぴくりとも動かず、燃え盛る炎の中でしゅうしゅうぱちぱちと音を立て

ている。

エフゲニー・ウルマノフの周囲の空気が揺らぎ、炎の鞭《むち》が出現した。

戦争サイボーグは戦場の王として恐れられる。人としての肉体を基礎的な部分から再設計、再構築した彼らは、武術の達人の身体機能と情報化歩兵部隊のチームワーク、電子戦機なみの情報処理能力を併《あわ》せ持つ高機動兵器だ。

もともと、彼らは対ドローン戦闘のために開発された次世代歩兵だった。既存の兵器の地位を急速に奪った無人機は、その隠密性と運動性能、量産性によって、あっという間に歩兵に対する重大な脅威と化した。殺傷力を持つ高機動無人兵器に対抗するためには、歩兵一人一人の身体能力を増強する必要があった。

戦争サイボーグの歴史は二十世紀後半にまで遡《さかのぼ》る。ネヴァダの砂漠、機密まみれの兵器試験場でひっそりと進められてきた改造歩兵技術の蓄積は、対ドローン戦という舞台を得て一気に花を開いたのだ。米軍AOFは身体補綴《ほてつ》テクノロジーの軍事利用が最も発達した部隊であり、地球上で最強の人間たちと言ってよかった。

しかし、敵の戦闘能力は彼らをはるかに凌駕《りょうが》していた。エフゲニー・ウルマノフは炎の竜巻となって、ウォーボーグたちを叩き伏せ、引きちぎり、投げ飛ばした。断続的な銃声と罵《ば》声《せい》が飛び交う中、彼らは次々と炎に包まれ、敵に傷ひとつ負わせられないまま、一人、また一人と倒れていった。

炎と煙の渦巻く中で、エフゲニー・ウルマノフがオブライエンに目を向けた。

「待たせたな、リーダー。おまえの番だ」

そのときだった。

青く炎の尾を曳《ひ》いて——彼女が、降臨した。

3

エフゲニー・ウルマノフが、突然、何かに驚いたように頭上を振り仰いだ。

釣られて見上げたオブライエンの視界に、青い輝きに包まれた人影が映った。

人影はゆっくりと降下してきた。オブライエンは目を見張った。年端《としは》もゆかぬ少女だった。白人、十代なかば。飾り気のない白のワンピース姿。肩くらいの長さの淡い金髪がふんわりとなびいている。

オブライエンの目の高さまで降りてきた少女の足は、炎に包まれていた。透《す》き通った、青い炎だ。

少女の足が地に着いた。靴を履いていない小さな足が踏んだ砂地に、熔けたガラス質のきらめきが残った。左のくるぶしに嵌《は》められたアンクレットが、揺らぐ炎の中で熔けることもなく金色に輝いている。

——幻覚か？　まずオブライエンはそう疑った。少女の姿が、あまりにもこの戦場にそぐわなかったからだ。まるでアニメから抜け出してきたかのようだった。オブライエンを始め、彼らは、こういう少女たちのじゃれ合うアニメをよく見ていた。そうしたアニメは高ストレス下での鎮静効果が高いため、各国で兵士のメンタルケアに使われているのだ。過酷な任務から帰ると、架空のアイドルたちの活躍を見て、兵士たちは涙を流す。日本の商業アニメは生産体制の崩壊でほぼ全滅したが、今ではハリウッドと台湾から大量に供給されていた。

しかし、どうやら幻覚ではないようだ。オブライエンだけではない、エフゲニー・ウルマノフもこの少女を認識している。実際に、この場に存在するのだ。

少女は臆《おく》する様子もなく、エフゲニー・ウルマノフに近付いていった。男の表情は変わらなかったが、そこには疑念の影が射していた。

向かい合った二人はよく似ていた。外見ではない。人ならぬものの光輝が、存在そのものの内側から噴き上がっている。オブライエンには、彼らが同種同類であるようにしか見えなかった。

エフゲニー・ウルマノフの顔を、恐れとも歓《よろこ》びともつかぬ表情がちらりとよぎった。

「おまえは——」と言ってためらい、言葉を切った。

「ええ」少女は頷《うなず》き、落ち着き払った口調で言った。「何をしに来たかはわかってるわね」

「いいや。何をしに来た？」

「あなたを殺しに、エフゲニー・ウルマノフ」

エフゲニー・ウルマノフは日焼けした顔を仰向かせ、からからと笑った。そして言った。

「──舐《な》めるな」

エフゲニー・ウルマノフが炎の鞭を振り下ろした。

白熱する力線が少女の頭上に襲いかかる。少女は素早く片手をかざした。手のひらが炎に触れた瞬間、青い輝きが燦爛《さんらん》と迸《ほとばし》った。

炎は受け止められていた。

もう片方の手がすっと伸び、兵士たちが束《たば》になっても破れなかった不可視の障壁を通り抜けて、エフゲニー・ウルマノフの身体に触れた。

エフゲニー・ウルマノフが絶叫して身をもぎ離した。少女の手が触れた箇所が、ひどく焼けただれている。

少女は逃れようとする相手にさらに歩み寄り、両手のひらから噴き出した青い炎を二本の刃物のように振るった。

砂の上に鮮血が飛び散った。

斬《き》られた！　斬られている！　オブライエンは愕然《がくぜん》と目の前の光景を凝視した。あの魔神エフゲニー・ウルマノフが、斬られて血を流しているのだ！

　エフゲニー・ウルマノフは傷口から血を流しながら悲鳴を上げ、やがてぐらりと傾き、膝《ひざ》を突き、うつぶせにくずおれた。傷口をかばうように身を丸めたその姿は、驚くほど無防備に見えた。

　少女は無表情に相手を見下ろした。

　そこでオブライエンは気付いた。

　少女の足が、震えていることに。

　北京を壊滅させた男を叩き伏せ、足下に這《は》わせるほどの力を持つというのに、少女は怯えているのだった。

　少女は深く息を吸い込むと、意を決したように、燃える片足を上げ、うつぶせられたエフゲニー・ウルマノフの頭へと踏み下ろそうとした。

　獣《けもの》の咆哮《ほうこう》を発して、エフゲニー・ウルマノフが跳ね上がった。少女は身をかわす間もなく吹き飛ばされ、回廊の太い石柱に激突した。石柱が真っ二つに折れ、崩れ落ちた回廊の屋根が少女の姿を覆い隠す。

　エフゲニー・ウルマノフは怒りと苦痛に叫びながら、屋根を飛び越えて見えなくなった。声と一緒に、気配が遠ざかっていく。

　不意に訪れた静寂の中、オブライエンは破壊された回廊に歩み寄った。少女を埋め尽くした瓦礫《がれき》はぴくりとも動かない。梁《はり》と瓦と石でできた小山の前で、彼はつかの間立ち尽くした。

「分隊長」後ろからの声に、オブライエンはぎくりとして振り向いた。パンゴリンだった。

「無事だったか」

「無事とは言えません。かなりやられました」

「他に生き残りは？」

「ＰＩＮＧを飛ばしているんですが、反応がありません」

「接続が切れただけかもしれん。探そう」

「ええ――その、そいつはどうするんです？」

オブライエンは改めて瓦礫の山に目を戻した。少し考えてから言った。

「放っておくわけにもいかんだろう」

「あのウクライナ人の同類ですよ」

「敵の敵は味方かもしれん」

パンゴリンは肩をすくめた。

「了解。せいぜい恩を売ってみることにしましょう」

二人の強力な腕は、重機《じゅうき》のように瓦礫の山を掘り崩していった。なかばまで掘ったところで、分隊の生き残りがさらに二人――アードバークとタマンドゥアーが現れて、作業に加わった。

やがて、崩れた屋根の下から少女の身体が現れた。足を包んでいた炎は消えている。塵《ちり》にまみれて力なく横たわる姿に、人間と異なるところは見あたらない。オブライエンはその首もとに手を当てた。

「――生きている」

タマンドゥアーとオブライエンが瓦礫の中から少女を抱き上げ、砂の上に移した。軽い――ごく普通の、女の子の軽さだ。アードバークとパンゴリンは後ろに下がり、少女から死角になる位置でOICWのセイフティを外した。

少女が弱々しく呻《うめ》いて、タマンドゥアーの太い指を小さな手で握りしめた。

「……お母さん《マーマ》」

タマンドゥアーは驚いたように動きを止めた。

少女が薄目を開けた。のしかかるように見下ろす兵士たちの姿を認めると、目を大きく開いて息を呑む。足を包んでいた炎と同じ、青い瞳。慌てて起き上がろうとしたが、不意に顔を歪めた。

「動くな。骨が折れてる」タマンドゥアーがぶっきらぼうに言う。それでも少女は、見るからに苦労して上体を起こした。

少女がオブライエンの方を見て何か言った。英語ではない。オブライエンは聴覚ユニットにインストールされた翻訳アプリを起動して少女の言葉を通す。――チェコ語だ。

「助けてくれたの？」

今度はわかる。オブライエンは頷いた。

「ありがとう……私、まだ慣れていなくて」

慣れていない？　何にだ？　オブライエンは部下たちと顔を見合わせる。

彼はまだ目の前の少女への態度を決めかねていた。外見こそ可憐《かれん》だが、見かけ通りの存在ではない。剝き出しの両足を凝視していると、視線に気づかれたか、少女は赤面して座り直した。

思わず不作法を謝りそうになって、困惑した。無害なティーンの女の子を相手にしているわけではないのだ。気を引き締め直して、オブライエンは訊《たず》ねた。

「……君はどちらの側だ？」

チェコ語に翻訳されたその言葉を聞いて、少女は怪訝《けげん》そうな顔をした。

「どちらの側？」

「君は人間か、それともエフゲニー・ウルマノフの同類なのか」

強《し》いて穏やかな声で問いかけたものの、返答によっては殺し合いだ。背後のアードバークとパンゴリンの指は、ＯＩＣＷの引金にかかっている。

少女は顔から顔へ視線を移してから答えた。

「どちらとも言えない、かしら。私はもう人間ではないけれど、エフゲニー・ウルマノフと同類扱いされたくもないもの」

人間ではない、そう認めるのか――。オブライエンは背後の部下の緊張が高まるのを感じながら、次に発する言葉を選んだ。

「では訊き方を変えよう。君は人類の敵か、味方か」

面白がるような笑みが、少女の口許《くちもと》に浮かんだ。

「ますます漠然とした質問だけど、ええ、言いたいことはわかるわ。私は敵じゃない。多分、あなたたちと目的は同じじゃないかしら」

少女の意図がわからず、オブライエンは戸惑う。

「……君は何者だ？」

「私はアントニーナ・クラメリウス」少女は言った。「どうぞ、ニーナと呼んでください」

少女がぺこりと頭を下げる。張り詰めた空気がわずかに和《やわ》らいだようだった。それでも警戒を緩めず、オブライエンは質問を重ねようとする。

「待って」ニーナが遮《さえぎ》った。「ここを離れた方がいいわ。彼が戻ってくるかもしれない。私は戦えるけど、あなたたちまで守れる自信がないの」

――守るだと？　オブライエンは訝《いぶか》しむ。誰が見ても、少女はひどく負傷しているのだ。

「今の状態で戦うなど無理だろう――」

「いいえ、大丈夫」

一同が呆気《あっけ》にとられたことに、重傷を負っていたはずの少女は、その場で滑らかに立ち上がった。動きに不自由なところは微塵《みじん》もない。

「い……痛くないのか?」タマンドゥアーが口走った。

「治ったの」ニーナと名乗る少女は得意げに笑った。「行きましょう、鉛の兵隊さんたち《スタテツニー・チノヴィ・ヴォヤーチェク》」

少女の足には、ふたたびあの青い炎が燃えていた。

4

四人のウォーボーグと一人の少女は中庭を離れ、紫禁城内部の通路に入り込んだ。

「なぜエフゲニー・ウルマノフを追ってきた?」オブライエンが訊いた。

「彼が既に人間ではないから、かしら」

「人間ではない――」オブライエンはオウム返しに呟《つぶや》く。「それなら、いったいあれは何だ? 反キリストか? 黙示録《もくしろく》の騎士か? 超能力者か、ミュータントか?」

「いいえ。あれには神秘的なところはまったくないの」ニーナは首を振った。「あれはちゃんとした生き物よ。地球の生き物とはぜんぜん違っているけど」

「それは、つまり――」オブライエンは口ごもった。「――地球外生命ということか?」

「その言い方が正しいかどうか――確かに〈地球外〉だけど、あなたがたの考える〈生命〉とも違うから。まあ、でも、だいたい合ってると思う。エフゲニー・ウルマノフは、地球外から来た高次元の生き物に憑依《ひょうい》されたの」

しばらく沈黙が落ちた。

「なんてこった」ややあって、アードバークが呟いた。「ひどいファーストコンタクトもあったもんだ」

「むりやり童貞奪われたみたいだな」とパンゴリン。

「レディの前だぞ」タマンドゥアーがたしなめた。

「どうしてそんなことに？」オブライエンは訊いた。

「偶然としか言いようがないわね。地球に降りたとき、たまたまそこにいた人間に入り込んだんでしょう」沈んだ声で呟いた。「気の毒なエフゲニー・ウルマノフ」

「偶然だって？　それにしては――」

「それに、彼一人じゃないのよ」

「なに？」

オブライエンはニーナを凝視した。ニーナは容赦なく、恐ろしい言葉を口にした。

「彼の憑依体は、最初のひとりにすぎないの」

その言葉の意味が四人の頭に染み渡るまで、数秒の沈黙があった。

「それは、つまり――」オブライエンは呆然と呟いた。「他にもいるのか？　あんな奴が？」

「ええ。これから、どんどん増えると思うわ」

「待てよ、待て、ニーナ。君はなんでそれを知ってる？」パンゴリンが口を挟んだ。

「私の中にも、同じような奴がいるから」ニーナはこともなげに答えた。

「……なんだって？」

四人のウォーボーグに顔を覗き込まれて、ニーナは肩をすくめた。

「いまさらそんなに驚かなくてもいいんじゃないかしら」

「君の中にも、その……憑依体が？」

「ええ」

「エフゲニー・ウルマノフと同じような？」

「ええ」

「それが、これからさらに増えるって？」

「そう言ってるじゃない」

オブライエンは天を仰いだ。

「これは侵略か？」

「いいえ」ニーナは首を横に振った。「事故というか、災害というべきかしら。そもそもの発端は、魚座《うおざ》で起きた超新星爆発でね――」

「魚座か……」パンゴリンがぼんやりした口調で言った。「……遠いな」

「ええ、遠いわ」答えるニーナの顔を、一瞬、ひどく切実な表情がよぎった。「彼らはその爆発で、元いたところから吹き飛ばされたの。超新星爆発の影響は、三次元宇宙だけに留《とど》まらない。もともとは恒星間にネットワークを構築する高次幾何存在だったのに、爆発の衝撃と、長い長い漂流で変質してしまったのよ」

「変質……」

オブライエンはその言葉の意味を考える。

「つまり、その……エフゲニー・ウルマノフの中身は、狂った宇宙人だと？」

ニーナは頷いて、恥じるように目を伏せた。

「コンタクトのショックで、エフゲニー・ウルマノフ自身もおかしくなってしまった。いま彼の身体の中では、二つの異質な精神が混ざり合ってるの。互いの狂気に蝕《むしば》まれ合いながら……。どちらにとっても不幸な出遭《であ》いだったと言うしかないわね」

「奴の目的は何なんだ？」

「目的なんかないのよ、たぶん。憑依体のパワーと、ウクライナという場所でエフゲニー・ウルマノフの心の奥に秘められていた抑圧、それに両方の怒りが混ざり合って、あんなことを続けているんだと思う」

ここに至ってタマンドゥアーが、四人がずっと聞きたかったことを口にした。

「ニーナ、君の中の、その……そいつも、おかしくなってるのか？」

ニーナは唇《くちびる》の端を吊り上げた。

「ご明察」

「おい、おいおい。マジかよ。大丈夫なのか？」パンゴリンが慌てた声を上げる。

「君はどうして狂わない？」オブライエンは訊ねた。

「かれらにも、いろいろいるらしいの。一口《ひとくち》に高次幾何存在と言っても、実際にはたくさんの種類が混在してて――私の中に入ってきたのは、とてもおとなしかったのね」

ニーナは少し眉を寄せてから言い直した。

「おとなしいというのもちょっと違うかな。すっかり心を閉ざしちゃって、ほとんど出てきてくれないの。調子が悪いとなかなか質問にも答えてくれない」

「君はいつ取り憑かれたんだ？　どんな風に？」

その質問に対して、ニーナは素《そ》っ気《け》なく応えた。

「憶《おぼ》えてないわ」

憶えていない？　オブライエンは部下たちと顔を見合わせる。

一行は長方形のホールで足を止めた。見通しのいい出入り口が複数ある。アードバークの無人機が、外を見張るために開いた戸口から出て行った。ハチドリのような羽ばたき音が遠ざかっていく。

ニーナは長いテーブルの上に積もった埃《ほこり》を払い除《の》けてから腰を下ろした。テーブルの縁からぶら下がった裸の足が、暗い中でとろとろと燃えている。青い光が、壁に展示された何百年も前のタペストリを照らし出す。

「今度はそっちの番よ。あなたたちは誰なの？」

オブライエンが簡単に説明すると、ニーナは眉をひそめた。

「あなたたちだけで彼を倒そうと？　無謀すぎるわ」

「わかっている。やむを得ず交戦したが、我々の任務は奴との直接戦闘ではない」

ニーナが首をかしげて、戸惑ったように訊ねる。

「じゃあ、何をしにここへ？」

「誘導だ」オブライエンは言った。「誘導ミサイルによる精密爆撃には、敵の詳しい位置情報が必要だ。いまの北京は砂嵐に覆われていて、衛星軌道や高高度からの偵察はできない。そこで我々が派遣された。我々はエフゲニー・ウルマノフを発見し、足止めして、その位置情報を送信するはずだった。あとはミサイルが仕留《しと》めてくれる。そういう作戦だ」

ニーナは首を横に振った。

「彼の周りには見えない障壁があるの。もう、あなたたちもわかったと思うけど……」

「いやというほどね」

オブライエンはニーナの言葉を遮って言った。作戦失敗の悔《くや》しさに、意図せず口調が荒れる。ニーナはそんなオブライエンをなだめるように、穏やかな声で続ける。

「単純な物理攻撃で障壁を貫くのは不可能ね。核でも難しいと思う。私が彼に触れることができたのは、彼の踊りを破ったからよ」

踊り？　一瞬戸惑ってから、オブライエンは思い出す。テレビで、ネットで、出撃前のミーティングで、何度となく見たエフゲニー・ウルマノフの踊りを。あの動きにどんな意味があるのか、人類の誰一人として理解できてはいなかった。

「あなたたちが出遭ったとき、彼は踊っていなかった？　都市を破壊するときにも、彼は必ず踊っていたでしょう。あれには意味があるのよ」

ニーナは下ろした脚をぶらぶらさせながら説明を始めた。

「いまの彼は人の身体に閉じこめられてる。この世界の物質に干渉するのにも、人の身体を使わなきゃならない。高次幾何存在の身体構造を説明するのは難しいけど、彼らは重なり合う無数の……パターン、とでも言うしかないもので構成されててね。そのパターンに従って身体を動かすことで、この世界の外からパワーを得ているの。それがあの踊り」

ということは——

「君も？」

「私も」

ニーナはこくりと頷いた。

「さっきの戦いを見る限り、君の方が強いようだな」

「ええっと……」ニーナはもじもじ始めた。

「あのね……ほんとはね、私の力はあまり強くないの」

「強くない？　さっきはあの野郎を簡単に追い詰めてたじゃないか」

「あのときは事前に念入りに踊っておいたし、相手の踊りも、私と戦うために特化されていなかったから……。それにね、ほんとは弱いのがばれたら嫌だから、強そうに見せようと頑張ってたし……。あんなこと、初めてだったし……」

オブライエンは察する——つまり、ニーナは、エフゲニー・ウルマノフが自分の存在を知らないうちに、不意を突いて叩き潰そうとしていたわけだ。

しかし、エフゲニー・ウルマノフに逃げられ、そのチャンスは失われた。

「では、次に会ったら？」

「さっきのようにはいかないでしょうね。彼は私という敵がいることを知ってしまったから、よく準備された舞踏で私を迎え撃つでしょう。もともと向こうの力の方が強いから、まともに戦ったら勝ち目はないわ」ニーナは顔を上げて、四人のウォーボーグを順々に見た。

「——だから、その……手伝ってほしいの」

「手伝う？　我々に何かできることが？」

「ええ。とても危険だから、無理にとは言えないけれど……」

おずおずと言うニーナに向かって、オブライエンは頷いた。

「危険は仕事のうちだ。何をすればいい？」

「ほんとに⁉」ニーナは跳び上がって、オブライエンの頰《ほお》にキスをした。「ありがとう《ヂェクィ》！　親切な兵隊さん！」

異次元の力を持つ化け物とは到底《とうてい》思えない、少女らしい無邪気なキスに、オブライエンは返す言葉を失った。

ニーナはすばしっこい小鳥のように、面食らっている残りの三人にもキスをして、くるりと身を翻《ひるがえ》した。

「それじゃ、行きましょう。エフゲニー・ウルマノフを退治しに！」


衝撃！　憎悪！　苦痛！

エフゲニー・ウルマノフは逆巻く憤怒《ふんぬ》のまっただ中にいた。これほどの苦痛を味わったのは初めてだった。すぐに塞《ふさ》がるはずの傷が、いっこうに癒《い》えようとしない。あの憑依宿主《しゅくしゅ》の放った青い炎は、いまも傷口をじわじわと灼《や》き続けている。

エフゲニー・ウルマノフは天に向かって吼《ほ》えた。彼自身が喚《よ》んだ砂嵐を越えて、空の向こう、遙《はる》か彼方《かなた》の星々に、届かぬ声を投げかけた。帰りたい！　家に帰りたい！　我が家《や》へ！

ああ、こんなに留守にして、許してくれ。可愛いガーリャ、マーシャ、それに愛するアナスターシャ。おれは悪い巣主《そうしゅ》だ。落伍者だ。和合《わごう》不適格者だ！

球状星団の重力均衡に吹き溜《だ》まる恒星間物質のプール！

次元の狭間《はざま》に横たわる超曲面の都市！

暖炉の傍《かたわ》らで呷《あお》る冷えたホリルカ！

白く雪に覆われた畑ではしゃぎ回る娘たち！

融合した精神は二つの記憶に打ち震えた。馴染み深いはずの記憶は果てしなく異質であり、想像も及ばないほど奇妙なはずの異界の記憶は、まるで生まれたときからそこで暮らしてきたかのように鮮明だった。矛盾《むじゅん》する二つの記憶が、漆黒《しっこく》の破壊衝動を生んだ。

殺す。あの小娘を殺してやる。憑依体もろとも焼き尽くしてやる。

憎悪の呻き声は、いつしか笑いに変わっていた。恒星間の虚無と、高次元空間の混沌《こんとん》に培《つちか》われた真《しん》の狂気が、哄笑《こうしょう》となって轟《とどろ》き渡った。

エフゲニー・ウルマノフは踊り始めた。彼一人にのみ見える異形の幾何学模様をなぞり、世界をキャンバスに、己《おのれ》の身体を絵筆として、不可視の紋様を描き出す。水に垂らしたインクのように広がる紋様は、やがて一つの焦点へと絞り込まれていく。近づきつつある、何者とも知れぬもう一人の憑依宿主へ向けて。

天安門の門前では、取り残された装甲車が、静かな電子的ノックを受けて覚醒した。アードバークの認証キーが、車体上部のポッドを解錠し、折りたたまれたストームプルーフ・アンテナをするすると引き出す。肉厚なアンテナが、砂嵐の中、ゆっくりと花開く。

装甲車は千四百キロ後方の上海に電波を飛ばし、基地局との接続を確立する。

基地局は、東シナ海海上にすべての気配を消して停泊しているステルス空母アーノルド・シュワルツェネッガーとシェイクハンドする。

待ち望んでいた連絡を耳にして、アーノルド・シュワルツェネッガーは臨戦態勢に入る。内部の動きの活発化に伴って、ステルス空母の暗い船体が放つ熱量はわずかに上がる。

半ば砂に埋もれかけながら待ち受ける装甲車は、基地局からの回答を聞き、満足し、そして待つ。

砂嵐は収まる気配もない。

5

暗い通路の奥に光が見えた。近づいている。もう、すぐそこにいる。ますます強くなる気配を感じ取って、アントニーナ・クラメリウスは不安に身をおののかせる。エフゲニー・ウルマノフが自分を迎え撃つために、緻密に織《お》り上げたパターンを蜘蛛《くも》の巣のように張り巡らせ、爪を研《と》ぎながら待ち構えているのがわかる。

〈〈船長《カピターン》〉。〈ヴァン・トフ船長〉〉ニーナは念じた。〈答えて、〈船長〉〉

〈船長〉。自分の憑依体を、ニーナはそう呼んでいた。以前読んだ本に出てきた名前だ。想像も及ばぬ旅路を経て自分の元へ漂着したこの高次幾何存在を、ニーナは難破船の船長になぞらえていた。

困ったことに、この船長は病気だった。

〈〈船長〉! 起きてよ!〉心の中で声を張り上げると、のろのろとした声が応《こた》えた。

《なんだ……娘よ》

〈エフゲニー・ウルマノフがすぐそこにいるのよ! いつまでも寝てないで――〉

《ああ、ああ、やめてくれ、何も聞きたくない》〈船長〉は遮った。《娘よ、放っておいてくれ》

〈〈船長〉……!!〉

《こわい。そんなに怒らないでくれ》〈船長〉は縮こまった。《わたしはもうだめだ》

〈〈船長〉! いいかげんにしてよ! 私を引きずり込んだのはあなたじゃないの!〉

《あれは偶然だ……不可抗力だ。わたしの意図するところではなかった》

〈本気で怒るわよ〉

《こわい。やめてくれ、君の怒りはわたしに深刻な動揺を及ぼすのだ》

〈だったら――〉
《わかった。仕方がない……》
ニーナの中で、憂鬱《ゆううつ》そうなため息を吐《つ》きながら、おそろしく大きなものが起き上がる。
《わたしが教えたことは憶えているな》〈船長〉が語りかける。《わたしはごく単純な知性しか持たないセキュリティ多胞体《たほうたい》だ。できることは限られている。それはカ、ウ、ン、タ、ー、ア、タ、ッ、ク、だ。既知の攻撃であれば、わたしに対応できないものはない》
〈船長〉がそう告げる間にも、異星の知識と、想像を絶する数々の攻撃手段が、ニーナの周囲に整然と展開されていく。同時に知覚が拡張される。この世の外へ――高い次元へ。
《見よ、娘よ。エフゲニー・ウルマノフはあそこで厳重に武装して君を待ち構えている》
〈船長〉がニーナの意識を誘導する。《ほら、虚数方向へ超球が連鎖しているのがわかるな。あれに触れたら終わりだ。慎重に避けろ……》
およそ人間が味わうべきではない見当識喪失感を覚えて、ニーナは呻き声を上げる。〈船長〉の目で見ると、脳がこんがらがるような気がして、いつも気持ちが悪くなるのだ。
〈ねえ、せめて三次元に落とせない？〉
《低次に投影した思考では高次からの攻撃を防ぐことは困難だ。理解の次元を落とさず、脳を慣らした方がいい》
〈慣らすって、できるの、そんなこと〉

《下地は作った。わたしも助けよう》

（本当に、あなたときたら）ニーナはため息を漏らした。（他人《ひと》の身体を好き勝手にいじくり回してくれちゃって……）

《しかしだな、敵に対抗するには君の身体を作り替えることがどうしても必要だったのだ。わたしはただのツールであり、アシスタントであって、結局のところ戦うのは君なのだから》

そうだ。そう言って〈船長〉はニーナの身体を変えたのだ。脳を最適化し、神経系を編み直し、肉と骨とを強化して。何十倍にも圧縮された成長期の苦痛――それは二度と思い出したくない、ひどい体験だった。

しかしニーナを本当に怯えさせたのは、肉体の痛みではなかった。筋が伸びる音、関節が軋《きし》む音を聞きながらまんじりともできず、拷問台《ラック》の上で過ごすような一夜が明けて、鏡の中にニーナが見出したのは、他人の顔であったのだ。

いや――まったく知らない顔かといえばそうではなかった。あちこちに憶えのある特徴が見受けられる。驚愕と恐怖に目を見開いて、鏡の中からニーナを凝視しているのは、成長した彼女自身の顔だった。

エフゲニー・ウルマノフと戦わせるために、〈船長〉は彼女を加齢したのだ。接触時点で八歳だった彼女の肉体は、一夜にして、十代半ばに相当するまで成長していた。

なんでこんなことを？　動揺するニーナに、〈船長〉は弁解した。仕方なかったのだ。必要な措置《そち》だったのだ。なぜかって？　君は戦わなければならないからだ。君の敵と。

私の敵？

そうだ、娘よ。君は言ったではないか。「私が守る」と。「どんな敵が来ても、私が守ってあげる」と。

それは真実だった。自分の中の「お客様」に気がついたニーナは、何かに怯える〈船長〉を力づけようと、深く考えずにそう口にしたのだった。ニーナは本をよく読む子供だった。宇宙からやって来たという客人を迎え、怯えるそれを元気づける。そういうシチュエーションは読んだことがあったから、違和感がなかったし、ついに自分の番が来たか、というくらいの気分だった。〈船長〉との接触は、わくわくする体験だったのだ――最初だけは。

〈確かに私は、守ると言ったわ〉もう何度目になるだろうか、ニーナは〈船長〉に不満をぶつける。〈でもこんなつもりじゃなかった！　〈船長〉、私はあなたを慰《なぐさ》めようとしただけなのよ。それが、なんで……〉

《すまない。すまない。仕方がなかったのだ。わたしの思考は縮退していた。わたしの保安ポリシーはまっさらだった。君が私の管理責任者の地位を宣言したとき、それを拒否する理由は何一つなかったのだ。そして君を一度認証した以上――》

〈――私が死ぬまで、認証を解除することはできないのよね〉

何度も聞かされた説明だった。

〈わかったわよ、もう〉ニーナは諦《あきら》めて、〈いいわ。いまさら愚痴《ぐち》をこぼしてもしょうがないもんね。目の前の問題に集中しましょう〉
《それがいい。君の戦いなのだから》
〈あのね、その他人事みたいな言い方はやめてくれないかしら。とても腹が立つわ〉
《どうか怒らないでくれ。わかった――わたしたちの戦いだ》
〈あなたが持ち込んだ戦いなのよ、〈船長〉。まあ、いいわ〉

大きな部屋に出た。明るい。ニーナは目を細くして、素早く室内に目を走らせる。円形のホール、いや、温室か。

大量の緑が視界を覆っていた。濡れた土の匂い、色鮮やかな花々の、絡みつくように甘い芳香。全身を包み込む、濃厚な生《せい》の気配。そして――

どこからかかすかに、血の臭い。

紫禁城に元からこんな場所があったのか、それともエフゲニー・ウルマノフが、快適なねぐらとしてこの環境を作り上げたのか、ニーナには判別できない。

石組みの壁面に沿って目を上に向けると、部屋の円周を取り巻く回廊三階分が吹き抜けになっていた。天井は一面のガラス張りで、放射状の金属格子で区切られ、その向こうに空が見える。砂嵐の中でそこだけがぽっかりと晴れ、眩《まぶ》しい太陽光が室内にまで届いている。嵐の目だ。

「エフゲニー・ウルマノフ！」ニーナは叫んだ。「出てきなさい！」

応えはない。ニーナの声は緑の中に吸い込まれる。だが、気配はある。巣の中に身を潜《ひそ》め、こちらをじっと窺《うかが》っている、人ならぬものの気配が。

《先手を取らせろ、娘よ》〈船長〉が言う。

ニーナは頷いて、足を踏み出す。裸の足裏が湿った土を踏む。その瞬間――

木立の中から直線上に炎の鞭が走る。ニーナはそれを観《み》る。炎は触媒《しょくばい》にすぎない。前回の遭遇とは比較にならないほど高度な、数学的に折りたたまれた攻撃。鞭の軌道が変化する可能性があるすべての面を網羅した一撃。

カウンターアタックのスイッチが入る。

ニーナは空《くう》を踏んで駆け上がる。足は青く燃え、空中に炎の足跡を残す。

エフゲニー・ウルマノフは即座に反応した。熱線とその可能性群が湾曲し、生き物のようにニーナを追う。ニーナの踵《かかと》にその先端が触れ、凄《すさ》まじい熱量が爆発しようと膨れ上がった。

ニーナはあらかじめ作っておいた蓋然《がいぜん》性バッファに爆発のエネルギーを流し込んで、この次元への放出を遅延させた。爆発は起こらない。出口をふさがれて空間がたわむ。空間のエネルギーポテンシャルに大きな勾配ができる。

《今だ》〈船長〉が囁《ささや》く。

ニーナの炎の性質が変わる。エフゲニー・ウルマノフの赤い炎と同様、ニーナの青い炎は、炎に見えて炎ではない。それは武器であり、鎧であり、高次元空間の異様な法則を飼い慣らし、乗りこなすためのツールボックスだ。

空中にできたポテンシャル勾配からニーナは滑り出す。エフゲニー・ウルマノフの放った攻撃そのものを踏み台にして。攻撃に含まれているエネルギーはニーナによって押さえつけられ、生きたまま壁にピン留《ど》めされた尾長蜂《おながばち》のようにぶるぶると震えている。ニーナはその軌跡を逆に辿る。猛スピードで。攻撃者の元へ。

《[熱稲妻26]だ》〈船長〉が言う。《既知の手段だ。この系統の攻撃であれば対応は容易《たやす》い。しかし君だけで――我々だけで敵を倒すのは時間がかかるだろう。充分に準備された熱稲妻は、非常に危険なものになりうる》

(だから兵隊さんたちにお願いしたのよ。あの人たちをちゃんと守らないと)

《努力しよう》

足下のポテンシャルが限界を迎える。量子的な状態にあったエネルギーが急激に収束し、遅延されていた爆発が起こる。

梢《こずえ》の上で空間が内破《ないは》する。雷鳴のような音が轟き、無傷だった天窓が一瞬にしてひび割れる。ニーナは跳躍する。木立の中に立つエフゲニー・ウルマノフに向けて。

《擲《くだ》け》

〈船長〉の指示に従ってニーナは脚を蹴り出す。熟練の格闘家のように滑らかに。エフゲニー・ウルマノフの頸《くび》へ、青い炎が剣となって伸びた。

水をぶちまけたような閃光が、森の木の葉一枚一枚を染め上げた。

エフゲニー・ウルマノフの前腕が、ニーナの攻撃を受け止めている。脚を引き戻す隙も与えずに、新たな熱稲妻が青い炎を搦《から》め捕《と》る。

ニーナは投げ飛ばされ、樹《き》の幹《みき》に激突した。半ばからへし折られた樹が地響きを上げて倒れる。ニーナは落ちる。灌木《かんぼく》と下生《したば》えを押し潰し、地面に叩きつけられた。衝撃で息が止まる。土がひんやりと冷たい。

真上に天窓がある。ひび割れたガラスを透かして、一瞬、空の青さが視界を占める。

そこへ熱稲妻が飛び込んできた。猟犬のように熱心に、獰猛《どうもう》に。身を縮めるニーナの身体すれすれに、熱稲妻が突き刺さる。一本、二本、三本、四本。ニーナを取り囲む四本の「熱稲妻26」が、触れればたちまち弾《はじ》け飛ぶ緊張を秘めて震える。

エフゲニー・ウルマノフがニーナの上にのしかかってきた。ニーナはもがくが、力ではかなわない。顔が近づいてくる。吐き出される息が燃えるように熱い。ニーナの細い首に、大きな手が掛かる。農夫の荒れた手ではない、生まれ変わったように滑らかな手のひら。ニーナは喘《あえ》ぎ、咳き込む。

「おまえがわかったぞ」エフゲニー・ウルマノフが言う。「おまえはおれの同族ではない。

おまえはまともな知性ですらない。おまえは機械だ。ただのセキュリティ多胞体だ。なぜおれの邪魔をする。ここはおまえの使用されるべき場所ではないぞ」

《そしておまえがいていい場所でもない、エフゲニー・ウルマノフ》〈船長〉が異議を唱える。《わたしは宿主に所有されている。おまえを追うのは、宿主の意思だ》

「宿主？　低次種の言いなりになっているというのか」

エフゲニー・ウルマノフの目が、ぎろりとニーナを見る。〈船長〉に向けられていた視線が、初めてニーナに焦点を結ぶ。

「人間！　なぜおれを追う。なぜおれを憎む。なぜその機械を使役《しえき》する！」

「あなたはここに来ちゃいけなかったのよ、エフゲニー・ウルマノフ」

ニーナはエフゲニー・ウルマノフを睨《にら》みつける。

「あなたの力は、ここでは大きすぎる。いろんなものを壊しすぎる。私にはもう、何もかも遅いけれど——」

「何の話だ？」

訝しげに眉根を寄せるエフゲニー・ウルマノフ。

「せめて、これ以上、あなたに壊されないように——自分の力を使おうと思ったの」

「つまり、おまえもおれと同じではないか。おれはおれの力を好きなように使う。おまえはそれが気に入らん。だからおまえも、おまえの好きなように力を使って、おれを殺そうとする。そういうことだな？」

ニーナは激しくかぶりを振った。

「違う！　私は、あなたとは違う！」

「待て。そういえば、思い出したぞ――」

エフゲニー・ウルマノフが何かに気づいたような顔をした、そのときである。ニーナを取り囲んでいた熱稲妻の一本が、バネのように跳ね上がった。

空中を走る死の光線がくっきりと網膜に焼きついた。遅れて音が認識される。鋭く弾けたのは、エフゲニー・ウルマノフに対して放たれた弾丸が、空中で捕らえられて蒸発した音だ。鉄の焼ける匂いが鼻を突く。

熱稲妻がもう一本跳ね上がり、別方向からの銃撃を防御して弾ける。機会を逃さず、ニーナは押さえつける手の下からまろび出る。残る二本の熱稲妻がニーナを追って飛び出す。

ニーナはそれを複製する。特性を逆になぞって作られた、二本の青い［熱稲妻26マイナス］がオリジナルに襲いかかる。

赤と青の熱稲妻は交尾する蛇のように絡みつくと、互いの量子的曖昧《あいまい》さを瞬《また》く間に喰《く》らい合って収束し、一本の直線と化して消滅した。

エフゲニー・ウルマノフは唸り声を上げて足を踏み出したが、そこで動きを止めた。素早く両腕を宙に掲げると、その手のひらで立て続けに閃光が燦《きら》めいた。さらなる銃弾を受け止めたのだ。だが、中庭での戦闘と違って、その表情に余裕はない。溶融した弾丸と身体までの距離が短くなっている。

「撃ち続けて！」ニーナは叫んで立ち上がる。

この場の指揮官はニーナだ。ウォーボーグたちは指示に従った。三階からの銃撃は、射点を変えながら絶え間なく続き、エフゲニー・ウルマノフを釘《くぎ》付けにする。

蒸発する弾丸の金属蒸気に包まれて、エフゲニー・ウルマノフは憤怒の叫びを上げた。

6

三階回廊ではオブライエン、パンゴリン、タマンドゥアー、アードバークの四人がＯＩＣＷで撃ち続けている。

「効《き》いてるぞ」パンゴリンの声に興奮が滲《にじ》む。「削れてる。あの娘《こ》の言ったとおりだ」

エフゲニー・ウルマノフは無敵ではない。ニーナはそう言った。

確かに、正面から普通に戦って倒すのは難しいわ。私でも、あなたたちでも。ただし――

「私たちが同時に攻撃すれば、話は別。私が現れたから、あなたたちのことはもう彼の眼中にない。今ごろ彼は、私を迎え撃つための準備にかかりきりになってるはず。ということは、人間の兵器に対する防御がそれだけおろそかになる」

「弾《たま》が当たるようになると？」

「そこまで甘くはないわ。私の攻撃も今度は当たらないでしょう。でも、隙を作ることはできる。彼が私の方を向いているときに撃って。あなたたちの方を向いたら私が攻撃する。大きな力を手に入れたとはいえ、元は彼も人間なのよ。弱い場所を攻め続けていれば、いずれ限界が来る。こっちの手が届くようになる。そうなれば勝ちよ」

「アードバーク！」オブライエンは回線に叫ぶ。「デリバリーを！」

「トッピングは？　ノーマル？　スペシャル？」

「ノーマルだ。スペシャルは食い切れん。我々にも、あの娘にもな」オブライエンはそう言って、付け加えた。「我々は生きて還《かえ》るぞ」

「賛成です」

眼下の森の中で、エフゲニー・ウルマノフがオブライエンを見上げた。


黒く湿った土の上で、ニーナはステップを踏む。素早く、強く、軽やかに。エフゲニー・ウルマノフの織り上げた網《あみ》を辿り、解きほぐしてゆく。それは罠《わな》の王国、鋼の顎《あぎと》が数多《あまた》待ち受ける虎鋏《とらばさみ》の原《はら》である。だがニーナは恐れない。恐れることができない。ニーナの恐怖は〈船長〉によって化学的に統御されている。異界の法則に支配された地雷原の只中を、ニーナは冷静に踏んでゆく。

　エフゲニー・ウルマノフの思念は、弾丸の雨に妨《さまた》げられながらも、描かれた紋様を次々と変化させてくる。少しでも気を抜けば、たちまち紋様は再生し、新たな方向からニーナを押し潰そうと迫る。

《焦《あせ》るな。焦るな》〈船長〉が呟く。《イニシアチブを取る必要はない。わたしたちにできるのはカウンターアタックだ。挑発しろ、敵に手を出させろ、手を出してきたらすかさず叩け——今だ！》

　銃撃に生じた一瞬の隙を見逃さず、エフゲニー・ウルマノフが仕掛けてきた。ホールの中央、エフゲニー・ウルマノフの頭上に眩《まばゆ》い火球が、小さな恒星のような、完全な球体が浮かび上がる。球体は回転している。そして、重力を具《そな》えている。降り注ぐ弾丸の軌道が曲げられ、球体に向かって、落ち始める。糸巻きに絡め取られるように。

　ウォーボーグたちが、効果がないことに気づいたか、銃撃を止《や》める。

　一瞬の静寂ののち、球体が爆《は》ぜた。球体内で複製された無数の弾丸が、ちりちりと空気を灼きながら宙に浮かんだ。密集した弾丸の陣形は見る間に熔け崩れ、一抱えもある大蛇《だいじゃ》を思わせる形を取り、液体のように流れ出した。階上のオブライエンたちの方へと。

　間一髪身を伏せたオブライエンの頭上を、弾丸の流れが横切った。削岩機《さくがん》のような音がしたかと思うと、背後の石壁が破片となって降り注ぐ。

さらなる弾丸の縦列《じゅうれつ》が、オブライエンに襲いかかる。オブライエンは低い姿勢をそのままに走り出す。ホールを取り巻く回廊をデューンブレードで滑走するオブライエンを、弾丸の群れが追尾する。その先端が、ついにオブライエンを捕らえた。連続して着弾した弾丸が、瞬間的に象撃ち銃並みの運動エネルギーを放出する。

撃たれることを悟った時点から、オブライエンは反応していた。銃弾の勢いに逆らわず、衝撃を逸《そ》らしつつ、重心を落として転倒を避ける。弾丸は装甲をごっそりとえぐりながら曲面に沿って滑り、壁に跳ねて火花を散らす。

損傷は軽微だった。しかし、動きは止まる。立ち尽くすオブライエンに、弾丸の群れが殺到する。

その弾丸の動きが、空中で停止した。

ニーナの眼前で、エフゲニー・ウルマノフが唸り、振り返る。二人の間には、二人にしか見えない紋様が渦巻いている。相反《あいはん》する二つの主題に基づいて編まれた超次元のタペストリが。縦糸と横糸と、人間の言葉では表現し得ない方向に走る糸とが、もつれ合い、絡み合い、互いを喰らう只中で、ニーナの舞踏がエフゲニー・ウルマノフの攻撃を捕らえていた。

《放て》〈船長〉が言う。ニーナは呟く。

「［火の指］」

弾丸が散開し、目標を中心とした半球面上に静止した。空中にきらきらと弾丸が光る。真昼の星でもあるかのように。鉛の星々は落ち始める。中心に向かって。エフゲニー・ウルマノフのもとへ。

エフゲニー・ウルマノフは両手を頭上に掲げた。弾丸は見えない壁にぶつかり、小さな流星と化した。流星は次々と、無数に降り注ぐ。

己の放った攻撃に裏切られ、その顔を玉の汗が転がり落ちた。

しかし、ついに「火の指」は尽きる。

エフゲニー・ウルマノフは咆哮とともに、すべての弾丸を蒸発させる。

その直後だった。

疲労と勝利に凄絶《せいぜつ》な笑みを浮かべた魔人の頭に、カツンと音を立ててぶつかったものがあった。音を聞いたのはエフゲニー・ウルマノフただ一人だった。なぜなら命中すると同時に、その物体は爆発したからである。

「どうだこの野郎」パンゴリンが絶叫する。「これでもくらえ《テイク・ザット》！　化け物《ユー・フィーンド》！」

「全員続けて撃て！」オブライエンも叫んでいた。グレネードランチャーに切り替えたＯＩＣＷの引金を絞る。

カチ・カチ・カチ、ポン・ポン・ポン。四人が発射する榴弾《りゅうだん》が、容赦なくエフゲニー・ウルマノフを直撃し、次々と炸裂した。

やがて残弾が尽き、静寂が戻った。眼下の森は白煙に包まれて、敵の動向をうかがい知ることはできない。四人はセレクタをライフルに戻し、固唾《かたず》を呑んで待ち受ける。

煙が薄れる。

爆発でなぎ倒された木立の中に、一人立つ影があった。

タマンドゥアーが無言でOICWを構え直す。

「いや、待て」拡散してゆく煙の中に目を凝らしながらアードバークが言う。「動かない」

煙が晴れた。やはりそこに立っているのは、エフゲニー・ウルマノフに他ならなかった。

しかし、かつての姿とは大きな違いがあった。

その身体には、首がなかった。

「死んだ……」

パンゴリンが呆然と呟く。

「死んだ！　死んだぞクソ、おい、あのクソ化け物をぶっ殺してやったぞ！　俺たちが！」

森の中からニーナが姿を見せて、ウォーボーグたちに手を振った。

回廊から身を躍《おど》らせ、三階下の地面に着地して立ち上がると、オブライエンはニーナに歩み寄っていった。ズシュン、ズシャッと大きな音を立てて、背後に部下たちも飛び降りてくる。

「やったわね、兵隊さん」

「やったのか？　本当に？」

まだ信じ切れていないオブライエンの問いに、ニーナが頷く。

「ええ。うまく隙をついてくれたから」

「人間の兵器で殺すことができるとは……」オブライエンは首のないエフゲニー・ウルマノフを眺めながらかぶりを振った。「正直信じられん。感謝する。ありがとう」

「私の方こそ」ニーナが顔を赤らめた。

「イィイヤッホウ！」

パンゴリンが奇声を上げながら大股で駆け寄ってきた。直前で急停止してニーナを見下ろす。

「やったなオイ！　クッソ、マジかよ！　やっちまったぜ！　世界を救っちまった！　俺たちがヒーローだ！」

「そ、そうね、兵隊さん」

パンゴリンのテンションに気圧《けお》されながらも、ニーナは微笑《ほほえ》んで頷いた。

「走るなよ。ニーナを撥《は》ねたらどうする」

後方を警戒しながらやってきたタマンドゥアーが文句を言う。

アードバークの小さな無人機が、周囲を偵察しに飛び立った。

「これからどうする？」オブライエンは訊ねた。「一緒に来ないか？」

「え？」

「率直に言えば、我々に同行してほしい。君の力は大きな希望だ。第二のエフゲニー・ウルマノフが現れたら、我々だけでは同じことを繰り返すしかない。お偉方《えらがた》にあれこれ聞かれてうんざりすることになるかもしれないが……どうか、一緒に来てくれないだろうか。家に帰るというなら、止めることはできないが……」

返事はなかった。

「ニーナ？」視線を背けたニーナの顔を覗き込んで、オブライエンはぎょっとした。そこにあるのは、虚無だった。ニーナの目は死んでいた。

異変に気づいて、背後で部下たちが不審げに顔を見合わせる。オブライエンはもう一度、そっとニーナの名を呼んだ。

スイッチが入り直したように、急に表情が戻る。

「なあに？　聞こえなかったわ」

聞こえなかったはずがない……聞かなかったのだ。オブライエンが口にした言葉のどれかを、彼女の心が拒絶したのだ。

オブライエンはニーナの目に憶えがあった。兵士として渡り歩いたあらゆる戦場にその目はあった。突然の銃弾に、爆撃に、一瞬で家族を奪われて、茫然《ぼうぜん》自失している子供の目。それは天涯《てんがい》孤独の身となった、戦災孤児の目そのものだった。

遅まきながら、オブライエンは悟った。そうだ……ニーナもエフゲニー・ウルマノフと同様の存在であれば、憑依体との接触の際に、同じようなことが起こっていても不思議ではない。郷里の破壊――あるいはそれに近い何かが。

おそらく、この少女には、もはや帰るべき家がないのだ。

「……ニーナ」オブライエンは言った。「我々と来たまえ。独《ひと》りでいてはいけない」

ニーナは不思議そうな目でオブライエンを見上げた。

「すぐに正体を明かしたくないなら、それでもいい。君がその気になってくれるまで、我々は待つ」

「隊長、そんな約束をして――」

言いかけたパンゴリンを、タマンドゥアーが遮った。

「ニーナ、隊長の言う通りだ。一緒においで。こんな砂漠とはおさらばだ。シャワーを浴びて、熱いココアを飲もう。アイスクリームをつけたっていい。アニメも見放題だ」

いつになく饒舌《じょうぜつ》に、タマンドゥアーが言った。

ニーナは不安げに瞬《まばた》きをした。

タマンドゥアーの差し出した手を、戸惑ったように見つめる。

ニーナの頭を丸ごと摑《つか》めそうな、戦争サイボーグの大きな手。

「離れた場所に車を駐《と》めたから、ちょっと歩く。ぐずぐずしてると日が暮れるぞ、さあ！」

タマンドゥアーが促《うなが》したが、ニーナはそのまま動かなかった。

その頭の中でどんな考えが渦巻いているのか。四人が見守る中、ニーナはじっと押し黙っていた。

「……だめです」

ニーナがぽつりと言った。

「私が一緒にいると、また、何もかもめちゃくちゃに壊してしまうかも――」

震える声で押し出されたその言葉が、ウォーボーグたちに何があったのかを悟らせた。

「……なあ、ニーナ。取り返しの付かないことってのはあるよ、確かに」

タマンドゥアーが静かな口調で言った。

「君ほどの辛《つら》い経験はしていないかもしれないが、俺たちにも後悔はたくさんある。ひどいこともした。だからというのもおこがましいが、話くらいは聞けると思う――これ以上、めちゃめちゃにならないように手だてを考えよう」

アードバークも穏やかに声をかける。

「君は俺たちを助けてくれた。俺たちも、同じことをする。わかりやすいだろ」

ニーナは顔を上げて、オブライエンと目を合わせた。

オブライエンは黙って頷く。

次いで、パンゴリンに視線を向ける。

パンゴリンは肩をすくめた。

「まあ、俺たちと一緒じゃネヴァダの試験場に帰ることになるから、結局砂漠だがね。少なくとも、ここよりはマシだとは思うぜ」

照れ隠しなのか、居心地悪そうにパンゴリンは言って、ぼそりと付け加えた。

「それに、あの辺はアイスの種類が少ない。ド田舎《いなか》だからな。それでもいいなら――」

その言葉に、ニーナの口許が、少しだけ緩んだ。

小さな手が、ゆっくりと持ち上がる。

少女の手のひらが、タマンドゥアーの傷だらけの手に触れようとした、そのときだった。

7

「――もう行ってしまうのか？」

背後から声が聞こえた。

振り向いた五人の目に入ったのは、異様な光景だった。立ったまま息絶えたはずのエフゲニー・ウルマノフの身体、グレネードに吹き飛ばされた首の断面から、揺らめく炎が立ち昇っていた。

「ああ、だいぶすっきりした」声は炎の中から湧き上がっていた。「やはりあの粗雑な作りの脳が合わなかったのだな。おれの言葉は理解できているか？　問題ないようだな」

エフゲニー・ウルマノフが――かつてそうであったものが、ぎこちない仕種《しぐさ》で両手を広げた。

炎が生き物のように揺れてその身体を包み込む。

首のない身体がふわりと宙に浮かび上がった。炎は膨れ上がり、大きく、不格好な人の形をとった。胴体は押し潰されたように幅が広く、腕は先細りになってうねる炎の触手。二本の脚はごく短く、途中で切断されたかに見える。頭部に当たる部分はひときわ激しく燃え盛っており、火の中で暗い影のパターンが踊っていた。何かの動物の頭蓋骨を思わせる影だった。

「くそっ」ウォーボーグたちは素早く散開し、戦いでえぐれた地面や倒木《とうぼく》で遮蔽を取って、マガジンを交換する。

だが、怪物は一顧《いっこ》だにしなかった。その注意は、眼前に立ち尽くすニーナにのみ向けられている。

「おまえのことはよくわかっているぞ、ちっぽけな娘よ」

怪物が喋《しゃべ》るたびに、炎の中のパターンが形を変えていく。

「これ以上、あなたに壊されないように、だと？　とんだごまかしだ」エフゲニー・ウルマノフが嗤《わら》った。「人間はそんな理由では動かない。強大な力を手に入れたからといって、そんな理由でわざわざおれをこの砂漠の只中にまで追いかけてきたりはしない」

ニーナの顔に動揺の色が浮かぶのをオブライエンは見た。

少女はのしかかる炎の怪物を恐れるように、一歩、二歩と後ずさりした。

エフゲニー・ウルマノフが巨大な顔を近づけた。炎と影で形作られた顔が口のように裂け、熱い煙が立ち昇る。

「――殺したな」

「違う！」ニーナが激しくかぶりを振る。

「違うものか、ちっぽけな娘よ」

それは和《なご》やかで、人当たりの良い、悪意と嘲笑《ちょうしょう》に彩《いろど》られた声だった。

「以前、人間の都市の一つを焼いたときのことだ。焼け跡でおまえたちのテレビ受像器を見つけたことがある」

――何を言い出すんだ？　オブライエンは訝しんだ。

「いかなる悪運によるものか、それは壊れていなかった。死体に埋もれた穴蔵《あなぐら》の中で、おれの攻撃を免《まぬが》れて、煌々《こうこう》と輝くテレビの画面――おれは驚いて、しばらく見物したものだ」

怪物が近づくにつれて、ニーナの身体はますます縮こまっていくように思われた。

「その番組は、おれの残した足跡を追っていた。ユーラシア大陸に点々と印した、おれの炎の足跡を。おれは楽しんでいた。恐れられるのはいい気分だったからだ。しかし、見ているうちに気がついた。破壊の痕跡が、おれの記憶より多いのだ」

「やめて」

「数え直しても同じだった。一つだけ、憶えのない足跡があった」

「やめて……」声は小さくかすれ、ほとんど聞き取れないくらいだった。燃え盛る炎の塊《かたまり》に迫られながら、ニーナは今やはっきりとわかるほど震えていた。

怪物は囁くように付け加える。

「——チェコだったな、あれは？」

ニーナが絶叫した。耳を塞ぎたくなるような悲愴《ひそう》な叫びだった。

「最初の接触が破滅を引き起こしたのか？　それとも、力を制御できなかったのか？　いずれにせよ同じことだな。自らの手で家族を殺し、故郷を焼き払った気分はどうだった？」

やはり、そういうことなのか——。オブライエンが、ニーナの過去について推測したことは、おそらく外れてはいないのだろう。

「ニーナ！　コントロールされるな！」

オブライエンは叫んだ。

「そいつの狙いは君を動揺させることだ！　ニーナ！」

聞こえないのか、ニーナはうつむいたまま、のろのろと頭を振るばかりだ。

怪物はオブライエンに目もくれず、なおも続ける。

「なぜおれを追ってきた、ニーナ？　もちろん、正義感や義務感ではないな。おまえの手はもう血塗られているのだから」

「黙れ……」

ニーナが地を這うような呻き声を発した。

「おれにはよくわかっているぞ。寂しかったのだろう？　人ではない化け物となった自分を受け容《い》れてくれるのは、同じ化け物のおれしかいないと、そう思ったのだろう？」

「違う！　そんな……違う！」

「おまえは自分を騙《だま》しているのだ。わかっているはずだぞ？　おまえにはもはや、誰もいない。親も、家族も、友人も。だからおれを追ったのだ」

「わ、私は一人じゃない」ニーナは必死の形相《ぎょうそう》で首を振る。「私にはまだ、〈船長〉がいる」

「〈船長〉？　それがおまえの憑依体か？　そいつの口車に乗せられて、おまえはみごとに目的をすり替えたのだな。そいつは単純な機械なのだ。周囲に出現した危険物を自動的に排除するよう条件付けられた、セキュリティ多胞体にすぎない。いいように操《あやつ》られていることにまだ気づかないのか？」

「おい、ニーナ、聞くだけ無駄だ！　いいからさっさとやっちまえ！」パンゴリンが叫んだ。

「雑な思考誘導だ」アードバークが気遣《きづか》わしげに呟く。「だが、あの子には効果的だろう……」

タマンドゥアーは黙ったまま、怪物とニーナのやりとりを食い入るように見つめている。

異様な姿の怪物が口にする言葉は、人間のように芝居がかっていた。

「ああ、ニーナ、ニーナ。おまえはおれを殺すことが罪滅ぼしになるとでも思っているのだろう。それは違う。理屈に合わない。なぜならおまえが本当に憎んでいるのはおれではないからだ」

怪物がねっとりと続けた。

「おまえが殺したがっているのは、おまえに取り憑いた〈船長〉と、そして他でもない――おまえ自身だ。そうだろう……？」

「違う!!」

叫んだニーナの眼前で空間が裂けた。

青い炎が稲妻となって走る。激情がそのまま形を得たかのような業火。だが、届かない。

ニーナの炎は怪物に触れることもなく、火花となって飛び散った。

オブライエンの目にも、不用意で拙《つたな》い一撃に見えた。今のニーナは、自分の力をコントロールできなくなっている。

「あわれな、ちっぽけな娘よ」怪物は触手を大きく振りかぶる。「おまえの罪を、おれが消してやろう」

横殴りの一撃がニーナを襲う。ニーナは目を見開いたまま、避けようともしない。涙を浮かべた大きな目が、正反対の二つの感情を宿して、迫り来る炎の触手を見つめる。恐怖と安堵。ニーナと〈船長〉は解放を求めている。二つの目が、炎を映して赤々と燃える。

だが、その願いは叶《かな》えられない。目にも留《と》まらないほど素早く、怪物の前に飛び込んだ影があった。

タマンドゥアー。炎を背にしたその輪郭が、赤熱する後光で縁取《ふちど》られた一瞬の後、二メートルを超すウォーボーグの巨軀《きょく》は炎に呑まれた。炎の中からニーナの腰回りほどもある腕が突き出て、ニーナを突き飛ばす。

地面に倒れ込んだニーナは、タマンドゥアーの身体が見る見るうちに炭化し、ぼろぼろと崩れて灰になるのを目の当《ま》たりにする。

ニーナは狂乱する。

「よくも」嚙《か》みしめた歯の間から吐き出される言葉は、炎となって大気を焦《こ》がす。「よくも！　よくも殺したな！」

「殺したとも。だが、おれが殺そうとしたのではないぞ、それを忘れるな」怪物は猫なで声で言う。「こいつはおまえをかばって死んだ。おまえのせいで死んだのだ。おまえが殺したのだ」

「黙れええええっ‼」

ニーナは青く輝く一条《ひとすじ》の火箭《かせん》となって怪物を蹴りつけた。凄まじい衝撃音が響き渡る。ぶつかり合うエネルギーで周囲の空間が歪み、多次元立体の波紋が広がっていく。紫禁城が分子のレベルからびりびりと震撼する。

しかし、その力は互角ではない。ニーナの怒りは受け流され、吸収され、相手の急所に届かない。怪物は哄笑する。ニーナは闇雲に打ちかかり、跳ね返されては苛立《いらだ》った叫び声を上げる。

「隊長！　クソッ、どうする？　こんな怪獣映画、いったいどうすりゃいいんだ？」

パンゴリンがそう喚いたとき、ウォーボーグたちの視界の隅にメッセージが表示された。

8

[server] > new player login: delivery1
[delivery1] > hi guys :)
[delivery1] > username:

「来た！　捕まえろ！」オブライエンが叫ぶ間に、文字列が視界を流れていく。

[aardvark] > ********
[delivery1] > password:
[aardvark] > **************
[delivery1] > wait.....ok
[server] > aardvark has ctrl delivery1
[aardvark] > stay
[delivery1] > rgr

「掌握《しょうあく》した」アードバークが言う。

折しも弾き飛ばされたニーナが長大な放物線を描いて落下していくところだった。オブライエンは森を疾走、跳躍し、地面に叩きつけられようとするニーナを空中で受け止めて着地した。しかし、ニーナは感謝するどころではない。オブライエンなど目に入らない様子で、ふたたび敵に飛びかかろうと野良猫のように暴れる。抱き留めたオブライエンの腕が、ニーナの炎で燃え始めた。

「ニーナ！　ニーナ、聞け！」

「うるさい！　放して！」

「ニーナ！」

「放せえーっ！」

「ニーナ、やめてくれ！　俺の腕が燃えている！」

その言葉で、ニーナの動きが止まった。オブライエンの顔を見て、息を呑む。腕を燃やしていた青い炎が次第に鎮《しず》まり、煙となって消える。

木々の向こうから、炎の怪物が近づいてくるのが見える。それを気にしながら、オブライエンは言った。

「いいか、聞け。これからデリバリーが届く」

「……デリバリー？」

「そうだ。あの野郎に食わせてやる、熱々《あつあつ》のピザだ」

「ピザ……」

ニーナの困惑した顔に構わず、オブライエンは続けた。

「そいつは空から降ってくる。ものすごい速さでな。君はあいつを引きつけて、動きを止めておいてくれ。そうすれば、俺たちがあいつの口にピザを突っ込む。できるな？」

ニーナは目を見開いた。青い瞳に、理解の光が点《とも》っていた。

「た、たぶん」

「いい子だ、ニーナ。巻き込まれるなよ」

「何の相談だ？」木々を押し潰し、引き倒しながら、炎の怪物がぬっと立ちはだかる。

ニーナは答えず立ち上がり、怪物を睨《にら》み返した。背後のオブライエンに対して言う。

「止めればいいのね？」

「ああ」オブライエンは頷く。

「わかった」

ニーナは簡潔に頷き返すと、もう一度、宙を踏んで浮かび上がった。激情を抑え込んだようだ。怪物を睨みつける顔には、冷たい笑みまで浮かんでいた。

「びっくりさせてやるわ」

「ほほう。それは楽しみだ」

怪物も口の端《は》を吊り上げた。

オブライエンは素早く後退しながら、無線に向かって言う。

「アードバーク、ゴーだ」

「了解」

[aardvark] > fire pizzal manual

[delivery1] > rgr
[server] > delivery1 fire pizza1 manual
[server] > aardvark has ctrl pizza1
[pizza1] > on my way ETA 30 sec.

アードバークの視界が分割され、脳が並行処理を開始する。新しく現れた視界は、上空から北京を見下ろすものだ。リンクしたオブライエンにも、アードバークの視界が見える。北京を覆い隠す砂の海には、巨大な砂紋が浮かび上がっていた。ひとときも留《とど》まることなく変化し続ける複雑な幾何学模様が。二柱《ふたはしら》の神々が、砂漠の上で、目には見えない荒々しい踊りを踊っている。

求められるのは、特急列車で針の穴を通るような芸当だ。ウォーボーグの能力をもってしても容易ではない。アードバークが細心の注意を払ってpizza1の軌道を修正する。そのため、総合的な処理速度がわずかに落ちる。迫り来る危険に気づくまでに、コンマ数秒の遅れが生じる。

そのわずかな差が命取りだった。

「危ない！」

パンゴリンの警告は届かない。

アードバークの反応は素早かったが、充分ではなかった。身をかわそうとしたその身体が一瞬にして燃え上がった。ニーナの攻撃をいなして怪物が繰り出した熱稲妻だった。

アードバークの小さな無人機も、一瞬にして黒焦げの残骸と化して落下した。熱稲妻の射線に割り込んで主人を守ろうとしたのだ。

アードバークの放った最後のコマンドが戦域ネット上を走った。

[aardvark] > you have ctrl pizza1 > pangolin
[server] > pangolin has ctrl pizza1

パンゴリンは即座に処理能力を分割、pizza1の制御を掌握しつつ、身を低くして遮蔽を取る。

「ほら、また一人死んでしまったな」怪物が嗤《わら》う。「どうして助けに行かなかった? おれが誰を狙うかわからなかったのか? それは悪いことをした。では予告しよう、次はあいつだ」

触手が指し示した先には、パンゴリンが身を隠した樹がある。

「パンゴリン! 狙われてる!」オブライエンは叫ぶ。

視線の先で、怪物が触手を振るう。切り裂かれた空間から、泡が弾けるようにいくつもの火球が生まれ、絶え間なく分裂と結合を繰り返しながら飛んでいく。

一瞬の後、木立を隔てた向こうで連続した爆発が起こる。

[server] > bye > pangolin
[server] > pangolin disconnect
[server] > pizza1 lost controller

オブライエンは脳波入力でIDとパスワードを叩き込み、pizza1 の制御を引き継ぐ。

[server] > s1 obrien has ctrl pizza1
[pizza1] > ETA 10 sec. 9...8...7...

「来るぞ！　ニーナ！」

[pizza1] > 6...5...4...

ニーナと怪物が、揃って天井を見上げた。

[pizza1] > 3...2...1...

[pizza1] > touchdown

ガラスに覆われた天井が内側にたわみ、膨れ上がり、砕け散った。

ガラス格子を木っ端微塵《こっぱみじん》に砕いて飛び込んできたのは、タングステン鍛造《たんぞう》の槍《やり》だ。空母アーノルド・シュワルツェネッガーを飛び立った爆撃ドローンによって高高度から投下された、超音速の金属塊《かい》。地下深くのコンクリート要塞まで貫通可能な、運動エネルギー爆弾だった。

長大な金属のミサイルが怪物に接触する。凄まじい衝撃波が周囲の木々を薙《な》ぎ倒す。

だが、ミサイルはそこで止まった。大気との摩擦で赤熱《せきねつ》しながら、怪物の直前で停止している。せき止められた運動エネルギーが空間を歪ませているのが肉眼にも見える。

「危ないところだった」怪物はほくそ笑む。「もう少しで貫通されていたところだ。いや、残念だったな」

オブライエンは愕然として立ちすくんだ。――失敗だ。これほどの威力のピンポイント攻撃を防がれてしまっては、もはやどうすることもできない。

だが、そのとき――

「そうでもないわよ」ニーナが怪物の背後から言った。「こうしたら……どうかしら?」

金属塊が変形を始めた。元から細長かった形状はさらに細く、長く伸び、上端は屋根の高さを遙かに超えて、砂嵐渦巻く中に高々とそそり立った。

続いて、先端部分が身をくねらせる。硬い金属が粘土《ねんど》のようにねじれ、右に、左に、あり得ない方向に回転し、複雑極まりない螺旋《らせん》を描く。表面には、霜《しも》のような細かな模様がひとりでに刻まれていく。先端は見る見るうちに鋭さを増し、ほとんど見えなくなるほどに尖《とが》る。

異形の姿となったタングステンの槍は、ふたたびゆっくりと怪物の障壁に沈み込み始める。

「やめろ」怪物が呻く。「やめろ!」

ニーナは無言のままだ。

次の瞬間、槍と怪物の姿が、いきなりかき消えた。

運動エネルギーを取り戻したタングステンの槍が、怪物もろとも超音速で地面に没したのだ。

足下から突き上げるような揺れが来た。サイボーグの聴覚域を超えた轟音《ごうおん》とともに地面が弾け飛んだ。森も建物も根こそぎにする大爆発だった。爆風がオブライエンを軽々と吹き飛ばす。

業火の中に立ち尽くすニーナの細い身体が見えたと思った次の瞬間、壁に叩きつけられて、オブライエンの意識は闇に呑まれた。

9

地面に穿《うが》たれた大穴の縁から、ニーナは見下ろす。

穴の底には、怪物の残骸が転がっている。エフゲニー・ウルマノフの身体はほとんど原形を留《とど》めておらず、身にまとった炎も、消えかけた熾火《おきび》のように暗く頼りない。

「おしまいね」

「そのようだ」怪物の残骸が言葉を発すると、熾火が瞬いた。「こんな辺境で、これほど次元の低い種族に殺されるとはな」

「当然の報《むく》いよ。あなたはずいぶんと酷《ひど》いことをしたもの」

「そうか？　では、おまえはどんな報いを受けるのかな」

ニーナは答えない。死にかけた怪物は嘲笑する。

「答えられぬであろう。おれにはよくわかっているぞ。おまえがどんな目に遭うのか、おれは知っている」

「……あなたに何がわかるというの？」

「おまえへの罰は、孤独だ」

ニーナは動揺する。ニーナの中の、〈船長〉もまた。二人の反応を見て、怪物はさらに嗤う。

「人ではないおまえを、誰もが怪物として忌避《きひ》するだろう。低次種族とのキメラであるおまえを、どんな高次種族も受け容れはしないだろう。接触によって完全に狂わなかったのが不幸よ。おまえは二度と故郷を得ることがないだろう。おまえはただ独り、死ぬこともできず、受け容れられたいと願いながら戦い続けるだろう。だが、その願いが叶えられることはない。おまえは、一生、独りきりだ」

それは呪詛《じゅそ》だった。ニーナにとっての呪詛であり、〈船長〉に対する呪詛であった。これから地球で〈船長〉が遭遇するであろう同郷の種族は、みな発狂しているのだ。

もはやニーナは言葉を返さなかった。

穴の底から青い火柱が立ち昇った。かつてエフゲニー・ウルマノフと呼ばれ、世界を震撼させた怪物の残骸が、炎の中で融《と》け崩れ、燃え尽きていく。

ニーナは穴に背を向けて歩き出した。

「泣かないで、〈船長〉」ニーナは言った。「お願い……泣かないでって言ってるじゃない！」

呼びかける声に気づいて、オブライエンは覚醒した。

パンゴリンが屈み込んでいた。

「……生きていたのか」

オブライエンは瓦礫の中から立ち上がった。あたりはひどい有様だった。つい先ほどまでの、瑞々《みずみず》しい森の姿はどこにもない。いや、建物すらなくなっている。今はただ、煙を上げる無惨なクレーターがあるばかりだ。

「ニーナはどこだ？」

「行っちまいました」とパンゴリン。「泣きそうな顔で、こっち向いてひとつ頭を下げたかと思ったら、ポン！　飛んでいきましたよ」

パンゴリンは腕を持ち上げ、空を指差す。

「あれがそうです」

空を覆い尽くしていた褐色の帳《とばり》は消えつつあった。パンゴリンの指差す先を、一条の光が横切っていく。

「振られちまいましたね」パンゴリンがぽつりと呟く。「このおっかない面相《めんそう》がお気に召さなかったかな」

「そう簡単には諦めんさ」

「どうするんです？」

「……エフゲニー・ウルマノフのような奴が、まだ他にも来る」オブライエンは言った。「彼女にはぜひとも友達になってもらおう。われわれがナイスガイだということを、なんとしても理解してもらう必要がある」

オブライエンは戦域ネットにコマンドを流す。はるか頭上、高々度を旋回中の無人機に、上海サーバーを経由して、米軍の災害派遣用マインドケア・プログラムがダウンロードされる。カウンセリングAIと、鎮静用のアニメソムリエAIも。

運動エネルギー爆弾を投下した爆撃ドローンは、使命を変更してカウンセリング・ドローンとなり、遠ざかるニーナを追跡し始めた。

二人だけになったデザートガンナー分隊は、完全な廃墟となった紫禁城に立ち尽くして空を見上げていた。空を行く光は、次第に背景と見分けがつかなくなり、蒼穹《そうきゅう》に溶け込んで消えていった。

草原のサンタ・ムエルテ

西暦二〇三一年　アメリカ合衆国　ネヴァダ州

1

干上がった塩湖《えんこ》に佇《たたず》む人影の輪郭が、立ち昇る陽炎《かげろう》に揺らいでいる。棒のように細い少女の身体《からだ》を遮光フィルタ越しに見守りながら、オブライエン少佐は気分の重さを持てあましていた。

ここネヴァダ砂漠は、前世紀なかばから軍の実験場として使われてきた。千回近い核実験は言うに及ばず、誰も全貌を知らないさまざまな新兵器が、この乾いた大地で幾度となくテストされてきた。なかでも秘匿性が高いのが、オブライエン率いるテキーラガンナー分隊の駐屯《ちゅうとん》する、ここエリア51である。

合衆国特殊作戦軍《USSOCOM》・陸軍特殊作戦軍団《USASOC》AOF、アドバンスト・オブジェクティブ・フォース。全身をほぼ完全に機械化した戦争サイボーグ《ウォーボーグ》で構成された先進部隊である。かつてデザートガンナーの名で呼ばれていたこの部隊は、無人の砂漠と化した北京《ペキン》で、発狂した地球外知性に憑依《ひょうい》されたウクライナの農夫、エフゲニー・ウルマノフを打ち倒して世界の危機を救った。しかしその犠牲は大きく、生き残ったのは分隊長《スクワッドリーダー》オブライエンと副隊長パンゴリンの二人だけだった。事実上全滅したデザートガンナー分隊は一度解散、新たな人材を確保したのち、テキーラガンナー分隊としてふたたび結成させられたのだった。

エフゲニー・ウルマノフは、観測された限り最初の地球外知性による憑依体であった。彼の肉体には、遙《はる》か遠くの宇宙に高次元文明を構築していた高次幾何《きか》存在が融合していた。魚《うお》座《ざ》で起きた超新星爆発によってかれらの文明は崩壊、錯乱した状態で地球に漂着したかれは、人間の精神に衝突した。

それが致命的な結果を生んだ。憑依体となったエフゲニー・ウルマノフは、殺戮《さつりく》と破壊をもたらす発狂した魔神と化して人類を蹂躪《じゅうりん》し始めた。死闘の末にかれを仕留《しと》めたのが、AOFの精鋭たるデザートガンナー分隊と、今オブライエンが見つめている少女だった。

アントニーナ・クラメリウス。愛称はニーナ。

〈ヴァン・トフ船長〉と少女自身が名付けた地球外知性に憑依されて超人となった少女である。

これらの知識をもたらした〈船長〉もまた、超新星爆発によって大きなダメージを受けていた。〝セキュリティ多胞体《たほうたい》〟を自称する〈船長〉は、ニーナの精神の奥底に横たわって煩《はん》悶《もん》し、調子のいいときにのみ浮上して、米軍の尋問官と言葉少なに会話してはまた沈んでいくのだった。

しかしこの不安定な、信頼が置けるとはとても言えない異質な存在が、ニーナを超常の存在へと改変し、結果的に人類を救ったのだ。ミドルティーンに見えるニーナの実年齢は、わずか八歳。〈船長〉と接触した夜、ニーナは十代半ばまで加齢されたのだ。〈船長〉のもたらす異星文明の超技術を使えるまでの身体能力を持たせるために。

この事実を知らされたときには、さすがにオブライエンも目眩《めまい》を覚えた。許されるのか、こんなことが。いくら強力なパワーを持っているとはいえ、八歳児に世界の命運を背負わせて戦わせるなど、彼の倫理観には到底許容しがたいことだった。

その年端《としは》もいかない憑依体が、オブライエンの目の前で、ひび割れて白茶《しらちゃ》けた大地に立っている。乾ききった風と直射日光の下、足元に濃い影が落ちていた。

ニーナの周囲には、分隊のウォーボーグたちが倒れて呻《うめ》いていた。心肺機能も強化されたはずの彼らが、日照りの日の犬さながらに喘《あえ》いでいるという事態そのものが異常だった。

「兵隊さんたちはだらしないと思う」

ニーナが不機嫌そうに言う。

「そんな大きな身体してるのに、みんなへばるのが早くないかしら」

「勘弁《かんべん》してくれよ、ニーナ。俺たちの脳は、君のやつよりだいぶ進化が遅いんだ」

倒れていたうちの一人、分隊長のパンゴリンがようやく上体を起こして言った。

「あら。確かにみんな大昔の甲冑魚《かっちゅうぎょ》みたいなご面相《めんそう》だものね」

「地球人に対するヘイトスピーチかな？」

「失礼ね、私も地球人ですけど？」

ニーナは裸足《はだし》でパンゴリンを蹴倒《けたお》して、装甲された顔を足裏でぐりぐりと踏みにじった。

「助けてくださいよ、少佐。この足癖《あしくせ》の悪い怪獣に踏みつぶされちまう」

パンゴリンが哀れっぽく言い、ニーナは調子に乗った笑い声を上げた。

「ねえ、少佐！　あなたの部下はみんなやっつけちゃった。あとはあなただけよ。どうするの？」

オブライエンは肩をすくめて、大声で言った。

「まったくだらしのない奴らだ。全員そこで見ていろ、俺がこの悪ガキを教育してやる」

「児童労働の元締が出てきたわね。教育できるものなら、やってみてよ」

ニーナが挑発的に手招きした。オブライエンが脳内でスイッチを入れると、頭部と両腕、両脚の装甲から、複雑な形状のパーツが滑《すべ》り出て展開した。頭部のものは昆虫の触角に、四肢《しし》のパーツは魚のヒレにそれぞれ似ていた。〈ランタン《LANTERN》〉と呼ばれるそれから、脳をくすぐるようなちりちりした感覚が流れ込んでくる。いまだに慣れない感覚情報を咀嚼《そしゃく》しようとしながら、オブライエンはひび割れた地面を踏みしめて歩き出した。

〈ランタン〉は分隊のウォーボーグ全員に増設された拡張感覚器官だった。〈船長〉の知識をもとに、国防高等研究計画局《DARPA》の技術者を上から使い潰《つぶ》す勢いで急遽《きゅうきょ》開発された、初めての異星テクノロジーデバイスである。その意図するところは、高次元空間の感覚的把握だった。ニーナと同様の戦闘能力を、人類の兵士にも付与する――憑依体と戦うための〈歩法《ゲイト》〉を使えるようにするのが最終目的である。

しかし、理想はいまだ遠かった。デバイス自体が急造なうえに、〈ランタン〉から流れ込む情報を受け取る脳の方は、ふわふわした昔ながらのタンパク質の塊《かたまり》のままなのだ。脳へのハードウェア増設によって、ウォーボーグの演算能力や記憶容量が常人を遙かに超えているとはいえ、それでも高次元幾何学を直感的に捉えて自身の動作にフィードバックするのは困難を極めた。

「私にできてるんだから、兵隊さんたちにもできるはずよ」

……というニーナの主張に対するウォーボーグたちの意見は「無茶言うな」で統一されていた。

しかし、慣れなくてはならない。エフゲニー・ウルマノフは辛《から》くも撃退したが、いずれ次の憑依体が現れる。そのときのために、人類は備えなければならないのだ。

酔う、吐く、倒れる、錯乱する、統合を失調する、過去と現在と未来の区別がつかなくなる、などなどの症状に襲われながらも、ウォーボーグたちは〈ランタン〉の訓練を続けていた。

だが、ニーナとの模擬戦を制するのは至難の業《わざ》だった——というか、誰も、一度も、勝てた試しがない。

部下たちの見守る前で、オブライエンは塩湖のアリーナに歩を進め、ニーナと向かい合った。

「ねえ、銃を使ってもいいのよ」

「けっこうだ。どのみち今の俺たちの技量では、銃器の使用は邪魔になるだけだろう」

「謙虚なのね。……あら、でも〈船長〉も賛成みたい。肉体の使い方をちゃんと学んだ方があとあと楽だって」

「そうだろう?」

「OK、どこからでもかかってきて。遠慮しないで」

「なあ、俺も部下たちも君を殴るのは怖いんだぞ、潰してしまいそうで」

「私もいつも同じことを思っているからおあいこね」

オブライエンは両腕を顔の前に上げ、重心を左右均等やや前のめりに落として構えた。軍隊格闘術で身についた、キックボクシングに似たフォームだ。対するニーナは余裕の表情で、体重を足から足へと移しながら待っている。

「最初の一撃の権利をあげるよ、鉛《なまり》の兵隊さん」

ニーナの煽《あお》り言葉でオブライエンは思い出す。エフゲニー・ウルマノフも最初の遭遇時に同じことを言っていた。彼女がそれを意識しているのかどうか——。訊く気にはなれなかった。オブライエンは雑念を振り払い、〈ランタン〉の感覚に精神を集中していった。

〈歩法〉による一対一の戦闘も、基本的には既知の格闘と同様のプロセスを踏んで進行する。つまり、①相手に自分の攻撃が到達するコースを見出す。②そのコースに従って攻撃を放ち、命中させてダメージを与える。

問題はこの「コース」が三次元空間の外に出るということだ。平面のチェスをしていたら立体の盤面が唐突に増えるようなものである。しかも増える盤面は一つではなく、形も大きさも可変なのだ。

三次元の肉体でこれに対応するためには、物理的にその新たな盤面へ干渉する必要が出てくる。

そこで登場するのが〈歩法〉だ。

ニーナの使うそれは、高次元を認識しながらある一定の動きをすることで、高次元空間に干渉し、相手への攻撃が可能になる、人体の特殊な用法である。

ニーナと対峙《たいじ》した時点で、オブライエンの脳裏にはいくつもの攻撃パターンが浮かび上がっている。標的の動作から未来位置を予測するリアルタイム・シミュレーションは、元からウォーボーグに実装されていた機能だ。そもそも彼らは高速で機動する戦闘用ドローンへの対抗手段として開発された兵器である。この前提がなければ〈歩法〉に適応することは不可能だっただろう。

そこへさらに、〈ランタン〉から流れ込む感覚に基づく攻撃パターンが追加される。増えては消えるこれらのコースがどの次元を通っているのか、四次元なのか五次元なのか十一次元なのか、オブライエンにはわからない。

ここがいつも難関だった。〈ランタン〉からの情報を受け止めることはできても、次のステップとして、それに沿って身体を動かさなければならない。

するとどうなるか。

旧《ふる》い脳が混乱するのだ。あり得ない位置、あり得ない角度に身体を動かそうとしていると認識して、脳が警告を発する。乗り物酔いのような症状に陥《おちい》る者もいれば、視界がブラックアウトしてしまう者もいた。ウォーボーグの身体は戦闘時に邪魔な生理的反応のほとんどをブロックできるはずだったが、それを突き破ってくるほどにこの混乱は強かった。

それでもウォーボーグたちは、過酷な訓練によって高次元への拒否反応をねじ伏せつつあった。

〈ランタン〉に身を任せて、高次元に足を踏み出す。波打ち際《ぎわ》で立っているときの足裏の感触に似て、身体を縁取《ふちど》る空間が流れ去っていく。オブライエンはニーナに対して繰り出した右腕が三つに増えて、どこでもない方向へと進んでいくのを感じていた。そのすべての方向にニーナがいて、避けようとする様子もなく迫り来る拳《こぶし》を見つめている。すべての拳がそれぞれ異なる角度でニーナの細い身体に当たる。しかし命中の瞬間、ニーナが少し身体を揺すると、それだけで攻撃のベクトルがよじれて、すべての運動エネルギーが虚空に吸い込まれてしまった。

「残念」

ニーナの両足が青い炎に包まれたかと思うと、その身体がふわりと宙に浮き上がった。見えない階段があるかのように空中を歩み、肉眼にはむしろゆっくりと見える動きでオブライエンに蹴りかかる。

しかし、その攻撃をオブライエンは避けられない。〈ランタン〉は形のない純粋な「力」が四つの次元から迫っていることを知らせていた。逃げ場を失ったオブライエンを、無色の力が獣《けもの》の顎《あぎと》のように捕らえ、三次元空間にエネルギーを解放した。

オブライエンの巨体が横ざまに吹き飛び、急角度で方向を変えて地面に叩き伏せられた。全身のフレームが軋《きし》む。生身であれば身体の前面の骨すべてが折れていたくらいの威力だった。

ニーナがふわりと着地してかぶりを振る。

「だめだめ、そうじゃない。兵隊さんはどうしてもカラテをやりたがるんだから。違うんだってば。格闘技に見えるかもしれないけど、これはどっちかというとダンスなのよ」

「……ダンスは苦手だ。一度もやったことがない」

身体を起こしてオブライエンは呻く。周りに腰を下ろして見物している部下たちからも同意の唸り声が上がった。ニーナは信じられないという顔で異形《いぎょう》の兵士たちを見回した。

「嘘でしょ。誰だって、子供のころに踊ったことくらいあるでしょう？　幼稚園とか、小学校とか」

「俺は脳性麻痺だったからな。生まれてこの方、ダンスは見る専門だ」

ニーナがきょとんとした顔で聞き返す。

「のうせい？」

「生まれてすぐ、手足が硬直して……病気の一種だよ。この部隊にはそういう奴が多いんだ」

ニーナがもう一度、居並ぶ顔ぶれを見回した。訝《いぶか》しげだったその表情が、じわじわと曇《くも》っていく。

「私、もしかしてひどいことを言った？」

「いや――」

「ごめんなさい」

ニーナはそう言い残して、さっと身を翻《ひるがえ》した。

「ニーナ、待て」

呼び止める声を無視して、ニーナは駆け去り、住居として与えられたトレーラーハウスの中に姿を消してしまった。

「少佐、またあの子を泣かせましたね」

パンゴリンが咎《とが》めるように言う。

「またとはなんだ。俺は何も――」

言いかけてオブライエンは言葉を切った。

南から高速で、ドローンの編隊に護衛されたヘリコプターが近付いている。レーザー対策の偏光樹脂《じゆし》でコーティングされたドローン三機に囲まれているのは、サンディエゴ海軍基地から発進したUH－1Y。積荷はペンタゴンからのVIP。事前連絡はなし。到着まであと十分。

「客だ。套路《ムーブメント》をやっておけ。あとは任せる」

「わかりました」

パンゴリンが立ち上がり、声を張り上げた。

「よーし、落第生ども、立て！　体操の時間だぞ」

乾いた地面から腰を上げる部下たちを背にして、ペンタゴンからの客を出迎えに、オブライエンはヘリポートへと歩き出した。

振り返ると、整列した部下たちが、二メートル以上の巨体をぎこちなく動かして〈歩法〉の套路――〈船長〉とDARPAの技術者によって考案された訓練用の型の練習を始めたのが目に入った。ネットで見た昔の中国のカンフー映画を思わせる眺めだ。一ーナは格闘技ではないと文句を言うが、やはりオブライエンには〈歩法〉はマーシャルアーツにしか思えないのだった。

2

ヘリを降りた客は生身の中年白人男性だった。武装なし、ボディカメラなし。ローターのダウンウォッシュに薄くなった髪を乱されながら、タブレット一つを手にして駆け寄ってきた。ズボンに入れたシャツの腹が出っ張っていて、ストレスか寝不足か、目の下にひどいクマができている。

男はオブライエンのそばまで来ると、前置きなしにまくしたてた。

「オブライエン少佐。緊急にして極秘の任務だ。何人動かせる?」

「落ち着いてください、ミスター……」

「ルース・マッケイ、CIAだ」

「ミスター・マッケイ、エリア51に持ち込まれる仕事はすべて緊急にして極秘ですよ。あちらでお伺いしましょう」

オブライエンは落ち着かせようとマッケイの背中に手を添えて、陽炎《かげろう》の向こうで揺れている司令部の方へ促《うなが》した。

マッケイはかぶりを振った。

「落ち着きたいところだがそうもいかない。諸君に頼みに来たのだから、察しがつくだろう」

「では、ついに――」

「そうだ。新たな憑依体が出現した。部下を集めろ。輸送機が来るまであと三時間かかる。それまでに準備を整えてくれ」

オブライエンは即座に通話を飛ばす。

《パンゴリン、訓練中止。全員に武装させて待機》

《了解、少佐。武装は〈冷たい鉄《コールドアイアン》〉ですか》

《そうだ。また、〝神殺し〟だ》

通話のかたわら、オブライエンはヘリポートの隣に駐めたオープントップのハンヴィーにマッケイを案内し、自分は運転席に乗り込んで車を走らせ始めた。この大型車輛は、基地内でウォーボーグたちの足として使われていたが、運転席がウォーボーグのサイズに改造されているため、わざわざ人間の兵士を運転手として使うこともなく、分隊長のオブライエンがみずからステアリングを握ることも多かった。

後部座席のマッケイは、遠くのハンガーへ駆け足で向かうウォーボーグたちに目を凝らしながら、何かを探すように首を伸ばした。

「例の憑依体は?」

「ニーナのことですか」

「そうだ。君たちの情緒不安定なスーパーガールだ」

「仲良くやっていますよ」

「そうであってくれなければ困る。彼女も人類に対する脅威であることは変わらないのだからな」

「ニーナは大丈夫ですよ。アイスを食べて、アニメを見て、平和に日々を送ってます。歳相応にね」

「まだ八歳だったな?」

「精神年齢はそうです」

「子供の精神が入った大人の身体は、常にトラブルの元だ」

「大人の身体といっても、せいぜいハイスクールくらいですよ」

「充分だろう……しかも得体《えたい》の知れない地球外の知性を同居させている。安心できる材料は一つもない」

CIAめ、とオブライエンは内心で毒づく。ニーナのことを何も知らないくせに。

だが、困ったことにマッケイの言葉は完全に正しかった。ニーナの戦闘力はあのエフゲニー・ウルマノフと互角。客観的に見れば、ニーナは地球上でもっとも危険な存在なのである。

北京での戦闘が終わって飛び去ったニーナに対しては、米軍の上層部において核攻撃を含む対応が検討されたが、それを食い止めたのはオブライエンとパンゴリンの強硬な主張だった。憑依体は核を用いても倒すことはできない、絶対に敵に回すべきではない。説得して味方にするべきだと、二人の生き残りは口を揃えた。

カウンセリング・ドローンからの映像により、コミュニケーションが可能であると判明したことも追い風となって、アメリカはニーナへの慎重なコンタクトに踏み切った。CIA、NSAをはじめ、さまざまな勢力がニーナを手に入れようとしたが、本人の希望によって、ニーナはオブライエンの監督下で動向を観察されることになった。

当然と言うべきか、ロシアと中国もニーナの所有権を主張したが、それを耳にしたニーナがみずから空を駆けてクレムリンと上海《シャンハイ》を訪問し、「話をつけて」きたおかげで、表《おもて》だった要求は影を潜《ひそ》めた。ニーナ本人は面倒ごとを片付けてやったと意気揚々《ようよう》だったが、この一件の意味するところは、大人たちにとってはまるで違った。アメリカは核を上回る戦略兵器を手に入れたわけではなく、八歳児の知能しかない気まぐれなシヴァ神の養育義務を負ったことが明らかになったのである。

「しかし、その安心できない彼女の力を我々は必要としている、そうでしょう」

ステアリングを切りながらオブライエンは言った。

「新しい敵が現れたのならなおさらだ。ミスター・マッケイ、ささやかながら忠告しますがね、ニーナの機嫌を損ねない方がいいですよ」

「脅《おど》すつもりか？」

「八歳の女の子を怒らせるのは実に簡単で、機嫌を直してもらうのは本当に大変だというだけですよ」

「子供は苦手だ」

「私もです」

マッケイは苛立《いらだ》たしげなため息をついた。

「聞いておいた方がよさそうだな。彼女の好きなフレーバーは？」

「は？」

「アイスを食べると言っただろう」

「お気に入りはストロベリーチーズケーキです。チョコレートミントだけは歯磨きの味がすると言って食べませんから、気をつけてください」

「趣味が合わん」

「どのみちバスキン・ロビンス《サーティーワン》に寄っていく暇《ひま》はありませんがね」

　オペレーションルームに入ったマッケイは、慌ただしく部屋の照明を落とし、タブレットを戦術デスクにリンクした。ビリヤード台ほどの大きさがあるデスク上に、作戦情報と地図が浮かび上がる。

「日本ですか」

「行ったことが？」

「沖縄に二ヶ月。実験部隊の演習に参加しました」

「だいぶ遠いな。作戦地域は東北地方《NEリージョン》だ」

　マッケイが地図をクローズアップして、作戦説明を始めた。

「三十五時間前、日本上空の情報《I》・監視《S》・偵察《R》プラットフォームが重力波のパルスを検知した。高次元空間との接触の兆候と予測されていたものだ。解析の結果、出所は東北地方の大規模農場と判明した」

　北京の一件以降、アメリカが世界各地に展開している無人偵察機と監視衛星の一部には、急遽《きゅうきょ》重力波センサーが取り付けられていた。高次元知性の地球到達は重力波によって感知できるだろうというのは、〈ランタン〉と同様、〈船長〉に与えられた知識だった。

　デスク上に空撮画像が表示される。森に覆われた低い山地の合間《あいま》に作付《さくづ》けされた耕地が広がり、画面中央に並ぶ一群の建物に向かってカメラがズームしていく。管埋棟、宿舎、農業機械の車庫、食堂、犬舎《けんしゃ》……といった建物の情報が次々に追加される。

　作戦説明を聞いているのはオブライエンだけだが、バックグラウンドでは部隊の全員が情報を共有している。オブライエンに転送されてくる情報には公開範囲設定がタグ付けされており、受信者ごとのクリアランスチェックは自動化されていたが、オブライエンはこれをまったく信用しておらず、すべて自分でチェックしてから部下に流すかどうかの判断を下していた。

「パルス検知から十二時間後の画像だ」

連続写真の中に、宿舎から出てくる一人の人物が現れた。空撮のクローズアップでも見て取れるくらい、身体が赤く染まっている。体格からして成人女性のようだ。背後のコンクリートに黒い足跡を残しながら歩いていく。

「血ですか、これは」

「まず間違いない」

画像がスクロールすると、農場のあちこちに人が倒れている。どの身体の下にも血だまりができていた。

「虐殺《ぎゃくさつ》している――」

エフゲニー・ウルマノフのケースも、最初は小規模な殺人から始まったと見られている。初期段階の憑依体は自分の得た力を制御できないため、身の回りの人間を偶発的に殺傷してしまう。それによって精神が崩壊し、カタストロフへと突き進む。

「心理分析官の見解では、混乱期、抑鬱《よくうつ》期、回復期を経て、対象がエフゲニー・ウルマノフと同様の都市破壊者へとグレードアップするまで最短で六十時間だ。もうその半分が過ぎている」

　画像の中で、血まみれの女が顔を上げてカメラの方を見た。表情までは読み取れない。その片腕が動いて、画面いっぱいに黒い塊がアップになり、それで画像は終わりだった。

「これを最後に無人機の反応が消失した」

「カメラを破壊したのは何です？」

「画像を解析したところ、人間の生首だった」

　マッケイは目頭《めがしら》を揉《も》みながら続けた。

「我々が君の養女を恐れている理由が少しはわかってもらえたか？　いまだに精神状態が不安定だと聞いている。彼女が何かのきっかけで人間に見切りを付け、スーパーパワーを持つシリアルキラーが二人になったら、人類に未来はなくなる」

「ニーナは安定していますよ」

「君の言葉を信じたい」

「血まみれ女は何者ですか？」

「調査中だ。その能力もほとんどわかっていない。せいぜい人の頭部を高高度まで投擲《とうてき》することが可能というくらいだな。これほど貧弱な情報だけでは普段ならあり得ないことだが、今回ばかりはすぐ動かないとまずい。一刻を争う事態だ。憑依体がまだ混乱期にあるうちに叩く」

オブライエンは与えられた情報を検討しながら訊いた。

「日本政府はこれを発表しているんですか」

「日本はこの件をまだ知らない」

「……伝えていないと？」

マッケイが頷《うなず》く。

「この憑依体への対処は我々だけで行う。つまり、ＣＩＡと君たちＡＯＦだけだ。自衛隊《ＪＳＤＦ》との共同作戦も行わない。秘密裏に日本へ飛び、作戦地域へ入り、速《すみ》やかに目標を無力化する」

驚きのあまり、オブライエンは反射的に部下への情報共有をサスペンドしてしまった。

「同盟国の国内で通告なしの軍事行動を？」

オブライエンは信じられない思いで聞き返す。

「心配ない。我々の乗った輸送機は横田《よこた》基地から直接日本に入国する。そこからは陸路で北上することになる。目標の対空能力に鑑《かんが》みて、空路は危険が大きい」

「入国はできるでしょうが、軍事行動となると話が別だ。現地の治安機構とトラブルになったらどう言い訳するんです。無人機が落ちたから捜索に来たとでも？」

「地位協定によって、アメリカは日本国内において自由に軍を動かしていいことになっている。作戦地域に入った時点で、アメリカ政府から、当該地域に新しく基地を作ることを日本政府に要求する。日本政府はこれを却下できない。従って、当該地域は法律上、アメリカ軍の基地として扱われる。君たちは正式にそこに配備されたアメリカ軍人であり、基地内ではアメリカの国内法が適用される。完全に合法だ」

オブライエンはまだ半信半疑だった。

「そんな都合のいい話があるものですか？」

「面白いだろう？　他に質問は？　ないな。では、現時刻をもってアンフレンド作戦を開始する。かかれ」

「……了解。作戦を開始します」

仲間外れ《アンフレンド》――悪趣味な作戦名だ、と内心思いながらオブライエンは退出しようとした。

「ああ、少佐、出発前にニーナと会っておきたい。ここに寄越してくれ」

オブライエンはためらった。マッケイの要求は当然のものだが、人見知りのニーナを一人でＣＩＡに会わせることにはどうにも抵抗があった。

「私も同席します」

オブライエンの返答にマッケイが片眉を上げる。

「なあ、パパ。ここは小学校じゃないんだ。保護者同伴でブリーフィングをする奴がいるか」

「……わかりました」

「そう心配するな。挨拶して少し話すだけだ」

不承不承《ふしょうぶしょう》、オブライエンはパンゴリンに通話を飛ばす。

《パンゴリン、オペレーションルームに来るようニーナに言ってくれ》
《少佐、それが、たった今――》
パンゴリンの焦《あせ》った声が、突然の轟音《ごうおん》に遮られた。
基地上空を、航空機が高速で通過したかのようだった。建物がびりびりと振動する。かなりの低空だ。音はすぐに遠ざかり、聞こえなくなった。
予定された飛行ではない。オブライエンは即座に建物外のカメラに視覚を接続した。ネヴァダの空を白い航跡が遠ざかっていく。拡大すると、航空機ではなかった。それは人間の形をしていた。
《行っちまいました、少佐》
パンゴリンの声を聞いてようやく、オブライエンは状況を理解した。
「何があった?」
訝しげなマッケイにどう説明しようかとオブライエンは頭を悩ませる。
ニーナが逃げたのだ。

3

〈船長〉とようやく連絡がついたのは、部隊を乗せた輸送機が太平洋上空を飛んでいる最中だった。

《やあ、兵士》

「〈船長〉！　連絡をくれて嬉しいよ」

オブライエンは心からほっとして、演習をログアウトした。視界がVRから切り替わると、貨物室内に設《しつら》えられたシミュレーションルームの席を埋める部下たちの姿が目に入った。オブライエンは後をパンゴリンに任せると、一人立ち上がって部屋を抜け、隣の電子戦室へ向かった。

「今どこにいる？」

《太平洋を東へ向かっているよ。君たちとは五百マイルほど離れているかな》

脳裏に響く〈船長〉の声はいつもの通りローテンションだ。ニーナの中に同居しているこの異星の知性体は、常に塞《ふさ》ぎ込んでいて、酷いときにはニーナ本人の呼びかけにも答えない。ましてこんな風に〈船長〉の方から声をかけてくるのは極《きわ》めて珍《めずら》しいことだった。

「いったい何があったんだ。教えてくれないか」

強い言い方をして〈船長〉を刺激しないように、オブライエンは慎重に訊《たず》ねた。

《君たちが怒っているのではないかとニーナは心配している》

「怒っていないと伝えてくれ」

《かなり問題になったのではないかと思うが――》

「大丈夫だ。みんな心配しているだけだ」

オブライエンはそう答えたが、実際には〝問題になった〟どころではなかった。

地球最強の戦略兵器に無断で基地を離れられてはたまったものではない。ことはオブライエンの首一つで済む次元を遥かに超えていた。状況を知らされたマッケイはしばらく言葉を失った後、当座のカバーストーリーをひねり出そうとし始めた。

基地のレーダーによって、ニーナの進路は、しばらく迷走したのち、太平洋を西へ向かっていることが判明した。そのすぐ後にロストしてしまったが、ともかくそれで、「ニーナが部隊に先行して日本へ向かった」という言い訳が立った。

実際、ニーナが飛び出したのは、地球に出現した憑依体を知覚したからだろうとオブライエンも考えた。もともとニーナは、オブライエンたちと鉢合《はちあ》わせする前から、エフゲニー・ウルマノフを危険な敵と見なしていたのだ。

となれば、ニーナの行方はおのずと決まっている。ぐずぐずしている場合ではない。オブライエンと部隊は慌ただしく準備を整え、C-5Mスーパーギャラクシー輸送機に乗り込んだ。機内にはウォーボーグたちとその個人戦闘火器に加えて、複数の装甲車、大口径迫撃砲、長距離精密攻撃用飛行爆弾、機動レーザー砲、無人機、戦術用量子コンピュータなど多数の装備が搭載されていた。

新たな憑依体出現時に備えてあらかじめセッティングされたそれらは、〈コールドアイアン・ストライクパッケージ〉と呼ばれていた。〝神殺し〟用にチューンアップした特殊装備一式である。

電子戦室に入ると、壁際のコンソールに向かっていたブーボーが振り返った。同じウォーボーグでも、この男はたった一人で部隊の作戦全体を調整するスペックを備えた戦域オペレーターである。その分使用する計算機資源も桁《けた》違いで、鳥の羽のように身体を覆う無数の放熱フィンの下から、冷却用ファンの回る音が常に聞こえていた。

部屋の隅では椅子の上でマッケイが死んだように眠っている。オブライエンはブーボーに待てとジェスチャーで伝えつつ、〈船長〉との会話をシェアした。

「どこへ向かっているんだ、〈船長〉?」

オブライエンは訊ねる。

《おそらく君たちと同じ場所を目指していると思う》

「日本に出現した憑依体のことだな」

《そうだ。私がしばらく沈んでいたせいで、感知が遅れた。ニーナの精神状態が悪化したため、様子を見に浮上したところでようやく存在を認識した》

「どういう奴だ?」

《まだわからない。相手も混乱している。憑依体と直接相対《あいたい》する必要がありそうだ》
「こちらで把握している情報を送る」
オブライエンは〈船長〉用にタグをつけた憑依体の情報を送信した。〈船長〉との間には複数の通信プロトコルが確立しており、こうしてニーナとは切り離してのやりとりが可能だった。それも〈船長〉の精神が安定しているときに限られるのではあるが。
《把握した。この画像では、物理的に宿主《しゅくしゅ》の肉体を強化していることしかわからないな。憑依体の犠牲者の物性も変質していないようだ》
「こちらの位置は把握しているんだろう？　合流してくれないか？」
《できない。ニーナがまだ会いたくないと言っているんだ》
「訓練のときに言っていたことなら、誰も気にしてない」
《それもあるが、もっと大事な用事がある》
「なんだ？」
《ニーナは友達を欲しがっている》
オブライエンは絶句した。
それはニーナのもっとも大きな欠落だ。彼女は自分の力を制御できず、みずからの家族や友人もろとも、生まれ育った村を一瞬で消滅させた。それ以降、彼女は孤独なままだ。同じ世代の友達は一人もいない。周りには人間離れした面相の戦争サイボーグばかり。オブライエンをはじめ兵士たちは、ニーナに対しては意識してフレンドリーに接していたし、ニーナの方も懐《なつ》いてくれてはいたが、そこにはやはり壊しきれない壁があった。ニーナと同じ境遇の者は、地球上に誰も……。

――同じ境遇の者？

「〈船長〉。まさかとは思うが――ニーナが新たな憑依体のもとに向かっている理由は、その……」

《君が想像しているとおりだ。ニーナは相手と友達になれるかもしれないという希望を抱いている》

「危険だ！　画像を見ただろう、相手は虐殺者だぞ」

《そうだ。人間と漂着者の精神が融合することによって、憑依体の精神状態は極めて不安定になる。恐怖と混乱から生じる自己防衛反応は、この次元の生物にとって致命的な結果を生むだろう》

オブライエンもそれはよくわかっている。エフゲニー・ウルマノフもそうだった。ニーナと〈船長〉は融合しきらずにかろうじて踏みとどまっているが、どちらも正気の縁《ふち》から転落する可能性を抱えたままだ。軍の上層部もアメリカ政府も、常にそれを危険視していた。ニーナの身柄がオブライエンの保護下に置かれた今の状況が許されているのは、危険視する以外に何ができるわけでもないからだった。

《私も説得しようとしたが、ニーナはそれでもコミュニケーションを取ることに執着している。君たちより先行したのはそのためだ》
「どういうことだ？」
《ニーナに人類を裏切る気はない。しかし、君たちと対象が遭遇したら間違いなく戦闘になる。だから君たちの到着より前に対象と接触し、友達になろうと試みるつもりだ》
「……なるほどな」
《なるべく急いでくれたまえ。私は受動的に機能するセキュリティ多胞体だから、ニーナに戦闘する気がなければ役に立てない。初動で遅れを取った場合、致命傷を負う可能性がある。君たちと合流したら、ニーナも対象とのコミュニケーションを諦《あきら》め、戦闘に集中してくれると思う》
「わかった。可能な限り急いで追いかける」
《よろしく頼む。ではまた、兵士》
〈船長〉との通信が切れた。
会話を聞いていたブーボーが、ぎょろりと目を回した。
「合流したらニーナも戦ってくれる、と言いますが――そう簡単に切り替えられますかね」
「同感だ」
「〈船長〉の知性は人間よりも高度ですが、限定的だ。自分の憑依した宿主の感情を、まだ理解し切れていない気がします」

「最近のニーナはどうだった？　俺の知らない動向があるか？」

「少佐がご存じなさそうな情報としては、そうですね。アニメソムリエＡＩを首にしましたね」

「……なんだって？」

「コンタクト以降、アニメソムリエＡＩとはいい関係を保っていたのですが、サジェスト機能が行き過ぎて余計なアドバイスをするようになったのが気にくわなかったようです」

意味がわからずオブライエンは戸惑う。

「余計なアドバイスとは？」

「視聴中、後の伏線になる台詞《せりふ》が出てくるたびに〝この台詞を憶《おぼ》えておきましょう〟とか言われるようになったのが本当に嫌だったみたいですよ。年齢による視聴制限にも腹を立てていました。〝私に守られてる人間のくせに、チャイルドロックかけるとかわけわかんない！〟とブンむくれでしたね。次の日には〝言い過ぎた〟と謝ってきましたが」

「いい子だ」

「本当ですよ。つい色々教えてしまう」

ブーボーの言葉に、オブライエンは不安になる。この男は部隊最高のハッカーなのだ。

「何を教えた？」

「僕の計算機資源を少しだけ貸してあげたんですよ。それを使って遊ぶもよし、何か自分で作るもよし、又貸しして稼《かせ》ぐもよし。まっとうでしょう?」

「……まあ、そのように聞こえるな」

ブーボーが有り余る計算機資源を3Dレンダリングにつぎ込んで、自分が子供時代に好きだった映画の続編を無断で作り続けていることを知らなければ、オブライエンも素直に褒められたかもしれない。『ゼロ・ダーク・サーティ』をズタズタに切り裂いて『シン・ゴジラ』風に編集し直した『シン・ゼロ・ダーク・サーティ』、原作通りのモキュメンタリーとしてフルスクラッチした『ワールド・ウォーZ　TVシリーズ』、ポール・グリーングラス監督をエミュレートしてでっち上げたサイバーパンク・エスピオナージ『ゴースト・イン・ザ・シェル・スプレマシー』……。一番人気の『ザ・レイドvs.プレデター』のシリーズは既《すで》に3まで続いていた。部隊が機密のベールで守られていなければ、複数のライセンス保持者から何度も丸焼きにされているところだ。ニーナが悪い影響を受けていなければいいのだが――と思っていると、会話の裏でブーボーが通話を飛ばしてきた。

《少佐。そこのＣＩＡの内耳《ないじ》インプラントに暗号通信が来てます》

《解読できるか?》

《さすがに無理ですね。受信データ量は……それなりにあるな。何かわかったんじゃないですかね》

二人のウォーボーグが見守る前で、マッケイが目を開けて起き上がり、大あくびをした。

「いまどの辺だ？」

「横田まであと五時間というところです」

「長いな」

「何かありましたか」

訊ねるオブライエンを見ながらマッケイは少しの間黙っていたが、やがて口を開いた。

「女の身元が割れた。カミラ・ベルトラン。二十八歳、メキシコ人だ。ストリートミュージシャンをやっていたが、二年前に日本へ移住している」

データがオブライエンに転送されてくる。農場で働いていた職員の名簿だ。オブライエンはそれをブーボーと共有する。

データを開くと、カミラ・ベルトランの顔写真つきのプロファイルが視界に表示された。芸能系と言われればそう見える、華やかなヒスパニック系の顔立ち。北部の都市チワワ出身。十代のうちに両親は死去、弟が一人いたが十五歳で死んでいる。射殺だった……マフィアの抗争に巻き込まれたらしい。一人になってからはアメリカとの国境に近いシウダー・フアレスに引っ越している。

「メキシコ人ミュージシャンがなぜわざわざ日本の農場に？」

「さあな。食えなくなったんじゃないか」

「少佐、この農場ですが、労働者は中米出身者がほとんどですね。メキシコ、エルサルバドル、グアテマラが大半で……あとはフィリピンとインドがそれぞれ十人程度」

「不法移民か？」

「そう思ったんですが、就労ビザの記録がすべて揃ってます。農場の外国籍労働者全員、合法的に入国していますね。このデータが正しいなら、ですが」

「データは正しい」

マッケイが断言してから肩をすくめる。

「とはいえ、おそらくその名簿にある人間はほぼ全員が殺されているだろうし、犠牲者のプロファイルが多少違っていたところで何も変わらない。憑依体を可能な限り速やかに無力化するのが我々の仕事だ。ニーナの動向は摑《つか》めたか、少佐？」

オブライエンは一瞬ためらったが、嘘をつくわけにもいかない。

「〈船長〉から連絡がありました。ニーナはカミラ・ベルトランと友達になるつもりです」

オブライエンが説明すると、マッケイは深刻な顔になった。

「まずい。目標が充分な会話能力を備えていた場合、逆にニーナが取り込まれる可能性がある。そうなったら我々は憑依体二人を相手にする羽目になるぞ」

「そんなことにはならないでしょう。ニーナは我々の側についている。〈船長〉も……」

「大人と子供だぞ、少佐。だいたい、人を操《あやつ》り、心変わりさせることなどたいして難しいことではないんだ」

「なんともＣＩＡらしいご意見ですね」

口を挟んだブーボーを横目で睨《にら》み付けてから、マッケイが陰気に言った。

「憑依体を無条件に信頼するのは危険だ。〈船長〉も防壁にはならないだろう。聞く限りだいぶ心が弱っているようだから、ニーナよりも簡単にコントロールされるかもしれない……〈船長〉がニーナを裏切って敵側についた場合を考えると、到底楽観する気にはなれんよ」

4

二十八個の車輪を備えたランディングギアが滑走路に煙を上げて、輸送機は横田基地に着陸した。開いた機首から斜路《ランプ》が地面へと伸び、〈コールドアイアン・ストライクパッケージ〉が続々と後部のカーゴドアから降ろされていく。

今回の任務に参加するウォーボーグは総勢二十四名。降ろした車輛に分乗し、慌ただしく基地のゲートから一般道へ飛び出した。ウォーボーグ用に拡張された大型の装甲兵員輸送車二台が先頭を走り、武装を満載したトラック二台と、機動レーザー砲搭載トレーラーが後に続く。車列の前後はドローンが警戒している。日本では路上爆発物《IED》に気を揉む必要はないが、道幅が狭く混み合っているため、交通事故の方が心配だった。

憑依体の対空能力を警戒して、航空機は使えない。車列は一般車を見下ろしながらドン・キホーテの前を通り、北へと向かった。

日本入りした瞬間から、マッケイは外部との調整に掛かりきりだった。国内の他の基地、日本の高級官僚、第七艦隊、そしてオブライエンには想像もできない要職の人間と、次々に通信し、状況をセッティングしていく。

その間《かん》、ウォーボーグたちにはしばしの時間の余裕が生まれた。いつもならゲームに映画に暗号通貨の取引にと、長い移動時間を思い思いに潰すところだが、目下《もっか》のところ全員の関心事はニーナの行方だった。

《おいみんな、これ見たか?》

部下が分隊全員に共有したのは、ネット上にアップロードされたニーナの目撃情報だった。

ニーナが渋谷の交差点でうろうろしている動画を覗き込んで、ウォーボーグたちは話し合った。

《なんで東京に?》

《日本の地理わかってないんじゃないか》

《だからちゃんと勉強しろって言ったのに》

《日本の地理なんて習わねえだろ》

《昔のアニメ見れば憶えるって》

次の目撃はその一時間後。高速道路のサービスエリアで、苺《いちご》のジェラートを手にしているニーナが、カメラに向かってはにかんだように微笑《ほほえ》んでいる。

ニーナの存在は、北京の直後にはもう一般に漏れていた。恐怖と敵意もありつつ、おおむね世界の危機を救ったヒーローだと受け止められており、ウォーボーグ部隊に注意を引きつけたくないアメリカもそのイメージに便乗した。ニーナが普段エリア51に引きこもっているため、外の人間にどう思われようとこれまではあまり関係なかったのだが、こうして直接一般人と接触してしまうとなると、少し方針を見直さなければならないだろう。

その一時間後の投稿で、ニーナがラーメンを啜《すす》りながら撮影者に訥々《とつとつ》と「オイシーデス、アリガトーゴザイマス」と礼を言う動画が現れ、ウォーボーグたちが騒然となったところで、マッケイが新たな情報をもたらした。

北京のときも世話になったステルス空母アーノルド・シュワルツェネッガーに加えて、ミサイル駆逐艦ジェシー・ベンチュラが太平洋上から即応体制に入った。これで手持ちの火力は一気に増強された。

エフゲニー・ウルマノフを倒す決め手となったのは、アーノルド・シュワルツェネッガーから飛び立った無人爆撃機が投下した地中貫通爆弾だった。ニーナによって弾体を変質させられて初めて有効な打撃を与えられたという但《ただ》し書きがつくとはいえ、障壁を貫通しさえすれば通常弾頭でも憑依体を破壊できると判明したのは大きな収穫だったのだ。

「ここまではいいニュースだが、悪いニュースもある。ロシアが我々の動きを察知して軍を動かしている」

「ロシアも我々のような部隊を送り込んでくると？」

「可能性はあるが、よりありそうなのはミサイル攻撃だ。この情報は自衛隊に流したから、彼らの防空網が役に立つことを願おう」

車列は一般道から高速道路に乗り、東北自動車道を北へ向かった。

埼玉、栃木を通過し、東北地方に入った。道路の周辺は山がちになり、かつて建物があった場所も植物に埋もれている光景が多くなった。高速に面したホテル群はみな、朽《く》ち果てた壁を蔦《つた》が這《は》い上がって、廃城のような佇《たたず》まいになっていた。

《故郷のルイジアナにそっくりだ》

葛《クズ》に覆い尽くされて緑の化け物のようになった送電鉄塔を見上げて、パンゴリンが呟《つぶや》いたとき、車列前方を警戒していたドローンから報告が入った。

《前方、対向車線、軽《ケイ》トラック。男二人、武装している》

――武装？　日本で？

オブライエンは訝しむ。日本では銃器の所持が厳しく制限されているはずだ。それでもなお武装しているとなると、はっきりと攻撃の意思がある人物の可能性が高いが……。

ドローンから送られてきた映像には、白い軽トラックに乗った二人の男が映っていた。キャップとオレンジ色の蛍光ベスト、陽《ひ》に焼けた顔、車内には確かにライフルが二挺《ちょう》。運転席真上のキャリアには羽を畳《たた》んだ民生用クアッドコプターがロープでくくりつけられていた。カメラが車体を回り込むと、荷台に大きな黒い毛皮の塊が積まれているのが見えた。

威嚇《いかく》射撃の要不要を判断する緊張した数秒が過ぎ、ブーボーの通信が入った。

《威嚇射撃は不許可。問題ない、ハイウェイパトロールだ。そのまま通せ》

《日本でもハイウェイパトロールがライフルを持つようになったのか？》

《あれは熊対策ですね。地方人口の減少で人家が消滅し、熊の生息域が広がって、高速道路まで侵入してくるようになったようです》

軽トラックが車列とすれ違う。荷台の黒い塊は、確かに重なり合った三頭の熊の死骸だった。また回線が騒がしくなる。

《三頭とも喉から脳幹《のうかん》を撃ってる。いい腕だ》

《射撃補正ギア使ってるだろ、さすがに》

《許せねえな、狩りはそういうもんじゃねえだろ、もっと神聖な、獲物と対話するような――》

《デイリーミッションの害獣駆除に獲物との対話もクソもあるか。パパと一緒に二十二口径で鹿でも撃ちに行けよ》

チームメンバーの言い合いを聞きながら、オブライエンは思った。気心の知れたこの連中が、数時間後には遠い宇宙から降ってきた異星生物と戦うことになるのだ。何人かが、ことによると全員が死ぬ可能性すらある。その中には自分も含まれているという事実に頭をめぐらせても、まったく現実感がなかった。

ＡＯＦのウォーボーグたちは、戦場という極度のストレス環境下で正しい判断を下し続ける訓練を積んでいる。特殊部隊のコミュニティではまだ風あたりが強く、生身ではないことから「入れ墨なし《タトゥーレス》」、「廃兵院《アンヴァリッド》」、「ＮＡＲＤｓ《ナーズ》」といった蔑称《べっしょう》で呼ばれることも多かったが、その練度と能力は海軍テロ特殊部隊《ＤＥＶＧＲＵ》や海兵隊武装偵察部隊《フォース・リーコン》といった歴史のあるエリート部隊にも引けを取らないほどだ。

実際、自分もチームメイトも、超人的な敵との戦闘が刻一刻と迫っているというのに、それに対する恐怖はほとんどなかった。

訓練と、幸運と、チームメイトを信じる――戦場ではそれがすべてだ。

ただ一つ心を乱すのは、ニーナへの心配だった。ニーナは彼ら全員を集めたよりも強い。だが、一方で非常に脆《もろ》い部分を持つ子供でもある。オブライエンとパンゴリンのみならず、後から加わった者も含めて、ＡＯＦの多くがいつしかニーナを他人とは思えなくなっていた。自分たちより強大な相手に対して抱く気持ちとしてはおかしいのかもしれないが、ニーナを守ろうという思いが自然に共有されていた。

恋人、家族、子供――守る者ができた兵士は危うい。生死がかかった状況で浮かび上がる「死にたくない」という恐怖が心に隙《すき》を生む。わかっているつもりだったが、この気持ちを抑えるのはなかなか難しかった。

ニーナは仙台《せんだい》駅前で牛タン弁当をおごってもらっている写真を最後に消息を絶《た》っていた。ネットには、さらに北へと飛び去ったという目撃者のコメントが多数。日本人も状況の異常さを察したようで、不安を訴える声が少しずつ増えてきた。ニーナが人前に現れ、どこかへ向かっている――つまり、北京の事件と同じようなことがこの日本で起こるのではないか、と。〈東北自動車道を北上する米軍車輛〉の写真をアップロードしている者も数人いて、この二つの事象が結びつけられ始めていた。マッケイはさらなる各所との通信に忙殺されていった。

宮城を越えて、岩手に入り、車列はようやく高速道を降りた。北上江釣子《きたかみえづりこ》インターチェンジからさらに一時間ほど下道《したみち》を走り、内陸へ向かう。

「少佐、車列前後のドローンの高度を下げさせろ。飛行物体は敵に見られると思った方がいい」

「了解」

マッケイの言葉に頷いて、オブライエンは指示を飛ばす。

午後三時四十五分。車列はついに作戦地域に到着した。

5

川沿いの道を通って古びた市街地を抜けた先に、丈《たけ》の高い草と笹の藪《やぶ》に覆われた平地が広がっていた。道沿いに走るコンクリートの水路からすると、かつてこのあたりは一面の耕地だったらしい。草むらの中に点在する家屋は防風林で囲まれている。ここで戦いになった場合、防御陣地として使うことになるだろう。

葛に埋もれかけた老人ホームの駐車場に、パトカーが駐まっていた。近付く車列を目にした警官が、大きく腕を振りながら道路に出てきた。

《少佐、どうしますか》

《停車しろ。話が聞きたい》

《了解、全車停止、全周警戒》

警官の数メートル手前で車列は停止した。オブライエンが装甲車を降りて歩み寄ると、常人をはるかに上回るウォーボーグの巨軀《きょく》に、警官が目を見開いた。相手の武装は九ミリのオートマチックとトンファーのみ。ボディカメラあり。パトカーは無人、屋根に搭載されたドローンはテイザー装備。周囲に伏兵は見あたらない。

「こんにちは。ご苦労様です」

オブライエンが日本語で声をかけると、警官は驚いたようだった。

「ご苦労様です。アー、その、あなたがＡＯＦのオブライエン少佐ですか？」

驚かされるのは、今度はオブライエンの方だった。

「どうして私のことを？」

「ニーナさんから聞きました。私は岩手県警のグェン・ヴァン・ダット巡査です。あなたがたがここに来るから、メッセージ、伝えてほしいと」

「メッセージ？」

「〝あなたがたは彼女を殺すつもりで来ていると思うけど、私が説得するから、すぐに攻撃しないでほしい〟と言ってました」

そう言いながら、グェンは背後を指差した。平地の向こうに、木々に覆われた低い山が連なっている。

「ニーナさんは、あそこに行きました」

オブライエンは地図と実際の地形を頭の中で一致させながら訊ねる。

「農場があると聞いていますが」

「はい。国営の農場で、私も無断では入れない場所です」

――国営の……なんだ、それは？

きな臭さを感じて、オブライエンは訊ねた。

「どういうことです？　いったい何の農場ですか？」

「カン・サー……アー、タイマです」

「タイマ？」

「草《グラス》です。マリファナです」

ようやくオブライエンも察した。大麻農場だ。日本で合法化されたのが何年前かは知らないが、国が流通をコントロールするために、農場を国営化し、立入禁止にしているのだろう。

「ここも北京のようなことになりますか？」

グェン巡査が不安そうに訊ねる。

「そうしないために来ました。ニーナの説得がうまくいかなかったら、激しい戦闘になります。頑丈な建物に入って、外に出ないようにしてください。近隣住民にもそう伝えてください」

「わかりました。ご苦労様です」

グェン巡査は敬礼をして、車に戻ってエンジンをかけた。

道路に出て、市街地の方へ去っていくパトカーと入れ違いに、大型車がこちらへ向かってくるのが見えた。

《後方、スモークグラスのトヨタ二台。武装不明》

「おっと、撃つなよ、あれは俺の客だ」

マッケイが車外に出てきて、腰に手を当てて大儀《たいぎ》そうに伸びをした。

「大麻農場とは資料にありませんでした」

「なんの農場だって変わりはしないさ。生身の人間はマリファナに火を付けて煙を吸ったらトリップするかもしれないが、君たちの換気フィルタはカンナビノイドなんて通しもしないだろう」

「ニーナはどうなんです？　カミラ・ベルトランは？　憑依体がラリったら何が起こるか――」

「なあ、憑依体に毒物が通用するならとっくに嘔吐ガスでもブチ込んでる。一般には知られていないが、君らが北京に派遣されるより前、エフゲニー・ウルマノフに対して北朝鮮がVXガスを、ロシアがサリンガスを使用している。効果はなかった。そんなに簡単なら苦労しない」

近付いてきた高級車に向かって、後方警戒ドローンが警告する。

「それ以上近付くな！　従わなければ射撃する」

トヨタが停車し、スーツ姿の男たちがばらばらと出てきた。整髪剤で撫《な》でつけた頭の壮年男性は見るからに政治家か何かだ。お付きの人間が二名、あとは護衛が六名。武装はグロックと、防弾アタッシェケースの中におそらくSMG。

「何者です？」

「アメリカ軍に抗議したというアリバイ作りのために来た高級官僚だ。日米合同委員会の中では下っ端《したっぱ》だが、わざわざこうして現場に来ることでＣＩＡとのコネが作れるわけだ」

「作戦の障害になりそうですか？」

「ならない。ただの社交だよ。パーティで名刺交換するようなものだな」

マッケイは腕時計を見て言った。

「現地時刻一六時。予定通り、今からここはアメリカ軍基地だ。兵装使用自由《ウェポンズ・フリー》、作戦区域内においてはアメリカ国内法にのみ則《のっと》って行動しろ。オブライエン少佐、以降の指揮を一任する」

「了解」

顔に怒りの表情を浮かべ、大声で抗議しながら歩み寄ってくる官僚を、マッケイが大仰《おおぎょう》に腕を広げて迎える。〝社交〟の場に背を向けて、オブライエンは命令を下した。

《ブーボー、サンドフォックス、対空陣地を構築してネットワーク支援を行え》

《了解》

機動レーザー砲搭載トレーラーとトラック二台が車列を離れ、廃墟となった老人ホームの駐車場に入っていく。ここに陣を張って、レーザー砲、迫撃砲、飛行爆弾などの遠隔支援体制を整えるのだ。この対空陣地はそのまま後方指揮所となり、ブーボーを含めた四名のウォーボーグが前線のサポートとバックアップに当たる。〝社交〟を終えたマッケイもここに加わるはずだ。

《他はこのまま前進する。俺たちの家出娘を迎えに行くぞ》

ウオーッ！　回線上にウォーボーグたちの獣のような掛け声が響き渡る。車列はふたたび進み始め、農場のある山へと近付いていった。

6

山の登り口を封鎖するゲートの前で、車列は停止した。周辺はぐるりとレイザーワイヤーつきのフェンスで囲まれていて、五カ国語で立入禁止を警告する看板がくくりつけられている。

ウォーボーグたちが降車し、散開する。その手にあるのはアサルトライフルにショットガン、グレネードランチャーが一体になったＯＩＣＷ——オブジェクティブ個人戦闘火器だ。この武器は、生身の人間には嵩張《かさば》りすぎるし重すぎるという当然の弱点が露呈《ろてい》したことで一時期開発を凍結されていたが、ウォーボーグの体格と膂力《りょりょく》によって取り回しが効《き》くようになったことで復活したものだ。

ゲートを施錠《せじよう》している太いボルトを切断するには大型の電動カッターが必要そうだったが、部隊はそんな手間をかけることはしなかった。

無人になった装甲車の一台に命令すると、装甲車はエンジン音を轟然と響かせてゲート横のフェンスに突っ込み、金網を引きちぎった。フェンスに開いた大穴に、もう一台も続いて突入する。全員がフェンスをくぐると、部隊はふたたび散開し、装甲車を遮蔽《しやへい》として先行させながら山道を登り始めた。

《もう少し死体がゴロゴロしてるかと思いましたが》

パンゴリンの呟きに、ブーボーが答えた。

《上空からの映像を見た限りでは、虐殺は農場周辺で行われたようです。もう少し近くまで行けば死体の山を見ることになりそうですね》

《くそ。何人だ？》

《犠牲者ですか？　全員死んでいれば百二十四人です》

部下の放つ小鳥サイズのドローンが木々の間を飛んでいく。全員が共有する戦域マップのグレイアウトした部分が、徐々にクリアになっていく。

《全員、〈ランタン〉展開》

オブライエンの命令を受けて、ウォーボーグたちの頭部と四肢から高次元センサーが滑り出た。オブライエン自身も〈ランタン〉を開く。

声にならない呻きが回線を駆け抜けた。

いる——でかいやつが、上にいる。

びりびりと痺《しび》れるような感覚が、憑依体の存在をごまかしようもなく告げていた。

カミラ・ベルトランだ。

その近くには、少し小さな存在が感じられた。興奮して、刺々《とげとげ》しく、波の上下幅が大きい、身体の上を駆け回る子猫のようなそれは、ニーナがいつも高次元に投影しているものと同じだった。

ニーナが目標と一緒にいる。それがいい兆候なのかどうか、とっさにはわからない。オブライエンは〈船長〉に通信を飛ばした。

《〈船長〉、オブライエンだ。状況は？》

返答はなかった。しないのか、できないのか——。オブライエンは後続を促して、前進を続けた。

山道を登り切ると、視界が開けた。

周囲を山に囲まれた盆地に、緑の農園が広がっていた。

すり鉢状に窪《くぼ》んだ広い耕地は規則正しく区分けされて、かつてここが一面の水田だったことを物語っている。今ではそこに植え付けられているのは稲ではなく、背の高い大麻草だ。

緩《ゆる》やかな斜面を何本かの水路が流れている。中央には大きな池があって、雲が流れゆく穏やかな午後の空を映し出していた。点在する建物は、それなりの大きさがあるはずだが、ここからの眺めはまるで箱庭のように美しかった。
稜線の木立が途切れるあたりで部隊は足を止めた。このまま斜面を下りていくと、敵の目にこちらの姿をさらすことになる。装甲車のスモークディスチャージャーで煙幕《えんまく》を張るしかないかと思っていると、〈船長〉から通信が入った。
《やあ、兵士――来たかね》
《無事だったか》
《存在はしているね、かろうじて》
脳裏に響く〈船長〉の声は、いつにも増して暗く沈んでいる。
《どうした？　何があった》
《別にどうもしないさ……自分の存在意義について考えていただけだ……》
パンゴリンが秘匿《ひとく》回線で耳打ちしてくる。
《少佐、前から思ってたんですが、あいつ相当めんどくさくないですか》
《チームメンバーの悪口を言うな》
そう答えたものの、否定はできなかった。
《〈船長〉、ニーナは？》
《彼女とお茶会中だ》

――お茶会？

《君たちも来るかね。彼女も君たちが来たことは知っている。歓迎してもらえると思うよ》

オブライエンは不安を覚える。脳裏にマッケイの言葉が甦《よみがえ》った。〈船長〉とニーナが相手に籠絡《ろうらく》されていたら……？

《……〈船長〉、君はまだニーナの味方か？》

《ニーナは我々の味方か？》

《もちろんだ。私は常にニーナと共にある》

《それを疑われたら、ニーナは悲しむだろうね》

いつも通りとも、煙《けむ》に巻こうとしているとも取れる返答だった。

《どうします、少佐》

オブライエンは数秒考えてから答えた。

《俺が行く。通信が途絶したらおまえの判断で動け》

二台の装甲車と部下たちを稜線に残して、オブライエンは斜面を下り始めた。

広い大麻畑には四方向に監視塔が建っていた。どれにもサーチライトとスピーカーが備え付けられており、農場というより刑務所を思わせる。

大規模農場と聞いていたから、大型の農業機械で効率的にやっているのかと思っていたが、それらしいものは見あたらない。畑の間を走る道路の舗装はひび割れて、道ばたには手押し車やプラスチックのカゴ、収穫用の鋏《はさみ》など、手作業の農機具ばかりが目についた。

事前の情報で、どの建物が何に当たるかはわかっている。大きな倉庫、収穫した大麻の乾燥場の前を行き過ぎる。地面に黒い染みが残っているのは、明らかに血の跡だったが、どこに持ち去られたのか死体はなかった。

犬舎の前を通過する。檻《おり》は空《から》だ。二棟連《つら》なった巨大な従業員宿舎は静まりかえっていた。開け放たれたドアや、窓にかかったカーテンが風に揺れている。ここにも血の跡だけで、犠牲者の死体は見あたらない。

宿舎を通り過ぎた先に池があった。目の当《ま》たりにすると、対岸まで五十メートル以上ある大きな池だった。岸辺を一周する石畳《いしだたみ》の遊歩道に、桜の木が等間隔で植えられていた。桟橋《さんばし》に繋がれた手漕《こ》ぎボートが、さざ波に揺られている。

池のほとりには大きなバルコニーのついた三角屋根のログハウスが立っていた。バルコニーの柵《さく》から柱を伝って、玄関先まで大量の血が流れた跡があった。

ログハウスの正面に広がる青々とした芝生の上に、純白のテーブルクロスに覆われた会食の席が設けられていた。長い食卓の、向かって右端の椅子にニーナが座り、左端に、褐色の肌によく似合う長いドレスを着た女が座っている。

これがカミラ・ベルトランか。

「少佐――」

ニーナが近付くオブライエンを呼んだ。途方に暮れたような顔をしている。その理由はひと目でわかった。

食卓についているのは二人だけではなかったのだ。

テーブルの長辺に並ぶ椅子にはすべて、人間の骸骨《がいこつ》が座らされていた。卓上にはカゴに盛られたフルーツや、大きな肉の塊、蓋《ふた》付きの容器で蒸《む》し焼きにされた魚、ボリュームのあるサラダなど、いくつものパーティ料理が並んでいる。骸骨の前に置かれた皿やカップは伏せられて、何も載っていない。

ニーナは自分の皿に取り分けられた肉に手を着けていなかった。テーブルの反対側に座るカミラ・ベルトランだけが、ナイフとフォークを使って料理を口に運んでいた。

「ニーナ。無事だったか」

「う、うん。ごめんなさい」

「謝ることはない。迎えに来ただけだ」

そう言うと、カミラが初めてオブライエンの方を見た。顔に頭蓋骨を象《かたど》った白いペイントを施《ほどこ》している。

「よく来た、アメリカ人。歓迎する」

スペイン語訛《なま》りの英語がカミラの口から吐き出される。憑依体の発した声は落ち着いていたが、聞く者を思わず身構えさせる迫力があった。人間の声帯から出ているにもかかわらず、大型の肉食獣と対峙《たいじ》しているような感覚をおぼえた。

「座れ」

ニーナに一番近い席の椅子がひとりでに後ろに引かれた。座っていた骸骨がくたりと崩れて、芝生の上に散乱する。オブライエンの〈ランタン〉が、カミラから伸びる不可視の力のベクトルを感じ取っていた。

草を踏みしめて注意深く近寄り、勧められた椅子に腰を下ろす。ウォーボーグの体重を受けて、尻の下で椅子が軋んだ。

「ワインは？」

「……遠慮する。勤務中だ」

オブライエンが断ると、カミラは鷹揚《おうよう》に頷いた。卓上の赤ワインのボトルを取って注ぎ、無造作にグラスを傾ける。ラベルの文字はハーラン・エステート。オブライエンはワインに明るくないが、確か高級銘柄《めいがら》だ。この農場の管理者の私物だったものだろうか。

「ニーナ。彼女と話はしたのか」

「うん……」

「どうなった？　投降すると？」

「それが――」

どうしていいかわからないという顔で、ニーナが俯《うつむ》く。カミラが片眉を上げて言った。

「投降？　ニーナ、あなたは投降を勧めに来たの？」

「違う！　ただ、友達になってもらおうと思って来ただけで――」

「話が食い違っているようだな。ＡＯＦのオブライエン少佐」

どいつもこいつも俺の名前を知っていやがる、と思いながらオブライエンは答える。

「語弊《ごへい》があった。カミラ、俺とニーナが言いたいのは、君と戦いたくないということだ」

「てっきり、殺しに来たとばかり思っていたが」

カミラは農場を取り囲む稜線に目を走らせながら、面白そうに言った。視線を向けた先はことごとく、部隊が身を隠している場所だった。

「君のような存在と交渉するに当たって、丸腰《まるごし》で来る勇気がなかったものでね」

ドクロの描かれた顔に冷たい笑みが浮かんだ。

「交渉とは何を指している？」

「それは――」

自分はなぜこんな話をしているんだ、と一瞬オブライエンは混乱する。本来、この作戦に憑依体と交渉する予定などない。ニーナの「友達」プランを無下《むげ》に却下することへの……不安？　罪悪感？　によって、暗殺対象とテーブルを挟んで向かい合うことになってしまった。

こうなったら、この道を可能な限り進んでみるしかない。オブライエンは即興で言葉を継いだ。

「我々の望みは、君が人間への攻撃をやめて、我々に同行してくれることだ」

「同行するとどうなる？」

「アメリカの基地に居場所を提供する。ニーナと同じ待遇だ。我々の側にいてくれさえすれば――つまり、人を殺さず、都市を破壊せずにいてくれればそれでいい。次に来る脅威に対する防衛に協力してもらえれば理想的だが」

「なるほど、寛大だ。聞いたか？　おまえたちを殺したことは見て見ぬふりをしてくれるそうだ」

カミラがそう言うと、テーブルを囲んだ骸骨たちが嘲笑《あざわら》うように顎《あご》をガチガチと嚙《か》み鳴らした。

「自分がやったことは認識しているのか？」

「最初の一人を殺したときから、私は完全に自分の行動を理解している」

「自覚的に虐殺者として行動していると？」

「私は慈悲を与えている」

オブライエンは改めて緊張を覚える。やはりカミラ・ベルトランも、エフゲニー・ウルマノフと同様、憑依体となって人間性を失ってしまっている。フェイスペイント、食卓を囲む骸骨といったわかりやすい異常さよりも、慈悲を唱《とな》える口ぶりのさりげなさからそれを感じた。

黙り込んだオブライエンを見やって、カミラは微笑んだ。

「少佐、いずれにせよ、申し出は断る。私がアメリカ人に投降することなど絶対にない」

「アメリカ人が嫌いか？」

「個人的な事情でな」

《マッケイ、カミラの個人的な事情とは何のことです？》

オブライエンの問いかけに、マッケイからの返答はなかった。

《ブーボー、そこにマッケイがいるか？》

《いますが、首を振ってます。資料を見直しましたが、特に記述がありませんね》

「だが」

とカミラが続けた。

「ニーナの申し出はそれとは別だ。私と友達になるためにわざわざ来てくれたのだ。この星で唯一の、私と同じ境遇の存在。謹《つつし》んで、友達にならせてもらおう」

《驚いたな、説得に成功したのか》

パンゴリンの感心したような呟きを聞きながら、オブライエンは違和感を覚えていた。それにしては、やけにニーナの表情が曇っている——。

「では、カミラ、アメリカとの関係はともかく、人間への攻撃はやめるということだな？」

「いいや。人間はすべて殺す」

カミラは淡々と告げた。

「なんだと……」

「私に必要な生者《せいじゃ》がいるとしたら、それはニーナだけだ」

オブライエンに穏やかな微笑みを向けて、カミラが続けた。

「ニーナを置いて帰れ。いずれおまえたちには等《ひと》しく死を与えるが、もう少し生き延びたいのであればこのまま帰してやる。遠路はるばるここまで来たことへの、それが褒美《ほうび》だ」

ニーナが椅子から立ち上がって言った。

「カミラ、そんなことしないで！　私が必要なら残る。でも兵隊さんたちに手を出さないで。人間は私たちにかなわない。放っておいてもいいじゃない」

「ニーナ、それはできない。すべての人に死をもたらすのが私だから」

「どうして！」

「私の中の彼女が、そう叫んでいるからだ。空の彼方《かなた》からやってきて、私に光をもたらしたものが。これは私の使命なのだ、ニーナ。この星のすべてに死を分け与えなければならない。私は〈死の聖母《サンタ・ムエルテ》〉。この手で、すべての人間に慈悲をもたらす」

カミラもテーブルの端で立ち上がった。

「オブライエン少佐、ニーナを諦めないならおまえは今死ぬ。おまえの部下も同じだ。恐れる必要はない。喜ぶといい。この地獄のような世界を離れて、永遠に休むことができるのだから」
カミラの身体がふっと浮き上がり、テーブルの上に立った。悠揚《ゆうよう》迫らぬ足取りで近付いてくるその足元で、カゴに盛られたフルーツがみるみる萎《しな》びていく。居並ぶ骸骨も、カミラが歩むにつれて風化し、ぼろぼろと朽ち果てていった。
「少佐、逃げて」
「俺たちは君を連れ帰るために来たんだ」
ニーナに答えながら、オブライエンは〈船長〉と会話する。
《〈船長〉、教えてくれ。カミラと融合したのはいったい何だ？》
《死だよ、兵士。死だ》
《叙情的な表現はいい！》
《叙事的に表現して「死」なのだよ、少佐。あれは自律型概念兵器の「死」だ。強い現実改変能力を持つ種族によって作られたもので、一定の強度の自他境界を持たない弱い種族が曝《ば》露《ろ》すると死ぬ。人間もこの「弱い種族」に含まれる。彼女は今や、受肉《じゅにく》した死そのものだ》
〈船長〉の深いため息のような思念が流れ込んでくる。
《ニーナが「友達」を求めているのと同様に、わたしも話の通じる同類を求めている。君たちより先に新たな憑依体に接触するというニーナのプランに賛同したのも、それが理由だ。しかしどうだ。来たのは私よりもさらに下等なただの自律概念だ。接触しても意味のある返

答などひとつも返ってこない。がっかりだよ。これでまた、わたしはひとりぼっちだ》

《作戦中に愚痴《ぐち》で帯域を浪費しないでくれ》

《わかった。もう一言も喋《しゃべ》らないよ》

拗《す》ねたように黙り込む〈船長〉を放っておいて、オブライエンは言った。

「ニーナ、こいつはもう、人類とは相容《あいい》れない存在だ。攻撃しなければ全員が死ぬ」

ニーナが唇《くちびる》を引き結び、自分もテーブルに飛び上がると、カミラに向かって両腕を広げた。

「カミラ！　やめて！　あなたに人を殺す権利なんかないのよ」

「違う。すべての人間は死ぬ権利がある」

「私はまだ死にたくない。私の友達に死んでほしくもない！」

「ニーナ、あなたはまだ子供だからわからないだけ。人間にとって死は最大の救済なの。生きている限りこの世は地獄。私はすべての人間に慈悲を振りまくことができる」

「でも、あなたが手を下さなくとも、いずれは死ぬでしょう？」

「ええ、ゆっくり、じわじわと、苦しみながらね。私たちはみな地獄にいる。あなたもたくさん辛《つら》い思いをしてきた――そう話してくれたじゃない。お望みなら、あなたから殺してあげてもいい。せっかくできた友達とお話しできなくなるのは、少しだけ寂しいけれど」

カミラは周りに広がる無人の農場を手で示しながら続けた。

「静かでしょう。ほんの少し前まで、ここにはたくさんの人がいた。遠く故郷から連れ去られて、奴隷として生きていた。私がサンタ・ムエルテの啓示を受けなければ、ずっとそのままだった。彼らの何十年もの地獄を、私が断ち切ったの。仲間たちも、私たちをいじめた番犬たちも、農場の管理者家族も、すべて殺した。メキシコ人も、インド人も、日本人も、骨になれば同じ。死はすべてを救うの」

オブライエンの脳裏で、ブーボーが早口でまくしたてる。

《少佐、わかりましたよ。特別移送《EXOレンディション》だ。この農場の従業員は全員、もともとアメリカへの密入国者です》

《どういうことだ?》

《アメリカの国内法で禁止された拷問を、ＣＩＡが外国にアウトソーシングしているでしょう。それと同じやり方を、入国管理に適用したんです。元の国への強制送還が非人道的だと叩かれたから、労働力を欲しがっている第三国に、捕まえた密入国者を正規の労働者として輸出したんだ》

オブライエンはようやく理解した。やけにきれいに揃ったパスポートと労働ビザ、収容所のような監視塔、大きな犬舎。これまでの違和感すべてに筋が通った。この国営大麻農場は、奴隷貿易によって支えられていたわけだ。

――それが「個人的事情」か。

《マッケイ、あんたが話したがらなかった理由がよくわかった》

《話して何かが変わったかね、少佐。忘れないでくれ、我々の仕事は、その女を無力化することだ》

ＣＩＡめ――オブライエンは内心で毒づいた。

困ったことに、マッケイの言うことは何一つ間違っていない。

――やむを得ない。

「ニーナ、すまん」

オブライエンの呟きに、ニーナがはっと振り返る。やるせない思いを抱きながら、オブライエンは命令した。

《全員、攻撃開始》

7

ＯＩＣＷの吐き出す五・五六ミリタングステン弾芯《だんしん》徹甲弾と、人体破壊用のオープンチップ弾を皮切りに、戦闘は瞬く間にエスカレートしていった。

装甲車の一〇五ミリ滑腔砲《かっこうほう》の正確な射撃が、芝生に大穴を穿《うが》ち、骸骨たちが囲んだ長テーブルを木っ端微塵に粉砕した。

カミラはドレスを翻しながら爆発の中を舞う。初めのうちは、銃弾も、砲弾の破片も、見えない障壁に阻《はば》まれてその肉体を傷つけることはなかった。

だが、その爆発の中にはニーナもいた。二人の憑依体の〈歩法〉のやりとりが開始され、次第に熱を帯びていく。ニーナの手足から放たれる青い炎が、戦場に長く尾を曳《ひ》いた。

肉眼で見えない部分で進行する戦いの情報が〈ランタン〉から流れ込み、オブライエンは圧倒された。一流の演奏者二人と同じ舞台に放り込まれた素人《しろうと》のような気分だった。楽譜もろくに読めず、楽器を弾《ひ》く手もまるでおぼつかないのに、いつの間にか本番が始まって、曲は容赦なく先へ進んでいく。

部下たちの混乱度合いもオブライエンとたいして変わらなかった。数え切れないほど套路《ムーブメント》をこなし、シミュレーションを繰り返してきたが、最初の実戦のレベルが高すぎた。

《落ち着け──訓練を思い出せ！》

パンゴリンが叫ぶ。

《迷子になったらニーナを探せ。そこが歩法の焦点だ。ニーナが俺たちの宇宙の中心だ！》

過酷な環境ではあったが、それでも訓練を積んだウォーボーグたちは、徐々に〈ランタン〉の使用に慣れ、踊るような動作によって高次元に攻撃の隙間をこじ開けて、三次元宇宙の外から銃弾を送り込んでいった。カミラに弾丸が集中し、ついに着弾して、その身体が大きくのけぞった。

それまでニーナとの戦闘にのみ集中していたカミラの注意が、ウォーボーグたちに向けられた。銃弾の通った経路を逆に辿《たど》って「死」の概念が迫る。しかし、その経路は途中で狭窄《きょうさく》し、目的を果たすことなく消えた。

代わりにニーナの身体が吹き飛び、砲弾のような速度でログハウスに叩き込まれた。ログハウスは一瞬、風船のように膨れ上がったかと思うと破裂し、信じられない量の血をあたり一面に撒き散らした。パンパンになるまで家の中に血液が溜め込まれていたとしか思えない光景だった。

積み重なった血まみれの丸太を跳《は》ねのけて、ニーナがふたたび宙に浮かぶ。受けたダメージのせいか、足を包む青い炎が不規則に明滅していた。

部隊の全員がそれで気付いた。ニーナと〈船長〉が自分たちを守っているのだ。

カミラの振りまく高次元からの死が部下を捉えようとするたびに、ニーナが巧みにその方向を変え、攻撃を逸《そ》らす。それによって己《おのれ》が傷を負うにもかかわらず、ニーナは徹底してウォーボーグたちをかばい続けた。

《ニーナを援護しろ。全員でかかれ！》

オブライエンの命令を受けて、部隊は〈ランタン〉を用いた〈歩法〉に集中した。個々の攻撃を当てるためではなく、一つの隙を総掛かりで広げるための〈歩法〉だ。必要な「窓」

が開いたと見るや、オブライエンは全速力で後退した。
《ブーボー、撃てるものを全部撃て。俺に構うな》
《了解、うまくかわしてください》
オブライエンが待避するのを待ちきれないとでもいうように、後方の対空陣地からスマート誘導された迫撃砲と飛翔《ひしょう》爆弾が矢継ぎ早に叩き込まれた。回避しようと上空へ飛び上がったカミラを、三百キロワットの高出力固体ファイバーレーザー砲が追った。
太平洋上のミサイル駆逐艦ジェシー・ベンチュラから艦対地ミサイルが飛来し、空母アーノルド・シュワルツェネッガーを発艦した無人爆撃機からは空対地巡航ミサイルが降り注いだ。
一面の大麻畑は完全に消滅した。宿舎も、監視塔も、ログハウスも、跡形《あとかた》もなく吹き飛んでいく。一見して過剰とも思えるその火力が、憑依体に対する恐怖を如実《にょじつ》に表していた。
そして、それは実際に必要な火力だった。
爆炎が収まった後、池は完全に蒸発し、巨大なクレーターと化していた。その中心にニーナが一人立っていた。見下ろす視線の先にはカミラが横たわっている。
《全員、撃ち方止《や》め》
オブライエンは命令を下し、クレーターの底へと滑り降りた。

チームメンバーも後に続き、見るも無惨に掘り返された盆地の斜面を跳躍して降りてくる。ニーナの後ろから覗き込むと、倒れたカミラの肉体はズタズタに損壊《そんかい》し、手足もほとんど残っていない。フェイスペイントを施した顔だけが無傷で、物憂《ものう》げにオブライエンを見返してきた。

「まだ生きてるぞ、ニーナ」

思わず口走ったオブライエンに、ニーナは小さく頷いた。

自分たちが成し遂げたことにオブライエンは驚いていた。〈歩法〉と連動して運用することで、〈コールドアイアン・ストライクパッケージ〉が、憑依体に効果を発揮したのだ。

「あっけないものだな。私がやられるなんて想像もしていなかった」

カミラが呟くと、ニーナがぽつりと言った。

「私の方が、先輩だから」

おそらくマッケイの目論見《もくろみ》は当たっていたのだろう。憑依体が能力の使い方に慣れないうちに急襲し、持てる限りの火力で叩く。単純だが、それだけに強い。

「再生したりしないだろうな？」とオブライエン。

「放っておけば、ゆっくり身体は元通りになると思う。でもすぐには無理。エネルギーを使い切ってるから」

そう言いながら倒れそうになるニーナの細い身体を、オブライエンはとっさに受け止めた。

「大丈夫か」
「ありがとう。私ももうすぐ限界。兵隊さんたちがあれだけ徹底的にやってくれなかったらこっちがやられてた……」
ふらつきながら、ニーナがふたたび自分の足で立つ。
そこへマッケイの焦った声が飛び込んできた。
《少佐！　緊急事態だ、我々は攻撃されている》
オブライエンは戸惑った。
《なんの話ですか？　いつの情報です、それは？》
《現在進行形の話だ。先ほどロシアが極超音速滑空体を打ち上げた。予測される着弾地点は今諸君がいるその農場だ。既に三沢《みさわ》に配備されたＴＨＡＡＤ－ＥＲが迎撃を試みたが失敗した》
一気に情報が流れ込んでくる。極超音速滑空体。ロケットで打ち上げられ、宇宙空間から大気圏に突入し、マッハ二〇で高々度を滑空飛行してくるブーストグライド兵器。爆薬を装《そう》塡《てん》していない単なる金属塊《かい》でも、そのスピードと質量だけで着弾地点から半径数キロメートルを破壊する。既存のミサイル防衛網では対処不可能。レーザー砲での撃墜には少なくとも千キロワット級の出力が必要……。
つまり、方法は違えど、ロシアの誰かもマッケイと同じ結論にたどり着いたのだろう。憑依体が都市破壊者に成長する前に先制で叩く。即応可能な実行部隊を送り込む代わりに、彼らは最速の質量投射兵器をぶち込むことに決めたのだ。

《たった今、滑空体がアーノルド・シュワルツェネッガーのレールガン弾幕をすり抜けた。到達まで五分しかない。カミラ・ベルトランにとどめを刺し、直ちに離脱しろ》

通信を聞いたオブライエンが見下ろすと、カミラをまたいで立ったニーナと目が合った。

「何かこっちにすごい速さで落ちてくる。そうよね」

「そうだ。急いで逃げなければならない。行こう」

ニーナがカミラに視線を落とすと、ドクロのフェイスペイントが笑みを浮かべた。

「とどめを刺してくれるか？　嫌か？　どちらでもいい。すぐに何か大きなものが降ってきて、私に死をもたらすだろう。まだ私にも、それくらいは感じ取ることができる――」

ズドン！　地面が揺れる。カミラの言葉を、ニーナの苛立った足踏みが遮ったのだ。

「うるさい！　カミラ、私は絶対にあなたを生かす。あなたは私の友達。私がそう決めたから。あなたは簡単に人を殺すと言うし、簡単に死ぬと言うけど……そんなの許さないからね。私が勝ったんだから、言うことを聞きなさい！」

息を荒げてそう言い切ると、ニーナはこの世のものではない火で青く燃える足を持ち上げ、カミラの頭を踏みつけた。

「足をどけて」

「言うことを聞くと約束したらね」

カミラは今初めて見るような目でニーナを見上げて、ゆっくりと瞬《まばた》きをした。

「返事は？」

「いいだろう。約束しよう」

「嘘はなしよ」

「私がここで死ねば、これ以上人間に死を分け与えることができない。そのために今はあなたに従おう、ニーナ」

「余計なこと言わなくていいのよ」

憤然《ふんぜん》とニーナが言って、カミラの頭から足をどけた。それから、はっと気付いたように顔を上げて、ウォーボーグたちを見回した。

「あっ、そうだ！　少佐！　みんな！　言っとくけど、あなたたちはちゃんと私の友達だからね！」

ウォーボーグたちは引きつったような笑いを漏らした。ニーナの「友達」への執着を目の前で見せられて、喜ぶべきかどうか一瞬わからなくなったのだ。

だが……。

「光栄だよ、ニーナ」

オブライエンが言うと、戦場に立つ異形の男女の間から口々に賛同の呟きが上がった。

「俺たちは君の友達だ――少なくとも、そうであろうとしているよ。同じ境遇とはいかないがね」
ニーナは頷いた。
「私もあなたたちの友達でいようとしてる。本当よ。同じ境遇じゃなくてもね」
《少佐、何をやってる？　早く逃げろ》
《マッケイ、聞いての通りです。カミラは無力化しました。今からでは爆発半径から逃げられません。ニーナと協力して、滑空体を迎撃します》
ニーナが指先でこめかみを叩いて呼びかける。
「起きてる、〈船長〉？　もうひと頑張りよ」
《君たち、私には何か一言ないのかね？》
「なに？　拗《す》ねてるの？　あなたは友達というより、私の一部じゃない」
《ふうむ。まあ、それでよしとしよう。わたしには今のところ、君しかいないからね》
「俺のことも友達と思ってもらっていいが」とオブライエン。
《申し出に感謝はしておくよ、少佐》
もったいぶった〈船長〉の言葉に、くすりと笑いを漏らしてからニーナは声を張り上げた。
「さあ、鉛の兵隊さんたち。疲れているところ悪いけど、ダンスに付き合ってくれるかしら。私ももうフラフラだから、手伝ってくれないと、あれを受け止めるのは無理だと思うの。お手伝いをお願いできる？」

ウオーッ！　野蛮な掛け声が上がって、ニーナが眉をひそめた。

ニーナのステップにリードされて、巨体のウォーボーグたちが〈歩法〉を踏み始める。夕暮れの空の下、焼き尽くされた大地の上で、時空が歪《ゆが》んでいく。上から見ると、地面に複雑な幾何学模様が編み上げられていくのがわかるはずだ。ところどころ線が震え、よじれ、完璧な出来ではなかったが。

衝撃波を伴って極超音速で飛来した赤熱《せきねつ》する滑空体が激突する寸前、ニーナが呆《あき》れたように笑って言った。

「まったくもう——まだまだね。言ったじゃない、マーシャルアーツじゃないんだから」

エレファントな宇宙

西暦二〇三一年　ウガンダ　エンテベ国際空港

1

C－5Mスーパーギャラクシー輸送機の下腹《したばら》に備え付けられた二十八個の車輪が滑走路に触れると、二百トンに及ぶ機体と積荷の重量を受けて、着陸脚の緩衝装置が大きく沈み込んだ。

逆噴射の轟音《ごうおん》に包まれて、翼をびりびりと震動させながら、スーパーギャラクシーは千五百メートル以上の距離を滑走し、やがて空港の端にある一群の格納庫の前に停止した。

貨物室の扉が開くと、熱気がどっと流れ込んでくる。湿度をたっぷり孕《はら》んだ、アフリカの空気だ。後部傾斜板《ボーディングランプ》を踏んで次々に降機する部下たちに続いて、オブライエン少佐も、赤道直下の太陽に炙《あぶ》られたコンクリートの上に降り立った。ほぼ二十四時間ぶりの地面だ。

ネヴァダ州、エリア51にある基地を飛び立ち、三度も空中給油をしながら、北米大陸、大西洋、そしてアフリカ大陸の大半を横切って、ここウガンダまでノンストップで飛行してきたのだ。

　最初に目に入ったのは、滑走路脇の芝生に立つ場違いな白いパラソルだった。その下にはよく磨《みが》かれた小さな木のテーブルが置かれている。卓上には水滴の浮いた水差しと、色鮮やかな液体の入ったグラスが二つ。テーブルを挟んで、二人の女がくつろいだ様子で腰掛けていた。一人は痩《や》せた白人の少女。もう一人は長い黒髪に浅黒い肌、顔にドクロのペイントを施《ほどこ》した大人の女だ。

「アフリカへようこそ、兵隊さんたち」

　輸送機から降りてきた屈強《くっきょう》な兵士たちに、少女が気安く声を掛ける。

「よう、ニーナ」

「バカンスのつもりか？」

「ずるいぞ、おまえらだけ」

　少女の前を通りながら、兵士たちが口々に叫び返す。みな二メートル近い身長に威圧的な体格、太古の甲冑魚《かっちゅうぎょ》じみた容貌を備えた戦争サイボーグ《ウォーボーグ》だ。人間離れした異形《いぎょう》の男たちに野次《や》《じ》られても、少女は怯《ひる》む様子がない。

「随分《ずいぶん》と優雅じゃないか、お嬢様」

　副隊長のパンゴリンの皮肉めいた言葉に、少女がひらひらと手を振って答える。

「みんな遅いよ。待ちくたびれちゃった」

「おまえは自分の身ひとつで飛べるかもしれんがね、大人はクソ重い荷物背負ってえっちらおっちら進まにゃならんのよ」

「子供扱いはやめてくれないかしら？」

「どこをどう見ても子供だよ、おまえは」

「私にいっつもぶっ飛ばされてる大人が言うと説得力があるわね」

「わかった、子供扱いはやめだ。クソガキに訂正する」

オブライエンはため息をつき、部下の兵士たちの後を追って、パラソルの方へ足を向けた。

「待たせたな、ニーナ」

「あら、少佐。空の旅は楽しかった？」

「すこぶる快適だったよ」

オブライエンは唸《うな》った。実際のところ、輸送機に閉じ込められた状態での二十四時間のフライトには、快適のかの字もなかった。

「カミラも」

オブライエンは、もう一人の方にも頷《うなず》きかけた。女は表情一つ変えずにオブライエンの視線を受け止める。背筋に冷たいものが走った。この女を前にするといつも、銃口を突きつけられているような気分になる。いや、もっと悪い。まるで致死性のガスの香りが鼻先をかすめるような——。

パラソルの日陰で冷たい飲み物を啜《すす》っているこの二人は、人の姿をしていながら、身の内に高次元の異能を宿した魔人である。その気になれば、目の前にいるオブライエンは一瞬で命を奪われるはずだ。

遙《はる》か宇宙の彼方《かなた》の魚座《うおざ》で起きた超新星爆発によって、その星域の高次元文明が崩壊、そこに居住していた知性体があらゆる方向へ吹き飛ばされた。かれらの中には、地球へと至るコースを辿《たど》った者もいた。そして不運にも、衝突地点にいた人間と融合した者も。

高次元の存在と融合した人間は、憑依体《ひょういたい》と呼ばれた。人類の前に姿を現したのは、これまで三人。そのうちの二人が、今ここにいる。

少女の名前は、アントニーナ・クラメリウス。通称ニーナ。チェコで〈ヴァン・トフ船長〉と名付けられた存在と融合した。〈船長〉は、本人曰《いわ》く〝セキュリティ多胞体《たほうたい》〟だという。高次元文明において作られた、ある種のセキュリティ・ソフトウェアだ。高度な知性を持ち、人間と会話もするが、気鬱《きうつ》が激しく、普段はニーナの精神の奥底に沈み込んでいる。

もう一人の女は、カミラ・ベルトラン。メキシコ人だが、アメリカに密入国したところを捕らえられ、日本の国営大麻《たいま》農場に売られた。カミラはそこで死と融合した。文字通りの「死」だ。カミラの中にあるのは、高次元知性体が作成した自律型概念兵器の「死」で、一定の強度の自他境界を持たない弱い種族が曝露《ばくろ》すると死ぬ。ニーナの攻撃は高次元由来とはいえある程度物理的なものだが、カミラは「死」という概念そのものを直接振りまくのだ。

融合の衝撃によって宿主《しゅくしゅ》の精神も影響を受け、カミラは自身をメキシコで信仰される〈死の《サンタ・》聖母《ムエルテ》〉と同一視するようになっていた。

ニーナの視線が、ふとオブライエンの背後に向けられた。

「あら……。シーアイエーのおじさんも一緒だったのね」

振り返ると、スーパーギャラクシーの貨物室から、白人の中年男性が降りてくるところだった。ポロシャツにスラックスの冴《さ》えない恰好で、電話を耳に当て、ほとんど切れ目なく喋《しゃべ》り続けている。CIAのルース・マッケイだ。

マッケイはこちらに目を向けると、電話を手で覆って大声で言った。

「少佐！　十分後にブリーフィングを始めたい。そこの娘さんたちを連れて来てくれ、遅れるなよ」

「わかりました」

マッケイはまた通話に戻ると、格納庫の方へ気ぜわしく去っていった。

「〝そこの娘さんたち〟ですって。挨拶もないし、あの人ほんとに失礼」

ニーナが唇《くちびる》を尖《とが》らせる。

「もう充分だと思ったら、私に言え。いつでも殺してあげる」

それまで一度も口を開いていなかったカミラが、淡々と言った。カミラはすべての人間は速《すみ》やかに死ぬべきだという信念を持っているのだ。

ニーナが首を横に振る。

「早まらないで、カミラ。いくら嫌なやつでも、勝手に殺したらだめだからね」

カミラは黙ったままだ。

「命令よ」

「あなたがそう言うなら」

カミラが答えて、椅子に背中を預けた。ニーナがほっとしたように表情を緩《ゆる》める。だが、オブライエンは安心できない。カミラを部隊に加えることになって以来、安心したことなど一度もなかった。この怪物が今、その信念に従って無差別に死を振りまいていないのは、ニーナに一度打ち負かされ、この少女をボスと認めているからだ。

少し前、オブライエン率いるテキーラガンナー分隊は、ニーナと共にカミラと対決した。この分隊は合衆国特殊作戦軍《USSOCOM》・陸軍特殊作戦軍団《USASOC》AOF、アドバンスト・オブジェクティブ・フォースに所属する、ウォーボーグのみで構成された先進部隊で、北京《ペキン》でのファーストコンタクト以降、憑依体との戦闘に投入されることになった。

北京での初戦では全滅しかけたが、ニーナの協力を得て辛《から》くも勝利した。日本での遭遇では、死者こそ出さずに済んだものの、カミラを無力化した後にロシアから打ち込まれた極超音速滑空体を迎撃する試みで何人もの隊員が負傷した。戦術核なみの威力の質量兵器を受けとめるには、それ相応の代償が必要だった。

この部隊の投入されるミッションは、毎回が未知の存在とのコンタクトでもある。敵がどんな能力を持っているのか、事前に知ることができない。

まともな軍事作戦ではあり得ない運用方法だ。しかし、充分に調査してから作戦行動に移るなどという贅沢《ぜいたく》は許されていない。超新星爆発で吹き飛ばされた高次元知性は発狂しており、人間の精神と衝突すると、人類の価値観とはまったく相容《あいい》れない怪物と化す可能性が高いことがわかっている。北京を破壊したエフゲニー・ウルマノフもそうだったし、カミラもそうだ。〈船長〉の証言もそれを裏付けるものだった。憑依体が融合の混乱状態を脱して、本格的に破壊行動を始めるまでの猶予は、最短六十時間と見込まれる。その間にチームを率いて現地に急行し、憑依体を無力化するのが、オブライエンに与えられた責務だ。

空港の地上スタッフが集まって、荷下ろしが始まった。スーパーギャラクシーの貨物室から、網《あみ》を掛けられた貨物のクレートが運び出されていく。憑依体との戦闘のために持ち込まれた装備一式、〈コールドアイアン・ストライクパッケージ〉――「隙《すき》を作って最大火力を叩き込む」という身も蓋《ふた》もない戦法を実行するための、兵器の詰め合わせだ。通常の攻撃を寄せ付けない憑依体に人類がダメージを与える手段は、今のところそのやり方しかなかった。

〝神殺し〟の任務は、これで三度目になる。前回は効果を上げた戦法が、今回も通用するかどうかはわからないが、それでも持てる材料で臨《のぞ》むしかない。

「すぐにブリーフィングだ。行こう」

オブライエンが言うと、ニーナが勢いをつけて椅子から立ち上がった。芝生を踏む足は裸足《はだし》だ。ニーナは足から青い炎を噴く。本当の炎ではなく、高次元空間から漏出《ろうしゅつ》する何らかのエネルギーが炎のように見えているだけだということだが、そのせいで履《は》き物をダメにしてしまうのだ。足首に金のアンクレットをつけているのは、その代わりなのかもしれない。

「今度はどんな子かしら。何か聞いてる？　少佐」

「いや、何も」

「友達になれるかしら？」

宇宙の彼方から訪れる発狂したエイリアンに、ニーナはまだ「友達」を求めている……。

オブライエンは苦い思いを嚙《か》みしめながら言った。

「期待はしない方がいい、ニーナ」

「そうね。わかってるけど……」

「私の他にも友達が欲しいのか？」

カミラが椅子から立ち上がり、パラソルの影から足を踏み出した。オブライエンは後ずさりしそうになるのを危うくこらえた。陽光の下《もと》に出たことで、カミラの不吉さはよりいっそう強まったように思われた。生者《せいじゃ》の世界に存在していい女ではない。人型《ひとがた》の暗い穴がそこに現れたようだった。

「私だけでは足りないか、ニーナ」

「カミラ、そんなことはないわ。でも――」

何か言いわけをしかけたようだったが、ニーナは思い直したように言葉を切った。

「ごめんなさい、カミラ。あなたが友達でいてくれて嬉しいわ。行きましょ、兵隊さんたち」

ニーナがカミラと手を繋《つな》ぐ。カミラは何も言わなかったが、素直に従って歩き出した。

オブライエンはパンゴリンと顔を見合わせて、詰めていた息をそっと吐き出した。今この時点ではこちらのチームにいるカミラだが、それもニーナとの個人的な約束に基づいた不安定な関係にすぎない。カミラが何を考えているか誰にもわからない以上、いつ関係が破綻《はたん》するかもしれないのだ。

〈死の聖母〉がふたたび敵に回ったときのことを想像すると、皮膚装甲に覆われた身体《からだ》の奥で胃が痛くなった。オブライエンは二人の憑依体の後に続いて、重い足取りでオペレーションルームへと歩き出した。

2

オブライエンたちが降り立ったのは、エンテベ国際空港に隣接した、アメリカ軍の協同《C》安全保障施設《SL》である。小さな施設だが、周辺地域での情報・監視・偵察《ISR》活動を司《つかさど》る安全保障上の戦略拠点であり、特殊部隊の作戦行動拠点としても機能する、実戦に即した基地だ。

格納庫の裏手に、特徴のない灰色のビルが建っていた。オペレーションルームはその三階にあった。オブライエンがニーナとカミラと共に入室すると、照明の落とされた部屋の中央で、ビリヤード台ほどの大きさの戦術デスクの上に、青白くアフリカの地図が浮かび上がっていた。

「来たな。始めるぞ」

マッケイがタブレットから顔を上げて、前置きもなしに話し出した。

「憑依体が出現したのは、コンゴ民主共和国の北部だ――」

「あれ？　私たちがいるここって、コンゴだったかしら」

ニーナがオブライエンの顔を見上げた。

「いや。ウガンダだ」

「別の国？」

「隣の国だ。ウガンダの西にある」

「地理のお勉強はあとでやってもらおう」

マッケイが手元のタブレットを操作すると、デスク上の地図が拡大された。

「出現地点はここだ。コンゴ川流域、キサンガニの西、マリンガ・ロポリ・ワンバ地域。七万四千五百平方キロの範囲に広がる湿地《しっち》と密林だ」

地図の上に重なって示された作戦地域を見て、オブライエンは言った。

「かなり範囲が広いようですが、憑依体の位置は特定できていないのですか」

「腹の立つことに、その通りだ。現状、この地域全域を捜索対象とせざるを得ない」

「どういうことです。偵察画像があるでしょう」

「高次元存在との接触を表す重力波パルスが検知されて二時間後、上空を通過した衛星からの偵察画像には、目立った動きは認められなかった。樹冠《じゅかん》に邪魔されている可能性はあるが、少なくとも融合の初期段階では、大規模な破壊行為や虐殺《ぎゃくさつ》は行われていないようだ」

「よかった」

ニーナが呟《つぶや》いた。それが聞こえなかったかのように、マッケイが続ける。

「パルス発生から六時間後、衛星が地上から出力された重力波を探知した」

「地上から出力、された……？」

オブライエンは意味がわからずに繰り返した。

「そうだ。高次元存在との接触時に瞬間的に放たれるパルスとは異なる、ある種の信号であると推測された」

「えーと、それって……どういう意味？」

「君の中の〈船長〉に訊いた方が早いかもしれんな」

マッケイが含みのある口調で言うと、数秒の間を置いて、デスクのスピーカーから抑揚《よくよう》の乏《とぼ》しい声が響き渡った。

《おそらくそれは、通信しているのだろうな》

〈ヴァン・トフ船長〉の声はいつ聞いても暗く沈んでいる。

「通信？　いったいどこへ——」

そう訊《たず》ねかけたオブライエンは、途中で気付いて絶句した。

「まさか——地球外と通信しているというのか!?」

《そう思う》

「我々《CIA》も同じ結論に達した。憑依体は、重力波通信によって他の高次元存在にアプローチしようとしている」

「仲間を呼んでるってこと？」

「その可能性が高いと見るべきだ」

オブライエンは呻《うめ》いた。今のところ、憑依体の出現は、偶然地球衝突コースを飛んでいた高次元存在と人間との不幸な接触によるものにとどまっているが、大声で仲間を呼ばれるとなると、その件数は一気に跳《は》ね上がるだろう。

「〈船長〉、その通信の内容はわからないの？」

ニーナが声に出して訊ねた。部隊に来て最初のころは、頭の中の〈船長〉とふたりきりで話していたが、最近はこうして周囲の人間を意識した会話もするようになってきた。

《難しい。ここから傍受を試みることはできるが、こちらの存在も察知されるだろう》

船長の答えに頷いて、マッケイが言った。

「事態は急を要する。準備が整い次第、すぐに出発し、憑依体を無力化し通信を停止させる」

「目標の対空能力は判明していますか？」

日本でのケースでは、カミラは上空の偵察用無人機を感知して迎撃行動をとった。今回の憑依体も同じことができるとすれば、空から近づくのは賢明ではない。

「わからん。今のところ衛星は撃ち落とされてないがな」

「では、空挺《くうてい》降下しますか」

オブライエンの問いに答えたのは、マッケイではなく〈船長〉だった。

《重力波通信は位相を揃えることでそのまま攻撃に転用可能だ。推奨《すいしょう》できない》

「どういうことだ？」

《君たちもレーザーを実用化しているだろう。光子ではなく重力子でもレーザーと同じようなことができる。目標にどれだけの知性があるかわからないが、接近を感知されたら重力子のビームで狙い撃たれる可能性がある》

目標の知性について語る〈船長〉の口調には皮肉めいた色があった。ニーナが友達を求めるのと同じように、〈船長〉も出自を同じくする同胞との出逢《であ》いを望んでいるのだ。カミラのときには、融合したのが知性どころかなんの知覚能力もない概念兵器だったことで、〈船長〉はすっかり落ち込んでいた。

マッケイが補足するように言う。

「空挺降下が適切でない理由がもう一つある。目標の正確な所在が把握できていない以上、降下後に捜索して位置を突き止める必要がある。徒歩では機動力がないし、車輌の運用にも向かない地勢だ」

「ふうん……？」

何やら首をかしげていたニーナが、やおら戦術デスクの縁《ふち》に足を掛けたかと思うと、地図の上に立ち上がった。

「おい、ニーナ、行儀悪いぞ」

「下からだと見づらいんだもん」

オブライエンに口応《くちごた》えをしてから、ニーナがマッケイに顔を振り向けた。

「ねえ、これ、現地までどのくらい距離があるの？　けっこう遠いように見えるんだけど」

「直線距離でざっと千二百キロだ」

マッケイの答えに、ニーナが目を丸くする。

「どうして私たちは隣の国にいるの？　ウガンダじゃなくて一気にコンゴに降りればよかったじゃない」

「コンゴにはアメリカ軍の拠点がない。現地に最も近いＣＳＬサイトがここだ」

「言ってくれれば、こんなところでのんびりしてなかったわ。私とカミラで先に現地に行けたのに」

「そもそもお嬢さんがたに先行してほしいとは一言もお願いしていなかったと思うがね」

苦々《にがにが》しい顔でマッケイが言った。二人の憑依体は分隊と共に行動してもらいたい——というのがマッケイの希望だったのだが、ニーナは鈍重《どんじゅう》な輸送機に大人たちと詰め込まれるのを嫌がり、「友達」のカミラと手を携《たずさ》えて、分隊を置き去りにさっさと飛び立ってしまったのだ。

安全保障上の脅威である二人が、アメリカ軍のコントロールを外れて地球の空を飛び回っているなどということが明るみに出たら、ただではすまない。オブライエンも頭が痛かったが、より上のレベルで調整に奔走《ほんそう》しているマッケイはそれどころではなかったはずだ。ニーナがエンテベでおとなしく待っていてくれて幸いだった。

確かに二人が先行すれば、いち早く目標を発見できるかもしれないが、その際何が起こるかわかったものではない。オブライエン個人としてはニーナの人格に信頼を置いているものの、同時にその幼さも忘れてはいなかった。憑依体と接触したとして、後続が到着するまで待てるほど大人ではないのだ。見かけも十代半ばのうえに、ニーナの精神年齢はまだ八歳なのだから。

黙って聞いていたカミラが口を開いた。

「先ほどから聞いていると、私がおまえたちに協力するという前提で話しているようだが」

マッケイがフンと鼻を鳴らした。

「畏《おそ》れ多くも〈死の聖母〉様が、死すべき定めの人間風情《ふぜい》のために尽力《じんりょく》してくださるとは期待していないがね。せめて目の届くところにいてくださいますと、わたくしどもは大変心安らかでしてね」

「それなら心配は要《い》らない。死は常におまえの傍《そば》にいる」

「俺は形而上《けいじじょう》の話をしてるんじゃない。監督責任の話をしてるんだ」

カミラが顔をのけぞらせて、声を出さずに笑った。

「死に対する監督責任とは、CIAの仕事も幅広くなったものだな！」

「俺のような工作担当《ケース・オフィサー》はもともと他人の生殺与奪《せいさつよだつ》を握るのが仕事みたいなもんだ。あんたのお守《も》りも充分職域の範疇《はんちゅう》さ」

「お、お守りだと？」

「カミラ」

怒れる〈死の聖母〉をなだめようとしてか、ニーナがデスクの上から飛び降りる。しかしマッケイは、カミラの視線を受け止めて、疲れたようにため息をついた。

「たかだか人を上手に殺せるだけが取り柄《え》の女に、俺がびびると思ってるのか。こっちは一瞬で俺をあの世に送れる資産《アセット》連中と年がら年中付き合ってるんだぞ。あんたがサンタ・ムエルテでもヘラでもカーリーでも、俺のやることは変わらん。適切な時間と場所に適切な人材を送り込んで働かせ、そうじゃない場合は誰にも余計な真似をさせないことだ」

睨《にら》み合いをやめさせようと、オブライエンは咳払いをした。

「質問ですが……空挺降下もできないとなると、接近方法は？」

マッケイがカミラからオブライエンに視線を移した。

「計画は立てた」

そう言うと、タブレットを操作して続ける。

「少佐、いま地図情報と作戦要綱《ようこう》を流した。チェックしてから部下にシミュレーションを組ませてくれ」

流れ込んできた情報を参照しながら、オブライエンは言った。

「低空である程度まで近づくわけですね。この距離となると、オスプレイですか」

「いや、ヘリで向かう。チヌークだ」

資料によると、作戦に使用するヘリはチヌークを改造した特殊作戦用のＭＨ－47Ｇだった。

「往復で二千四百キロだとチヌークでは航続距離が足りませんよ」

「空中給油で繋ぐ。オスプレイでは積載量が不足する」

「積載量――ああ、これが問題ですね」

作戦要綱に記載された河川特殊作戦舟艇《ＳＯＣ－Ｒ》のスペックを見て、オブライエンは納得する。この上陸用ボートは燃料込みで九・四トンあり、オスプレイには重すぎる。チヌークで吊り下げて運ぶしかない。

「ヘリで国境を越え、目的地手前でコンゴ川に降りる。君たちは四つのボートに分乗することになる。輸送手段として手配したヘリは最終点検中だ。三十分で出撃準備が整う」

ヘリはジブチのアメリカアフリカ軍《AFRICOM》基地からこの作戦のために呼び寄せたという。操縦手と、SOC－Rの操舵手《そうだしゅ》と銃手《じゅうしゅ》が随伴《ずいはん》している。海軍特殊戦コマンド、特殊舟艇チーム《SBT》の人間だ。

「君たちは生身の部隊と共に行動するのは不得手《ふえて》だろうが、やってもらう。時間の余裕がない。問題が生じたら動きながら折り合わせる」

オブライエンのもの言いたげな視線に気付いたのか、マッケイは自嘲《じちょう》するように唇を曲げた。

「少佐、我々の任務は、まともな軍事作戦とは言いがたい——災害対策の方がまだ近い。情報が不足していても動くしかない。いいな」

「……わかりました」

前線で作戦に従事する部隊長としては文句もあったが、オブライエンは呑み込んだ。

「よし。では、ライトオフ作戦を開始する。かかれ」

3

慌ただしく準備を整えたテキーラガンナー分隊は、四機のチヌークに分乗して飛び立った。どの機体にも大型のボートが吊り下げられている。ヘリの機首右側から前方に長く突き出している給油用プローブが騎士のランスのようだと言って、ニーナは面白がった。

耳を聾《ろう》するローター音の中で、ウォーボーグたちは押し黙って座っている。時折身じろぎして、低く悪態《あくたい》をつく以外は、大きな身体をベンチに収めたままでほとんど動かない。電子戦担当のブーボーが急遽《きゅうきょ》組み上げたシミュレーションで演習を行っているのだ。

VR空間の中、激しく揺れるボートの上で交戦していたオブライエンは、右腕を執拗に小突《こづ》かれ、気をとられた隙に撃たれて船縁《ふなべり》から転落した。

VRをオフにして目を開けると、ベンチの隣に寝転がったニーナが、オブライエンを踵《かかと》で何度も蹴りつけていた。

「行儀が悪いぞ」

「つまんないんだもん」

「退屈だからって人を蹴るもんじゃない」

家族がいないオブライエンには、いまだに八歳の女の子との付き合い方がわからない。肉体年齢は十代半ばなのだからさらに複雑だ。

しつこく蹴ってくる足をキャッチして引き下ろすと、ニーナが尻を支点にぐるりと回って座面に正しい向きで収まった。

「カミラに遊んでもらえ」

「シーアイエーとずっと話してるの、カミラ」

「何を？」

「知らない。つまんないこと」

機内を見回す。壁際のベンチには、演習中の部下と、特殊舟艇チーム《SBT》の生身の兵士たちが並んで座っている。SBTの兵士はみなVRヘッドセットを装着し、両手にコントローラーを握っている。素人《しろうと》にVR訓練をさせても話にならないが、練度の高い兵士には大きな効果があることがわかって以来、こうしたシミュレーションによる演習は珍《めずら》しくない。さまざまな状況設定やランダム要素を加味して訓練を繰り返し、机上《きじょう》の計画を丹念にレビューするのだ。シミュレーションの中、部下たちとSBTは今、指揮官のオブライエンが作戦中に死亡した状況で戦闘を継続しているはずだ。

立ち上がり、前方へ向かう。操縦席の手前で、機内通話用のヘッドセットをつけたマッケイが、カミラと何か言い争っている。オブライエンが近づいていくと、マッケイは助かったとでもいうような表情で言った。

「少佐、この聖母様をなんとかしてくれ。俺は時間がないと言ってるのに、放してくれないんだ」

「何を盛り上がっていたんですか」

「聖母様はひどい陰謀論者でな、何を言っても信じないんだ。かなわんよ」

オブライエンが目を向けると、カミラは微笑《ほほえ》んだ。

「せっかくの機会だからな。マッケイからCIAの悪事を聞き出そうとしていた」

まだ人間だったときのカミラはアメリカ政府によって奴隷として売られたので、アメリカに遺恨《いこん》がある。その矛先《ほこさき》が手近なCIAの人間に向くのは当然かもしれない。CIAは陰謀論の世界では人気者だし、実際に後ろ暗いことを山ほどやっている。

「そうだ、マッケイ。こういうのはどうだろう。おまえが一日一つ、アメリカの暗い秘密を私に話すのだ。そうすれば私は、おまえをもう一日生かしておく。これはいい考えじゃないか？」

マッケイが天を仰いだ。

「こんな中年男をシェヘラザードに仕立てる気か？　よくよく悪趣味だな。いいから放っておいてくれ、見てわからんかもしれないが、俺はいま仕事中なんだ」

「カミラ、その辺で勘弁《かんべん》してやってくれないか。ニーナが退屈してるから、遊んでやってほしいんだが」

「いいのか？　おまえたちがエンテベに来るまで私とニーナが何をして遊んでいたか知っても、同じことを言えるかな」

「……なんだって？」

オブライエンが訊き返そうとしたとき、ヘッドセットに手を当てたマッケイが、振り返って言った。

「少佐、もうすぐ給油機とのランデブーだ。ニーナが暇を持てあましてるなら、見学させてやったらどうだ」

マッケイに割り込まれた隙に、カミラは背を向けて行ってしまった。オブライエンは諦《あきら》めて頷いた。

「了解です。そうしましょう」

「まったく、子守は俺の仕事じゃないんだがな」

手元のタブレットに目を落としながら、マッケイがうんざりした声でぼやいた。

オブライエンは、ニーナを呼び寄せてコックピットに入った。窓の向こうに、近づいてくるKC－130空中給油機の後ろ姿が見える。主翼の途中から長くホースを伸ばし、その先端についた漏斗《ろうと》型のドローグを吹き流しのように曳《ひ》いていた。

こちらのヘリは機首右側から突き出した給油用プローブをさらに伸ばし、給油機に接近しながら、プローブをドローグに挿《さ》し込めるよう機体の位置を慎重に調整している。ヘリの空中給油はただでさえ難しい。重い荷を吊るした四機のチヌークでこれを繰り返しながら、低空を全速力で飛ぶという、パイロットの腕に大きく依存した作戦だ。

マッケイの言うとおり、まともではない。憑依体出現の報を受けて部隊が動き始めてから即席で組み立てた作戦であることは明らかだ。何しろエンテベに着くまでオブライエンすら何も聞かされていなかったのだから。

カミラの一件以来、マッケイは当然のように部隊と行動を共にするようになっていた。この人物についてオブライエンが知る事実は、ＣＩＡのケース・オフィサーであること以外何もない。得体《えたい》の知れないお目付《めつけ》役がどこにでもついてくるのは居心地が悪かったが、複雑怪奇なラングレーの組織図において、マッケイがかなり重要な位置にいるのは間違いなさそうだ。そうでなければこんな風に人員や資材を動かすことなどできないだろう。

プローブがドローグに挿入《そうにゅう》されて、給油が始まった。燃料がタンクに流れ込む音と震動が、足元から伝わってくる。初めて見るだろう空中給油の光景にニーナが興味を持ってくれたようだったので、オブライエンはほっとした。子守は自分の仕事ではないとマッケイは主張するが、それを言うなら、本来オブライエンの仕事でもないのだ。兵士たちのニーナへの接し方は、常に探り探りの、おっかなびっくりのものだった。

ニーナが気を取られているうちに、オブライエンは声に出さずに呼びかけた。

《〈船長〉、いるか？　訊きたいことがある》
《ああ、兵士。なんだね》
オブライエンとの間に確立した専用チャンネルで〈船長〉が答える。この回線であれば、宿主のニーナにも聞かれることなく会話が可能だ。
《さっきカミラが気になることを言ってたんだが。我々が到着するまで、二人は何をして遊んでいた？》
〈船長〉が黙り込んだ。
《言えないようなことか？》
《いや。ただ、説明が難しい》
《ごまかさずに答えてくれ》
《そうだな、端的《たんてき》に言うと、君たちの理解が及ばない方法と機序《きじょ》で、ヴィクトリア湖の漁民《ぎょみん》を壊滅させかけていたな。湖面の漁船をコマに見立てて、陣取りのボードゲームをやろうとして。幸い、未遂に終わったがね》
ヴィクトリア湖はエンテベ国際空港が面しているアフリカ最大の湖だ。オブライエンは無言で天を仰いだ。
《弁護しておくが、ニーナがやろうとしたわけではない。ニーナは危険に気付いてすぐに止《と》めた》

《……カミラか》
《カミラが機会を見つけては死を撒《ま》き散らそうとしているのは、それが存在目的だからだ。今はニーナに服従を誓っているが、根本的な性質は変わらない》
《邪悪な女だ》
《兵士よ、それは違う。死に善も悪もない》
《理屈ではそうだが。カミラがニーナのそばにいるのは教育上最悪だな》
《だが、カミラがニーナの唯一の「友達」であることは間違いないのだ。羨《うらや》ましいよ。わたしも話の通じる同類がほしい……》
《あれが羨ましい？　正気で言ってるのか、〈船長〉？》
オブライエンが思わず聞き返すと、〈船長〉は陰気に答えた。
《地球に墜《お》ちてきたわたしたちは、誰ひとりとして正気ではないのだよ、兵士》

4

空中給油の物珍しさも一時しのぎにしかならず、ニーナは退屈に耐えかねてまたオブライエンに対して足癖《あしくせ》の悪さを発揮し始めたが、カミラとの「遊び」のことを持ち出されると、しどろもどろになって急におとなしくなった。

「でも、でも！　私だって頑張ってるのよ！」

ヘリの騒音の中、オブライエンの耳に口を近付けてニーナは言った。

「カミラはいい子だけど、ちょっとだけ遊び方が物騒なのよね」

「ニーナ、カミラは君の友達かもしれないが、とんでもない危険人物であることも事実なんだ。手に余るようなら言ってくれ。取り返しの付かないことになる前に」

「大丈夫よ。私がちゃんと面倒見るから」

拾ってきたペットを取り上げられまいと必死な子供のようだった。

「だって、約束したのよ。私の言うことを聞いて、誰も殺さないって」

「信じられるか？」

「カミラが私を騙《だま》すつもりなら、もっと早く裏切ってると思うわ」

オブライエンもニーナの希望は聞いてやりたいが、ペットを飼いたいと言って拾ってきたのが人喰いの猛獣だったとき、果たしてその希望を叶《かな》えるべきかと考えると、躊躇《ちゅうちょ》せざるを得なかった。

しかし、ニーナの言うことにも一理ある。ニーナに服従を誓ったとき、カミラは抵抗できないほど肉体を損傷していたが、その傷はもう癒《い》えている。裏切る機会は幾度となくあったはずだ。それなのに、今なお部隊と行動を共にしているということは、ある程度コントロールを受け容《い》れたと見なしていいのかもしれない。

「……わかった。君の判断を尊重しよう」

ニーナが顔を輝かせた。オブライエンの頬《ほお》の装甲にキスをすると、屈託《くったく》なく言う。

「だから好きよ、少佐のこと」

「君に甘いからか？」

「私を信じてくれてるからよ」

そう言ってニーナは立ち上がり、一人で何か本を読んでいるカミラの方へ機内を駆けていった。


六時間に及ぶ長い飛行の末、四機のチヌークはようやく目的地に到着した。

「一分前！」

ヘリの機付長《クルーチーフ》がドアを開けると、タンデムローターの爆音を伴《ともな》って風がなだれ込んでくる。

ヘリは樹冠を見下ろしながら低空を飛んでいたが、不意に眼下の緑が途切れ、大きな川が姿を現した。コンゴ川だ。このあたりの川幅は、三キロはあるだろうか。アマゾン川、ガンジス川に次ぐ流量を誇る、世界第三の大河である。

続いて、キャビンの床のハッチが開かれた。ほぼ正方形の穴の下に、ヘリに吊るされたボートが見えている。

ヘリが川面《かわも》の上でホバリングに移るやいなや、機付長が声を張り上げた。

「ボートに移れ！」

兵士たちがハッチから身を躍《おど》らせ、次々にファストロープで降下していく。通常のロープ降下とは違い、行く先は地面ではなくボートの上だ。

「全員搭乗した！」

「降下！」

ヘリがさらに高度を下げ、ボートが水面に近づいていく。

周辺に集落のない場所を選んだものの、川幅の広いコンゴ川には、見える範囲だけでも何隻《せき》か民間の小舟《こぶね》が確認できた。人間を敵とした作戦ではないとはいえ、コンゴ東部は百グループ以上の反政府武装勢力がひしめく混乱の地だ。不測の事態に備えて、ヘリのドアガナーが重機関銃で全周を警戒している。

四機のヘリがそれぞれをカバーし合いながら、四隻のボートが着水し、ワイヤーが切り離された。オブライエンの耳に、ヘリに残ったマッケイの声が響く。

《前進基地を構築した後連絡する。幸運を、少佐》

ヘリが高度を上げて離れていく。そこには、二人の憑依体だけが残されていた。ニーナとカミラ――二人が支えもなしに空中に浮かんでいるのを目にして、ＳＢＴの男たちが息を呑んだ。

ヘリのローター音が遠ざかり、一瞬の静寂が訪れた。ニーナとカミラが背負った空は淡い黄色と濃い紺《こん》色に染まり、夕陽を映した川面は黄金色に輝いている。一人はゆっくりと降りてきて、オブライエンの乗ったボートに足をつけた。男たちが、目が覚めたように瞬《まばた》きをした。

「行きましょ、兵隊さんたち」

注目を浴びて照れたのか、ニーナがはにかんだように笑った。

黄昏《たそがれ》の川面に、ディーゼルエンジンの始動音が次々に響き渡った。

河川特殊作戦舟艇《SOC-R》と呼ばれるこのボートは、水の抵抗の少ないV字形の船底《せんてい》とウォータージェット推進によって、時速七十キロ以上の高速で水面を滑走する。船体の左右に二つ、船尾に一つ、計五カ所の銃架《じゅうか》があり、重機関銃やガトリングガン、自動グレネードランチャーなどで全方位への火力投射が可能だ。SOC-Rの扱いに熟達したSBTの隊員が操舵手と銃手を担当し、乗客となったAOFのウォーボーグたちが周辺を警戒する。

ヤマアラシのように武装して川面を疾走する四隻の軍用ボートの姿は、誰も近寄るなというメッセージをこれ以上ないほど明快に発信していた。コンゴ川は河川交通《かせん》の大動脈であり、至るところに丸木舟やモーターボートが往来していたが、近づいてくる部隊を目にすると、誰もが速《すみ》やかに進路を譲《ゆず》った。

ボートを飛び立ったドローンから、前方の情報が部隊にもたらされる。目標とする憑依体に気付かれないよう、高度はわずか三十メートルに抑えている。進行方向に敵影や障害はない。目的地である湿地帯、マリンガ・ロポリ・ワンバまで、降下地点から五キロ。十分弱で作戦地域の端に到達する。

ワンバ地域はコンゴ川の南岸に位置する楕円形のエリアで、南側を流れるマリンガ川、北側を流れるロポリ川に挟まれている。ロポリ川はコンゴ川の無数の支流と繋がっており、四隻の武装ボートはこの流れを辿ってワンバ地域に侵入した。

夕陽の残光も、密生した木々に阻《はば》まれて、川面はもう暗くなり始めている。

「ニーナ、敵の居所がわかるか？」

オブライエンの問いかけに、藍《あい》色の空を見上げながら、ニーナがゆっくりと首を横に振った。

「わからない。何かが一定の間隔で発信されているのは感じるけれど、変な感じで反響していて、場所が特定できないわ」

「〈船長〉、重力波通信の傍受を試してくれるか」

《もう試みている。何かをアップロードしようとしているな》

思いがけない単語にオブライエンは戸惑った。

「アップロード？　仲間を呼んでいるんじゃないのか」

《最初はそう思ったが、違うようだ。大きなデータを断続的に送り続けている》

オブライエンは考え込んだ。こちらの情報を敵に送っているとも仮定できそうだが――

「私には訊かないのか、少佐？」

カミラにそう言われて、オブライエンは振り返った。ボートの縁《へり》に腰掛けたカミラの顔が、もう見えないほどに暗い。

「何かわかることがあるなら教えてくれ。敵は何をしようとしている？」

「それは知らないが、一つ教えてやれることがあるとすれば――最近、この近くで大量死《マス・キリング》があったようだぞ」

「そんなことがわかるのか」

「私には感じ取れる。死の残響が大気を震わせている」

《〈船長〉、カミラの言っている意味がわかるか？》

《いや。カミラは死の概念と一体化しているから、死に関する形而上的な知覚を具《そな》えているのかもしれないが、検証できない》

一瞬の逡巡《しゅんじゅん》の後、オブライエンは無難な相槌《あいづち》を選んだ。

「そうか。何か変化があったら教えてくれ」

「お願いね、カミラ」

ニーナが言い添えたのは、オブライエンに頼まれただけではカミラが動かないと思ったからだろうか。カミラは何も答えなかったが、かすかに微笑んだような気配があった。

ついに日が沈みきった。ボートを操《あやつ》るSBTの兵士たちはナイトヴィジョンを装着し、ウォーボーグたちは視覚の光量を増幅した。さらに、高次元センサー〈ランタン〉を展開する。頭部と四肢《しし》の装甲の隙間《すきま》から八方に突き出した、昆虫の触角のようなデバイスだ。

《静かですね》

先頭のボートに乗ったパンゴリンが訝《いぶか》しげに言った。

《それに、灯火がない。僻地《へきち》だとは聞いてましたが、それにしたって暗い。川沿いの集落はいくつか通り過ぎましたが、どれも真っ暗で人の気配がなかった。この辺は廃村ばかりということですかね》

オブライエンも同様の違和感を抱いていた。ワンバ地域はコンゴ盆地で最も開発の遅れた地域で、経済的にも貧しい。しかしそれでも、広い地域に数十万人が暮らしているはずなのだ。

ウォータージェットの推進音を聞きつけて川辺《かわべ》に出てくる者もいない。聞き慣れない虫や獣《けもの》の声、ときおり大きな魚が跳ねる水音だけが響き渡る。不気味な思いが高まる中、ボートは闇の奥へと進んでいった。

一時間ほど経《た》ったころ、通信が入った。戦域オペレーターのブーボーだ。

《少佐、遅くなりました。状況はどうですか》

マッケイたちを乗せた四機のチヌークが、安全に着陸できる場所を見つけて、野戦指揮所兼砲兵陣地を構築したのだ。火力支援の目処《めど》が立ったことでひとつ安堵《あんど》しつつ、オブライエンは答えた。
《目標の位置はまだ不明だ。ニーナと〈船長〉と……カミラにも索敵《さくてき》してもらいながら、作戦地域内部へ進んでいる》
話しながら、ここまでの記録を部隊のサーバーにアップロードして後方と共有し、さらにリアルタイムの映像を通信に乗せる。
《カミラが気になることを言っていた。つい最近、このあたりで大量に人が死んでいると。ブリーフィングでは、憑依体による虐殺は起こらなかったと聞いたが》
《憑依体出現以前の記録を浚《さら》います。少し待ってください》
間があってから、ブーボーの調査した情報が流れ込んできた。
ここ五年の間、当該地域でジェノサイドの記録はない。コンゴ民主共和国全体では至るところで武装グループが民間人を襲撃しているが、被害は東部と南部が主で、今のところワンバ地域での活動は目立っていない。
《CIAのこの地域への関心の薄さを考えると、単に見落とされているだけという可能性は捨てきれませんけどね》
ブーボーが皮肉な口調でコメントした。

《わかった。何か痕跡《こんせき》を見つけたら知らせる》
《それから、もう一つ。コンゴ軍に動きがあります》
《だろうな。気付かれることは予測していた》
《今、ミスター・マッケイが外交ルートで探りを入れていますが、我々に対する攻撃は防げたとしても、コンゴ軍が憑依体に独自の対応を試みる場合、巻き添えで攻撃を受ける可能性があります。こちらも変化があり次第伝えます》
《了解した》
オブライエンは通信を切った。内心、穏やかではない。この任務が急を要することは間違いないし、そのために軍事面、外交面で危険な綱渡りをしなければならないことも理解している。しかしそれでも、他国の領土を侵犯して、その国の正規軍に攻撃されるかもしれないという状況は恐怖だった。特殊部隊の天敵は正規軍なのだ。隠密行動という最大の利点を失えば、特殊部隊は狩りたてられる獲物でしかない。
いつの間にかオブライエンも、部下たちも、通常の特殊部隊の立ち位置からはるかに離れた場所に来てしまった。
オブライエンは夜空を見上げて、つかの間《ま》途方に暮れたような想いを味わった。光量が増幅された視野には、恐ろしいほどにぎらぎらと輝く星空が広がっていた。

5

闇に包まれたロポリ川を下るうちに、はじめは平坦だった周囲の地形は徐々に起伏が激しくなり、樹木に覆われた山地へと変わった。
降下から三時間が経過したが、いまだに目立った異常は発見できていない。ドローンの視界に飽き足らなくなったニーナが、偵察に出るといって青く炎を曳いて飛び上がった。あまり離れないようオブライエンは言い聞かせたが、どこまで聞き分けてくれるものか――。
《どうだ、ニーナ?》
《だめね。ずっと信号は続いてるんだけど、場所が特定できないの。どうして……?》
《人間の活動は見えるか?》
《遠くにぽつぽつ明かりが見えてる。動いてるのもあるから、車とか舟とかじゃないかしら。でも、この辺はすごく静か。気味が悪いわ》
この妙な静けさは、目標が周辺の人間に何らかの影響を与えているせいかもしれない。何か異常が起こっているとしたら、そう離れた場所ではないはずだ。
《動物はいっぱいいるわよ。あちこちで動き回ってる。こういうときじゃなかったら、もっ

と近くで見たかったわ》
《ほう。何がいるんだ？》
《はっきり見えないけど……あれはきっとボンゴね》
《ボンゴ？》
《小さい鹿みたいな動物よ。レイヨウとも言うわね》
《物知りなんだな》
《勉強したの。『ディスカバリーチャンネル』で》
顔まですべて装甲で置き換えられていなければ、誇らしげなニーナの声に頬が緩んでいたかもしれない。
《あの大きいのは、間違いなくゾウね。寝てるのかしら、立ったまま動かないけど……あ、あっちにもいる。またいた。結構多いのね、ゾウ》
《こんなジャングルにゾウがいるのか？　もっと開けたところにいるとばかり思っていたな》
《アフリカゾウにも二種類いるのよ。サバンナに生きるゾウと、森に生きるゾウと。牙《きば》の形とか、蹄《ひづめ》の数まで違うのよ》
憶《おぼ》えた知識を披露《ひろう》するのが楽しいのだろう、ニーナは得意げだ。
《ボートの近くにも動物がいるの、わかる？　ワニとか、ながーいニシキヘビとか》
《本当か？　見えないな》

《水に落ちないように気をつけた方がいいわね》
ニーナがくすくす笑ってから、不思議そうな声を漏らした。
《あれ？》
同時に、船尾に座っていたカミラが、何かに気付いたように空を見上げた。
「おや。止まったな」
なんの話をしているのかと、オブライエンは困惑する。〈ランタン〉の知覚情報には、特に変化が感じられなかった。
《信号が止まったぞ、兵士》
〈船長〉が言った次の瞬間、地鳴りのような低い音が大気を震わせた。
続いて、頭上から光が差した。オーロラのような光の幕が、空の一点から広がっていく。同心円と正多角形の組み合わさった複雑な形状は、魔術的な図案にも見えた。オブライエンは子供のころ図鑑で見た珪藻《けいそう》の顕微鏡写真を思い出した。刻一刻、一定のリズムでその形が変化していく様《さま》は、空の上から不可視の拳《こぶし》が大気圏をノックしているかのようだ。
地鳴りのような音は止《や》むことなく続いている。驚いた鳥の群れが密林から飛び立ち、けたたましく鳴き交わしながら夜空を舞い狂う。その群れの只中で、ニーナが叫んだ。
《いた！　見つけた！》
ニーナが叫んだ。ボートを見下ろして声を張り上げる。

《カミラ、一緒に来て！》
「いいとも、ニーナ」
なんの昂《たか》ぶりも見せずにカミラが答えた。船縁から腰を上げ、そのままふっと浮き上がる。ニーナのように青い炎を纏《まと》うでもなく、だらりと足先を垂らしたまま上昇していく姿は、まるで絞首台からぶら下がっている屍《しかばね》のようだった。
中空で合流した二人が、そのまま移動を始めたのでオブライエンは慌てる。
《ニーナ、待て！　勝手に部隊を離れるな！》
《ごめんなさい、少佐、でも、すぐそこなの！》
《そういう問題じゃない！》
ニーナとオブライエンの言い合いに〈船長〉が割り込んだ。
《少佐、急いだ方がいい。どうやら、今度はダ、ヽ、ヽ、ヽ、ウンロードが始まるようだ》
《ダウンロードだと……？》
《そうだ、かなり巨大なデータが物理実体としてダウンロードされようとしている。速やかに受信機能を停止させなければならない》
《巨大なデータ？　物理実体？　何だそれは》
《まだわからないが、ニーナは先行するべきだ。兵士たちはわたしが誘導しよう》
《そういうこと。それじゃ、先に行ってるね》

青い炎の尾を曳いて、ニーナとカミラは高速で飛び去った。少し遅れて、オブライエンの脳内に、〈船長〉から進むべき進路が流れ込んでくる。

「くそ、どいつもこいつも」

苛立《いらだ》ちに呻いてから、オブライエンは命令を発した。

「移動を開始する、全速力だ」

エンジン音が一斉《いっせい》に高まり、四隻のボートが弾《はじ》かれたように加速した。

6

最高速度で水面を滑走するうちに、オブライエンは次第に奇妙な感覚をおぼえ始めた。装甲の内側から細かい泡が立つようなピリピリした触感は、生身の皮膚が残っていたころなら「鳥肌が立つ」と表現したかもしれない。目に見えない薄い膜を通過するような微細なショックが、幾度となく繰り返される。高次元を知覚する〈ランタン〉が反応しているのだ。

行く手の空には、麦畑に印《しる》されるミステリーサークルを思わせる、幾何学《きかがく》的な形のオーロラが輝いている。ニーナの〈歩法〉によって生じる紋様によく似ていた。おそらく、高次元存在との接触時に現れる波紋《はもん》の一種だろう。どこからともなく鳴り続ける重低音は、その接触に伴う空気の震動だろうか。遠雷のようにも、大きな鐘《かね》の音《ね》のようにも聞こえた。
《司令部《HQ》、ニーナが標的の位置を探知、向かっている。〈船長〉によれば到着まで三分。座標を送る》
前線指揮所に通信を入れると、ブーボーが慌てたように答えた。
《少佐、上空の衛星との通信が途絶《とだ》えました。通信障害か撃墜されたかは不明ですが、直前に重力波のピークを観測しているので、敵の活動によるものである可能性が高いです》
《「ダウンロード」だそうだ、〈船長〉によれば》
《は?》
記録動画と〈船長〉とのログをチェックして、ブーボーが独《ひと》り言のように呟いた。
《巨大なデータを、物理実体として? ということは……、これは、何を印刷しようとしてるんだ……?》
《印刷?》
《少佐、進行中のダウンロードとやらは、一種の3Dプリンターみたいなものではないでしょうか。規模はメチャクチャにでかいですが……》
ブーボーが考え込みながら言う。
《その前のアップロードというのは、印刷物のデータを高次元のプリンター機構に送信していたんでしょう。この憑依体は、何かを地球上に印刷しようとしてるんだ》

《だとしたら、いったい何を?》
《さあ、兵器か、生き物か、建造物か――興味は尽きませんが、現時点では予測のしようがありません。目標の正体がいまだに不明なのも気味が悪いですね……》
ますます厄介なことになりそうだ――。呻くオブライエンに、ブーボーが思い出したように付け加えた。
《コンゴ海軍の動きも怪しいです。陸軍はミスター・マッケイが押さえ込みましたが、海軍の方で連絡の取れない部隊があるとか。こちらと同じようなボート部隊と遭遇するかもしれません、気をつけてください》
両岸から植物が覆い被《かぶ》さるように生《お》い茂った流れを抜けると、川幅が急に広がった。左右の山並みが川から退《しりぞ》き、畑と集落が広がっている。
集落にはひと気がなく、あちこち壊れているのが目に付いた。崩れた土レンガの壁、ばらばらになった柵《さく》。まるで地震でもあったかのようだが、それにしては破壊の跡がまばらだ。まったく無傷の建物と、押し倒されたように潰《つぶ》れた建物が混在している。
岸辺には杭《くい》と板だけの桟橋《さんばし》や、川魚を捕るための仕掛けが設置されている。コンゴ川流域で広く使われる大型の丸木舟や、幌《ほろ》付きの木造船が、陸に乗り上げるように多数停泊していた。
南側の集落の先、木立《こだち》の向こうに大きな建物があるようだ。梢《こずえ》の上にゴッゴツした屋根のシルエットが見える。
《ニーナ、川辺にある集落に入った。ここでいいのか？》
オブライエンが呼びかけると、ニーナが答えた。
《合ってるわ。川の南に上陸して。私は村を抜けた先の建物にいるから》
《敵は見つけたか？》
《それが……また気配が消えてて》
困惑したようにニーナが言った。
《その代わり、生きてる人を見つけたわ。見てもらった方がいいと思う》
オブライエンはボートを岸に着けさせ、ＳＢＴの兵士をバックアップ要員として残した上で、部下を伴って上陸した。総勢二十四名のウォーボーグたちの手にあるのは、複数種類の銃器が一体化したＯＩＣＷ――オブジェクティブ個人戦闘火器だ。憑依体との戦闘を想定して、より大きな火力が求められた結果、五・五六ミリから七・六二ミリに口径が変わり、組み込まれたグレネードランチャーも二十ミリから二十五ミリに大型化した新モデルである。生身の兵士が振り回すには重すぎるＯＩＣＷは、ウォーボーグの膂力《りょりょく》をもって初めて活躍の場を与えられ、独自の進化を遂げつつあった。
散開して周囲の安全を確認しつつ、部隊は破壊された集落を通り抜けていく。外縁《がいえん》に作られた畑には、畝《うね》のない平らな土に、背の低い作物が植わっている。何の痕跡だろうか、円形の穴がいくつも、畑を斜めに横切っていた。

集落の端では、荷台付きのトラックと、バイクが数台ひっくり返っていた。トラックは横から追突されたように大きく凹《へこ》んでおり、バイクはホイールがねじ曲がっていた。

先へ進み、木立を抜けると、石畳《いしだたみ》が敷かれた先に、大型の木造建造物がそびえ立っていた。反《そ》り返った瓦《かわら》屋根が、林立するまっすぐな木の柱に支えられている。

「なんだこりゃ。チャイニーズシアターか?」

先頭のチームを率いていたパンゴリンが、意表を突かれたように呟いた。

ハリウッドのチャイニーズシアターとはまったく似ていないが、アフリカの奥地で目にするとは思わなかったアジア風の建物を前にして、オブライエンも一瞬戸惑った。

建物の右側に、大きな動物の影があった。

暗がりに立っているのは、一頭のアフリカゾウだ。

銃を持った異形の兵士が大勢現れたというのに、驚いた様子もなく、じっとこちらを見据えている。耳や尾はゆっくりと動いているが、それ以外は置物のように動かない。

畑に残された痕跡は、ゾウの足跡だったのか――。近くにゾウがいることは知っていても、実際に目にしてみると存在感に気圧《けお》された。オブライエンは声を出さずに部下に命じた。

《刺激するな。銃口は逸《そ》らしておけ》

建物の方にもう一度目を向けると、正面にある両開きの扉が押し破られていて、ぽっかりと空《あ》いたその戸口にニーナが立っていた。

「少佐、こっちに来て」

ニーナが緊張した面持ちで手招きする。オブライエンは足を速めて近づいた。パンゴリンが後に続く。

「どうした？　あのゾウは何をしてるんだ？」

オブライエンが訊くと、ニーナは首を横に振った。

「最初からあそこにいたの。撃ったりしないわよね？」

「あいつの方から襲ってこなければな」

パンゴリンがうさんくさそうにゾウを振り返って言った。

「何か変な感じがしませんか、少佐。あのゾウ、やけに落ち着き払ってる。こんなにおとなしいものか？」

「ゾウは賢い動物だもの。それより、こっちに来てくれない？」

ニーナに導かれて、オブライエンとパンゴリンは戸口の中へと足を踏み入れた。広いホールの正面に燭台《しょくだい》や香炉《こうろ》の載った簡素な祭壇が設けられ、その奥に三メートルほどの金属の仏像が鎮座《ちんざ》していた。

《仏教寺院ですね、こりゃ》

映像を見たブーボーが言う。

《コンゴは仏教国だったか？》

《キリスト教が多数派だったと思いますね。そう古いものではなさそうですが……少し調べてみます》

仏像の前にカミラが立って、見上げていた。何を考えているのか、オブライエンたちを振り返りもしない。

祭壇の横に、開け放たれた鉄のドアがあった。別の部屋に続いているようだ。ニーナがそちらを示すので、頭をかがめてドアを抜けようとしたオブライエンは、大勢の視線に出迎えられて立ち止まった。

明かりのない室内は人であふれていた。壁際の椅子にも、床にも、隙間なく人が座っている。オブライエンたちが踏み込む余地などない。暗がりの中、こちらを見上げる白目の部分が際だって見えた。奥はさらに別の部屋につながっているようだが、そちらも人でいっぱいのようだ。

「この集落の人たちだと思う。みんな怯《おび》えてるみたいなんだけど、私の翻訳機だと話が通じなくて」

ニーナが困ったように言った。

翻訳アプリを起動して、オブライエンは話しかけた。だが、住民たちは完全に警戒していて、いくら友好的にアピールしても押し黙るばかりだった。一言二言喋ったかと思えば、それは原地語とフランス語の混在した話し言葉で、翻訳アプリがカバーする範囲を超えていた。安心させようとライトをつけたがむしろ逆効果で、オブライエンとパンゴリンの異形に怯えるばかりか、ニーナの方をチラチラと見て眉をひそめるばかり。

やむなくオブライエンは、待機中のボートと連絡を取った。SBTの中にフランス語のできる隊員がいたので呼び寄せると、生身の兵士の姿を見た住民たちはようやく重い口を開いた。

「ゾウに襲われたそうです。家が壊れていたのもそのせいだと」

急遽抜擢《ばってき》されたSBT隊員が、苦労しながら通訳する。

「ゾウ……？　ゾウは人間を襲わないわよね？」

後ろに下がって聞いていたニーナが疑わしげに訊いた。

「怒れば怖いはずだぞ」

「そうなの？」

オブライエンは通訳を通して訊ねた。

「襲ってきたゾウというのは、表《おもて》にいるやつのことか？」

「あの一頭だけではなく、群れだ。車を襲ったり、畑を荒らしたりするので以前から手を焼いていたが、二日前とうとう電気柵を踏み越えて村を荒らし回り始めた」

「異常な行動を取り始めたということか？」

「違う。ゾウは白人の考えるようなおとなしい生き物ではない。人間を追い散らし、ただ楽しみのために車を潰そうとする悪賢い獣だ。こちらに打つ手がないことも知っているし、電気柵の破り方も理解している。襲ってくること自体は不思議ではない」

通訳を介さなくても、住民たちの怒りは伝わってきた。ゾウが人を襲うという事実を聞かされて、ニーナはショックを受けた顔をしている。『ディスカバリーチャンネル』では履修《りしゆう》できなかったらしい。

「不思議なのはその後だ。さんざん村を荒らし回った後、ゾウたちのボスが、村人が避難していたこの寺の扉を破った。そのまま中に入ろうとしたとき、ボスが急に動きを止めた。他のゾウたちも、次々に動かなくなった。それから、暴れるのをやめて、みんなどこかに行ってしまった。外に出たかったが、一頭だけしつこく残っているので、片付けもできずに困っていた、と――」

住民たちが口々に声を上げて、室内は騒然となった。

「なんと言ってる?」

オブライエンが訊ねると、通訳が簡潔に答えた。

「ブッダの力だと。ブッダが悪いゾウを追い払ったのだと言ってます」

オブライエンはホールの仏像を振り返った。

「ここはどういう場所なんだ。仏教徒の村なのか?」

「数年前、日本の僧侶がここに寺を建てた。その僧侶は帰国したが、残った信者が寺を管理している。村の半分くらいが今でも仏教徒だ」
ほどなくブーボーから補足情報が入った。
《メジャーな伝統宗派ではありませんね。仏教系の新興宗教です。もともとこの地域で、日本の文化人類学者やボノボの研究者が現地住民と交流していたことを足がかりに、コンゴへの浸透を図《はか》ったらしい。似たような施設がコンゴ川流域にいくつか見つかりました》
流れてきた資料によれば、何件もの金銭的なスキャンダルや迷惑行為で、だいぶ評判の悪い宗派のようだ。
《カルトじゃないか》
《本国ではそうですが、ここでは他と区別なく仏教として扱われているようです》
《ゾウはどうなったんだ？　まさか本当にブッダの威光でおとなしくなったわけではないだろうに》
オブライエンの疑問に、〈船長〉が答える。
《おそらくそのタイミングで高次元存在が接触したのだろう》
《ということは、まさか――》
《そうだ、兵士。我々が追っている憑依体は、あのゾウだ》
オブライエンは身を翻《ひるがえ》して、大股でホールを横切った。石の床に倒れた木の扉を踏み越えて外に出ると、部下たちがゾウの方に視線を向けている。見上げるような巨体の前に、カミラがひとり立っていた。

「何をしてる?」

カミラは答えなかった。右手を差し伸べて、静かに佇《たたず》むゾウの目と目の間に触れる。

ゾウは避けようとしなかった。カミラに触れられた瞬間、その巨体から力が抜けるのがわかった。大きな頭が傾き、太い前足が折れ曲がる。カミラの前にひざまずくように、前のめりに倒れ込んで、ゾウは動かなくなった。

「カミラ!」

寺院から飛び出してきたニーナが叫ぶ。

「どうして殺したの⁉ だめだって言ったでしょ!」

カミラは振り向いた。その顔に浮かんだ微笑みは優しいと言ってもいいくらいだった。

「ニーナ。これはもう、死んだものだ」

「生きてたじゃない!」

「心臓が動き、神経が活動し、息をしていたが、始めから死んでいた。なにもない。無だ。こういう者は初めて見たが——。おまえにはわかるか、〈船長〉?」

訊かれた〈船長〉は、数秒間の沈黙の後に答えた。

《そうか——かれらは、皆そうなのか》

「かれら？」

不意に、気圧が急に下がったように頭が重くなった。

可聴域の下限から、骨を震わせる重低音が湧き上がってきた。聞いているだけで不安になるようなその音は、うねりながら高まり、響き合い、単調な節回《ふし》しの歌声を形作った。

寺院を取り囲む木立がざわめいたかと思うと、一頭、また一頭と、新たなゾウが姿を現した。不吉な歌声は、ゾウたちが発しているようだった。

散開していたウォーボーグたちは、銃を構えたまま後ずさり、寺院入り口を中心にして半円形の警戒態勢をとった。ニーナが緊張した面持ちで浮き上がり、屋根の高さから周囲を見渡した。カミラはさきほど死を与えたゾウのそばから動かない。

ゾウの群れは、仲間を殺されて怒るでもなければ、人間の姿に興奮する様子もなかった。ただ地を這《は》うような低い音を発しながら、ゆっくりと近付いてきたかと思うと、測ったように全員がぴたりと足を止めた。

群れの後ろから、ひときわ大きなゾウが姿を現した。皺《しわ》の寄った皮膚は細かい傷だらけで、長大な牙の先端もひどくささくれている。一目《ひとめ》でこれが群れのボスだとわかった。

ウォーボーグたちを見下ろして、ボスが鼻を高々と持ち上げた。

そして群れの仲間の歌声に加わるように、高らかに鳴き声を上げた。

NNNNNNNNNNNN〜〜〜〜〜〜

NNNAAAAAAAAA〜〜〜〜〜〜〜〜〜〜〜

NMOOOOOOOOOO〜〜〜〜〜〜〜〜〜〜〜

OOAAAAAAAAAA〜〜〜〜〜〜〜〜〜〜〜

AMMIEEEEEEEE〜〜〜〜〜〜〜〜〜〜〜

DAAAAAAAAAAA〜〜〜〜〜〜〜〜〜〜〜

BOOOOOOOOOOO〜〜〜〜〜〜〜〜〜〜〜

TZZOOOOOOOOO〜〜〜〜〜〜〜〜〜〜〜

群れが鼻を上げて、いっせいに唱和《しょうわ》した。歌声が大きくなり、空から降り注ぐ遠雷のような音と溶け合う。オブライエンはようやく、それまで耳にしていた重低音の歌が、ゾウたちの声明《チャント》だったことに気がついた。

「これが……このゾウたちが……敵なの？」

ニーナの呆然《ぼうぜん》とした声に、〈船長〉が答える。

《正確には、この群れ全体が憑依体だ》

「群れ全体だと⁉」

人間ではない生き物に憑依するだけでも驚きなのに、複数とは……。オブライエンは愕然と周囲を見渡す。ゾウの数は大小合わせて二十頭近く。高次元存在にどんな能力を付与されたのかにもよるが、かなり激しい戦いになりそうだ。

ＯＩＣＷのセイフティを解除して、静かに指示をする。

「全員射撃準備。〈歩法《ほほう》〉による機動に備えろ」

高次元戦闘の覚悟を決めたオブライエンに、そのとき、カミラが声をかけた。

「死に急ぎたいなら手伝おうか、少佐」

「どういう意味だ」

「この者たちの死の過程は終わっている。わざわざアメリカ人に銃弾を撒き散らしてもらう必要もない」

兵士たちを意に介する様子もなく、ゾウの群れの中をゆっくりと歩き回りながら、カミラは続ける。

「この者たちはもはや人間に興味がない。この世に関心がない。生命に執着がない」

「それが死と同じだと言うのか」

「先ほど一頭を送ってやったときに、それがはっきりとわかった。この群れは、遠く南の土地から逃げてきたようだ。密猟者だろうな、銃を持った人間たちに狩りたてられ、多くの仲間を失った。怒りと悲しみに打ちひしがれ、絶望してこの地にやってきたのだ」

「そんなことがわかるの？」

ニーナが驚いたように声を上げる。

「そこで高次元存在と衝突したと？」

「そうなのだろう。その情報は、最初に接触したゾウから歌によって仲間に伝わり、群れ全体が憑依体と化した。私がここへ来るときに感じた死の残響は、この歌だったのだな」

「歌……？」

《ゾウは超低周波で会話していると言いますが、そのことですかね……？》

ブーボーが自信なさそうにコメントする。オブライエンは愕然としていた。高次元存在が超低周波で伝染したとなると、単純な火力による水際対策は不可能になる。

「だからなかなか見つけられなかったんだわ。居場所を絞り込もうとしても、どこにいるのか曖昧《あいまい》だったのは、最初からたくさんいたからなのね」

腑《ふ》に落ちたように呟くニーナにうなずいて、カミラは続ける。

「この者たちは今、永遠の平穏の中にいる。フラットラインだ。みな、生《せい》への執着をなくした。こうなっては、肉体的な機能が続いていようと関係がない」

信じがたい思いでオブライエンはかぶりを振った。

「高次元存在に触れたことで、宗教的啓示《けいじ》を受けたとでも言うのか」

《わたしにはわかる気がする》

〈船長〉がひっそりと言う。

《この高次元存在が何者だったのか、探ってみたがもはや何の手がかりもない。無だ。完全に空《から》っぽだ。超新星爆発の衝撃と、長い漂流によって異常を来《きた》し、ついに――そうだな、君

たちの言うところの「悟り」を得たのではないだろうか。涅槃《ニルヴアーナ》だ》

「かわいそうな〈船長〉。また、仲間と出逢えなかったのね」

《ニーナ、君こそ、新しい友達が得られなくて残念だ。このゾウたちは、敵対的ではないが、ニーナだけでなくすべてに対して関心をなくしてしまっている》

「人生って難しいわね」

構えた銃を下ろさずに、オブライエンは言った。

「たとえ敵対的でなかったとしても、今このゾウたちは何かを地球にダウンロードしようとしている。憑依体を倒すことでそれが阻止できるなら、やらざるを得ない」

《兵士よ、すまない。それにはもう遅いと思う》

「なに?」

《高次元空間へのダウンロード要求はもう終わっている。あとは出力過程を妨害するしかない》

そのとき、頭上でパッパッと続けざまに閃光《せんこう》が走った。巨大な金属塊《かい》が擦《こす》れあうような雷鳴の轟《とどろ》きとともに、オーロラから無数の輝くリボン状の物体が生えたかと思うと、螺旋《らせん》の軌道を描きながら降下を始めた。

輝くリボンが地上に到達すると、何秒か遅れて、次々に地響きが聞こえてきた。帯がくるくると積み重なり、成長して塔を形作っていく。表面に皺の寄った円筒形で、ゾウの脚によく似ていた。ひとつひとつの塔は十メートル近くはありそうで、数も四本どころではない。見える範囲だけでも、十本以上の塔が形成されつつあった。

塔がある程度の高さまで成長すると、それぞれの塔の頂点を繋ぐように、橋梁《きょうりょう》構造が形作られていく。サイズの巨大さに比して成長が早い。最初から細かい部分を埋めるのではなく、全体的な構造を優先して構築しているようだ。

〝悟りを得た〟ゾウの群れが、それを黙って見上げている。

「いったいありゃ何だ……」

パンゴリンの呆然とした呟きに、〈船長〉が控えめに答えた。

《おそらくだが、ブッダではないかな》

「――あれが？　ブッダ？」

《憑依体と化したゾウたちが、ゾウなりに君たちの仏像を解釈した結果だろう》

《何のためにあんなものを――》

《精神が無になる前に求めていた救済が、あのような形をとったのかもしれない。あるいはすべてを無に帰すための手段だったのか。ああいった物理構成体を地上に実体化させる場合、その目的は例外なく既存の社会構造の直接的な破壊であると断じていいと思う》

そのとき、慌てた様子のマッケイが、ブーボーを介さず直接通信してきた。

《少佐、何が起こった⁉　衛星が大規模な動きを捉《とら》えている。その近辺の五十六カ所に、歩

法によって生じるものとよく似た幾何学模様が印された。すべての模様の上で、何かの建造物が構築されつつある》
《ブッダだそうです》
《なんと言った？》
《憑依体は高次元の巨大な３Ｄプリンターで、独自解釈のブッダを印刷しつつあるようです》
《そうか、わかった》
わずかに言葉に詰まった後で、マッケイが言った。
《俺はブッダのことなど何も知らないが、一つだけ気に入っている言葉がある。「仏に会ったら仏を殺せ」だ。人間の前に現れたブッダはすべてまやかしだ。少佐、今すぐその仏もどき《スードブッダ》を殺せ》

7

部隊はボートに駆け戻って発進し、夜のロポリ川を最大速力で疾走した。木立の向こうに、巨大なスードブッダの姿が見え隠れしている。

印刷過程が進んでも、人間の想像するブッダ像とは似ても似つかない姿に変わりはなかっ

た。衛星からの情報によれば、五十六本の脚部《きゃくぶ》に支えられたごつごつした円筒形で、最も似ているものを探すとしたら、自分で根を引き抜いて歩き回るバオバブの木というのが近い。最上部がまだ形らしい形を成していないのは、先行して飛び立ったニーナの妨害が効果をあげているからだろうか。

青い稲妻が何度も夜空を走る。ニーナが空中で歩法を踏みながら攻撃を繰り返しているのだ。スードブッダの体表が波立ち、人の手を模したような構造が次々に突出する。手の群れがそれぞれに複雑な形のハンドサインを形作るたびに、何種類もの攻撃がニーナを襲う。

船上のウォーボーグたちは、〈ランタン〉に伝わってくる異常な感触に呻き声を上げた。オブライエンは、ニーナが曼荼羅《まんだら》に似た二次元平面に閉じ込められようとするのを知覚して数秒間見当識《けんとうしき》を失い、時間軸の過去の方角に弾き飛ばされるのを見て強烈なデジャブに襲われ、この次元の帯域には含まれない光のビームを見て視覚センサーを再起動する羽目になった。

多少の歩法のチュートリアルを受けただけのウォーボーグたちには理解することすらおぼつかない上、逆に情報のオーバーフローに行動が阻害される。〈ランタン〉を装備していない生身のSBT隊員がボートを操船していなければ、作戦遂行に支障を来《きた》していたところだ。

カミラはボートに同行していない。しばらくゾウたちと共にいると言って、寺院の前に留まったのだ。本来ならば野放しにするのは避けたいところだったが、敵意なしとはいえ二十体以上の憑依体を任せられるのは、現状カミラしかいなかった。
「見ろ！　動いてる！」
ボートの上で驚きの声が上がった。
スードブッダが脚を動かして、ゆっくりと歩き始めた。北へ向かっているようだ。その全身が陽炎《かげろう》のように揺らいで見えた。
息を切らしたニーナから通信が入る。
《少佐、見える？　いま、こいつ、すごく熱くなってるから、冷やそうとして川に向かってるの。邪魔して！　冷やさせないようにするの！》
《熱くなってる？　どういう意味だ？》
訊き返したオブライエンに、〈船長〉が代わって答えた。
《地球上でこのサイズの構造物が動けば大量の熱が生まれる。熱暴走させて自滅を誘うのが、最も効率的な無力化方法だ》
《わかった。川に入らせないようにするんだな？》
《そう！　私たち、こいつの中に溜《た》まった熱を、この次元の外に逃がせないようにしてるの！　どんどん熱くなったら、勝手に壊れるはず！》
オブライエンはレーザー目標指示装置でスードブッダをポイントしながら、前線指揮所に通信を飛ばした。

《HQ、砲撃を要請する》
およそ三十秒後、シュルシュルと空気を鳴らして、北東から迫撃砲弾が飛来した。絡み合った木々をへし折りながら山の稜線を越えようとしたスードブッダの直上で、スマート砲弾が炸裂《さくれつ》する。爆発が密林を赤々と照らし出した。
《直撃だ！　この座標に全弾叩き込め》
《了解、フルコースで行きますよ》
砲兵陣地から迫撃砲弾と飛翔《ひしょう》爆弾が次々と飛来し、吸い込まれるように目標に命中した。爆発そのものはスードブッダの表皮に傷を与えていないようだが、ニーナが再開した〈歩法〉によってその熱が確実に蓄積されていく。今やスードブッダは肉眼でわかるくらいに白熱し、周囲の大気を歪《ゆが》ませていた。
スードブッダの動きは鈍《にぶ》っていた。上部に無数の繊維を張り巡らせた円形の構造を伸展させているのは、少しでも熱を放出するためだろうか。まるで聖人画に描かれる光輪のように発光している。だが、それでも放熱が追いついていないのか、歩き方はぎこちなくなり、攻撃の手数も減っている。
もう少しで動きを止めるのではないかと思ったとき、ニーナが叫んだ。
《あっ……ばらけちゃう！》
スードブッダの脚部が数本、付け根から崩壊したかと思うと、それ自体にいつの間にか生えていた何十本もの小さな脚で動き出した。本体から離れ、先行して山の斜面を下っていく。サイズダウンしたぶん移動速度も速く、質量が減って放熱もしやすい。他の脚も同じように分離しようとしていた。

「川に入らせるな！」

ＳＯＣ－Ｒの左舷と後部の銃座が、分離したスードブッダの一体に向けられ、一斉に火蓋《ひぶた》を切った。

重機関銃、ミニガン、グレネードランチャーの集中射撃に迎え撃たれて、小ブッダは斜面の途中で木に引っかかるようにして動きを止めた。

「また来るぞ！」

新たな小ブッダに銃口が向けられて、マズルフラッシュが川面を染める。大口径の弾丸が、素材も不明なブッダの体を切り裂いていく。しかし敵の数は多い。本体の方も、質量を分離したことで動きを少しずつ取り戻していた。このまま分裂して川まで下られたら押し切られるだろう。

そのとき、ボートが川の分岐点を越え、コンゴ川に戻った。広大な本流に勢いよく突っ込んだ四隻は、側面から高速で進んできた大型船と危うく衝突しかけた。

ぎりぎりで回避行動を取った後、ボートの上で振り返ったオブライエンは、大型船の甲板《かんぱん》に砲塔があるのを見てぎょっとした。カメラの映像を目にしたブーボーからも驚愕《きょうがく》の声が漏れる。

《河川砲艦⁉》

指揮所に備え付けられた戦術用量子コンピュータが、艦影と装備から兵器の種類を推測してオブライエンに流してきた。

オランダ製ダーメン・スタン四二〇七巡視艇か、もしくはその中国製コピー。ブリッジ前の砲塔はT－55中戦車から流用されたものと見られる。口径は一〇〇ミリライフル砲。舳先《へさき》に近い前部甲板の角張《かくば》った機関砲は中国製七三〇型近接防御火器システム《CIWS》。米軍のA－10攻撃機に搭載されたGAU－8／Aアヴェンジャー機関砲と同じ七砲身三十ミリガトリングだ。

増設した兵装の重量で、砲艦の喫水《きっすい》は深く沈んでいる。ライフルを持って船尾甲板に立つ兵士の驚いた顔が、ボートとそう変わらない高さに見えた。正規兵――コンゴ海軍だ！

オブライエンは考える。ブーボーにハッキングを命令して、敵の火器管制を掌握《しょうあく》させるか？　だめだ、運がよければCIWSは乗っ取ることができるかもしれないが、あの二十世紀製の砲塔を電子制御でどうこうできるとは思えない。マッケイに手を回してもらうか？　いや、遅すぎる、ここで起きている事態に対応するには、どんな社交も間に合わない。だとしたら。

オブライエンは腹を決めて、自分の乗ったボート以外の三隻に命令を発した。

《砲艦に銃を向けるな！　小ブッダに攻撃を続行しろ！》

それから、自分のボートの操舵手に命じ、砲艦の隣に近付けさせた。オブライエンはＯＩＣＷを手放して待つ。充分接近したところで、跳躍して砲艦のデッキに飛び移った。

腕まくりをした迷彩服にライフベスト、黒のベレー帽姿の兵士たちが、こちらへ銃を向けようとするのに、オブライエンは敬礼して言った。

「こちらは作戦行動中のアメリカ陸軍だ。指揮官と会いたい」

翻訳エンジンが吐き出したフランス語は、無事に通じたようだ。砲艦の艦長らしい、階級章に二本線と赤い星をつけた男が出てきたので、オブライエンはもう一度敬礼してから、コンゴ川へ降りてこようとしているスードブッダと小ブッダの群れを指差して、簡潔に要求した。

「あれを攻撃してください。今撃てば倒せます」

「どういうことだ。あれはいったい何だ」

「説明する時間はありませんが、我々どちらにとっても敵です。宇宙から来た、人類の敵です」

艦長が驚きに目を見開いた。北京を壊滅させたエフゲニー・ウルマノフの脅威は、地球上の誰もが知っている。

「完全武装でウガンダ国境から侵入し重火器を使用している、アメリカ陸軍を名乗る不審な集団の要請を聞けと？」

「艦長の判断にお任せしますが、協力していただけると助かります。では、失礼！」

早口でまくしたてると、オブライエンは背を向けて、ボートに飛び乗った。

「行くぞ、攻撃に戻れ」

勝手に領土を侵犯した上に、現場判断で現地の正規軍に協力を要請するなど図々《ずうずう》しいもいいところだが、マッケイの言うとおり、これはまともな軍事作戦ではない。現在進行中の災害に対しては、使える手段をすべて使うしかない。

コンゴ人兵士たちの視線を背中に感じながら、オブライエンのボートは砲艦から遠ざかり、小ブッダへの攻撃にふたたび加わった。

《マッケイ、砲艦の指揮官に接触して協力を要請しました。問題があったらうまく辻褄《つじつま》を合わせてください》

《問題があったら……？　ないわけがないな》

マッケイが唸り声を上げる。

《だが、実際に協力が得られるなら――》

マッケイの言葉の途中で、落雷のような閃光と、横殴りの衝撃波が同時に来た。

砲撃だ。

スードブッダの足元が爆発し、木々が吹き飛んで宙に舞う。

砲艦の百ミリ砲塔が、照準を微調整してふたたび射撃した。衝撃波を叩きつけられた水面が波打ち、ボートを揺らした。

砲弾の直撃を受けたスードブッダが大きくよろめく。山々に爆発音が反響する中、マッケイが不機嫌に言った。

《――結果が出ればなんでもいい。続けろ》

砲艦は切れ目なく砲撃を続け、二度と的《まと》を外さなかった。四隻のSOC－Rと砲艦の射撃、砲兵陣地から飛来する残弾すべてが、山の斜面を根こそぎにする勢いで降り注いでいった。

電気ノコギリの唸りにも似たCIWSの凄《すさ》まじい発砲音が収まるころには、小ブッダはすべて影も形もなく消し飛んでいた。

本体の方は、ついに熱によって崩壊していた。スードブッダは燃え、溶けて、焼け落ちた高層ビルの残骸のようになって、川面まであとわずかのところで、かしいだまま動きを止めている。

食い止めた――。残弾をほぼ撃ち尽くした兵士たちは、つかの間、黒焦《こ》げになった敵の残骸を、何も言わずに見つめていた。夜の川面に、熾火《おきび》のようにくすぶるスードブッダの姿が、黒とオレンジの影絵となって映っている。

エフゲニー・ウルマノフやカミラ・ベルトランは、超常能力を持つとはいえ人間サイズだった。サイズが小さい相手なら、その装甲を剝《は》ぐことさえできれば、ピンポイントの火力集中で倒すことができる。しかしこれほど巨大な相手に対しては、投入しなければならない火力自体が桁違《けたちが》いになる。〈コールドアイアン・ストライクパッケージ〉だけでは無理だ。

人間以外の生物が憑依体となりうること、憑依体が高次元からさらなる脅威を「ダウンロード」する可能性があること。憑依が「伝染」するケースがありうること――。判明した新たな事実は、これまで積み重ねてきた戦術の妥当性を大きく揺さぶるものだった。

その虚脱した沈黙の中、カミラが言った。

「なんとも、大騒ぎだったな」

後ろから声をかけられて、オブライエンの胸郭《きょうかく》の中で生身の心臓が跳ね上がった。

いつからそこにいたのか、カミラはボートの縁に腰を下ろしていた。

「なぜここに？　ゾウは――憑依体の方はどうなった」

「みな私が送ってやった。もはやこの世のどこにも居場所がない者たちだ」

「……そうか」

カミラの言葉にどう返せばいいのかわからないまま、オブライエンは相槌を打った。害意がないが放置もできない、人間ですらない多数の憑依体を、どう扱ったらいいのか、実のところ途方に暮れていた。カミラの手によって懸念《けねん》事項が解消されたことにオブライエンは思わず安堵して、同時にそのことに罪の意識を覚えた。

「私も少し悩んでいる」

カミラが不意にそう言った。内心の葛藤《かっとう》を読まれたようで、オブライエンはぎくりと顔を上げた。

「あんたも悩むことがあるのか」

「ああ。私がゾウたちをすべて殺したと言えば、ニーナは悲しむだろう」

「そうだな。怒るかもしれない」

「嘘をつくべきだと思うか、少佐？　密猟者のいない平和な地に送ってやったと？」

「それは……ある意味では、嘘ではないのかもしれないが……」

オブライエンは言い淀《よど》む。カミラの口調がいつになく穏やかなことも戸惑いの一因だった。

「俺の勘違《かんちが》いかもしれないが、カミラ……もしかして、ゾウを死なせたことを悲しんでいるのか？」

カミラがオブライエンを横目で見て、口の端《は》を歪めた。

「私に感情がないとでも思っていたか、少佐？」

「あんたは死が救いだといつも言っているじゃないか」

「それは人間に限った話だ。死だけがすべての人間を苦しみから救うことができる。私がそう言えるのは、もともと人間だったからだ」

激しい戦闘に息を潜《ひそ》めていた密林の生き物たちが、探るように鳴き交わし始めている。川面で魚が跳ねる音。頭上を過ぎる鳥の羽ばたき。

「人間ではない生き物にも、私は死をもたらすことができる。だが、人間を死なせるときほどの確信は持てない。私はゾウたちの神ではない――」

カミラの初めて見せた迷いを意外に感じつつ、オブライエンは言った。

「あんたは邪悪だと思っていた」

「ふん?」

「俺はニーナの保護者だから、あの子が悪い影響を受けるんじゃないかと心配でな。話してくれてよかったよ。人間に対して脅威であることは変わらないがね」

「保護者か――」

「文句があるか?」

「いや。いい子だな、あの子は」

淡々とカミラが口にする言葉の真意が読めず、オブライエンは警戒しながら頷いた。

「ああ、いい子だ」

「よく笑うし、よく泣く。過酷な経験を経たのに、なおも善良であろうとしている。子供らしい反抗心と、素直さを失っていない。あまりにいい子だから、つい意地悪をしたくなってしまう」

「おい。あの子を傷つけるなよ」

「わかっている。だから悩んでいるのだ。私もあの子を泣かせたいわけではない」

そう言ってから思い直したように、カミラは目を細めて微笑んだ。

「いや――それともやはり、包み隠さず事実を伝えて、ニーナのかわいい泣き顔を愛《め》でるべきかな？　どう思う、保護者殿？」

カミラの視線に釣られて見上げると、星空を背にして、青い炎の軌跡がこちらへ降りてくるところだった。

オブライエンはかぶりを振って言った。

「やっぱりあんたは邪悪な女だよ、カミラ」

レッド・ムーン・ライジング

1

西暦二〇三一年　アメリカ合衆国　ヴァージニア州ラングレー

窓のない会議室の空気は淀《よど》んでいた。頭上で輝く照明も心なしか暗く思えた。

そんなはずはないが、とルース・マッケイは頭の片隅で訝《いぶか》しむ。CIA本部ビル、防爆ガラスと複合コンクリートで作られた要塞の上層に位置するこの部屋の状態は、常に隅々までチェックされているはずだ。空調や照明が故障したとして、それが放置されることなどあり得ない。だとしたら、この息苦しさを感じているのはやはり自分だけなのだろう。テーブルの端に座るCIA長官はじめ、三名の上役の険しい視線にひとり晒《さら》されているのだから、世界が暗く思えても不思議はない。

「カオスな状況を収拾し、秩序を打ち立てようと欲《ほっ》するなら、強権を振るわざるを得ないこともある。それはここにいる皆が理解していることだ。そうでなければ、ミスター・マッケイ、これまで君が何度も実行してきた大胆な作戦が黙認されることはなかった。そう思わないか？」

「は？　はあ、そうとも言えるかもしれませんな」

卓上に置かれた自分の手が勝手にひくつくのを見下ろしながら、マッケイは長官の言葉に上《うわ》の空で答えた。

お偉方《えらがた》の前に引き出されているというのに、マッケイは目の前の状況に集中しきれなかった。この部屋に入ってからずっと、ある種の飢えに悩まされていたからだ。

電話をかけたい。状況を確認したい。刻一刻と未読のまま溜まりつつあるであろう情報を一秒も早く消化したい——。

工作担当《ケース・オフィサー》であるマッケイの仕事は、常に各所と連絡を取り合い、複雑に絡まり合った状況を仕分け、処理することだ。三百六十五日休みなく続くその業務は、もはや仕事の域を超えて、マッケイ自身の存在意義と癒着していた。マッケイは連絡という行為の具現化であり、生ける情報のハブだ。関わっている案件のすべてを把握する者は、ほかに誰もいない。

しかし、この会議室は外部との通信が禁じられている。マッケイは依存症に苦しむ患者さながら、テーブルの上に置かれたスマートフォンへ無意識に伸びようとする手を押しとどめることに意識の大部分を奪われていた。多くのケース・オフィサーと同様に、マッケイも極小の通信端末を内耳にインプラントしてはいたが、古い人間であるマッケイは、どうしてもインプラントでの内話に馴染めず、いまだに型落ちのスマートフォンが主な連絡手段だった。

そのスマートフォンも、ここではただの置物だ。緊急事態にのみ接続するよう設定されてはいるはずだが、都合よくそんなコールが飛び込んできてはくれなかった。端末の黒い鏡面にはさざ波一つ立たない。

長官が話を続けていることに気付いて、マッケイは顔を上げた。

「……だが、我々が君に対する抗議の声をどれだけ退《しりぞ》けてきたか、知ったら驚くだろう。君が地位を濫用《らんよう》して私兵集団を作り上げていると非難する者も一人や二人ではない」

長官に続いて、右隣の作戦本部長が渋面《じゅうめん》を作って言った。

「不満を押しとどめるのもそろそろ限界だ。何よりここにいる我々自身が、君の監督下で行われていることを把握しきれていない事実に深刻な懸念を抱いている」

マッケイは片眉を持ち上げた。

「報告は都度《つど》上げているはずですが」

「もちろん受け取っているとも。すべてが終わった後にだがな」

「そういうプロトコルですから」

「それを加味してもなお、君のやり方は多方面に大きな波紋を呼んでいる。ＣＩＡだけに留《とど》まる話ではない。陸海空軍、海兵隊、宇宙軍、上院下院、大統領に至るまで、合衆国《われわれ》のすべてを、君と君のチームが動揺させている」

「いたずらに特権を振るっているわけではありません。私が大統領の委任のもとに行動しているのは、ここにいる全員がご存知でしょう。超法規的な措置を前提に、私に憑依体《ひょういたい》対策の指揮を下命したのは他ならぬあなた方だ。いまさら忘れたとは言わせませんよ」

声を荒らげたマッケイを取りなすように、左隣の情報本部長が猫なで声で言った。

「君の立場は理解しているつもりだ。君がいなければ、これまでの対憑依体作戦は戦えなかった。この部屋にそれを認めない人間は一人もいない。しかし――」

意味深に途切れた言葉の続きを、長官が引き取って言った。

「要は、君のチームは皆を怖がらせているということだ。精神が未成熟かつ不安定な東欧人のミドルティーンと、合衆国に敵意を持つメキシコ人越境者が、世界の運命を握っている。それをコントロールしているのが実質的に君ひとり、この状況が客観的にどう見えるか、理解できるだろう」

マッケイはうんざりして椅子の背もたれに寄りかかった。

「なら、どうしろと言うんです」

「君のチームの指揮権限を委譲してもらいたい。現状の歪《いびつ》な監視態勢と承認プロセスを、より開かれた形に発展させる必要がある」

「馬鹿な……」

思わずマッケイは口走ってから、首を振って言い直した。

「失礼。しかしですね、何度も言いますが、既存の指揮系統で憑依体の出現に対応するのは不可能ですよ。憑依体が地球上に出現したら、我々に許された猶予は六十時間しかない。しかも航空攻撃も核《N》・生物《B》・化学《C》兵器も無効化されるときた。六十時間以内に、地球上のどこにでも、可能な限り強力な部隊を送り込まなければならないんです。幸い、我々は味方の憑依体を二体抱えていますが、かれらの協力態勢はチームとの人間関係に依存している。お目《め》付《つけ》役が増えても無駄どころか、有害です。アントニーナ・クラメリウスも、カミラ・ベルトランも、部外者の言うことなど聞きはしません。クラメリウスはまだ友好的ですが、ベルトランは下手に刺激したら即座に敵に回りますよ」

　マッケイは顔をしかめて続けた。

「こんなことを言うのは不本意ですが、現状、このオペレーションができるのは私しかいないんです」

「君が憑依体に好かれているからといって――」

「逆ですな。嫌われていますよ」

　思わず言い返した言葉尻に、すかさず作戦本部長が嚙《か》みついた。

「なら、なおのこと心配だ。これほど重要な問題が、憑依体個人の好き嫌いで左右される現状をよしとするわけにはいかない。突然愛想を尽かされて、君の方がチームから排除される可能性があるということだろう。そもそも君のポジションに代わりがいないという状況がおかしいんだ」

「おっしゃることはまったく正しい――作戦の承認プロセスを〝正常化〟して結果がよいものになるビジョンが見えないことを除けばですが」

「少なくとも、今の状態がベストではないという認識は共有できたようだな」

「ベストな状態なんてものは神話です」

「ミスター・マッケイ、今の権限を誰にも渡す気はないと、君はそう言っているのか？」

長官の厳しい声が飛ぶ。マッケイは苛立《いらだ》ちを抑えようとしながら答えた。

「そうじゃありません。政治が災害に優先される状況を作ることに賛成できないだけです」

一瞬の間があった後、情報本部長が失笑した。

「君の口からそんな理想主義的な言葉を聞くとは思わなかった。何かに感化されたのか？」

会議室に白けた空気が流れる。むっつりと口をつぐむマッケイに向かって、長官が言った。

「既《すで》に君を危険視する上院議員複数名が大統領に働きかけ、諮問委員会が結成されている。遠からず公聴会が開かれるだろう。君はそこで、今ここでした説明を繰り返すこともできる。それがどう受け止められるか予想できないほど、君は愚かではないはずだ」

「火《ひ》炙《あぶ》りでしょうな」

「焼き尽くされて骨も残るまい」

そうなったときはどこの国に逃げようかと考えながら、マッケイは言った。

「私が手を下した結果として、テロリスト容疑者を三桁は秘密収容所《ブラックサイト》にぶち込みましたから、因果応報と言うべきかもしれません」

マッケイの軽口には反応せず、長官が続ける。

「いずれにせよ、君が手にした権限は巨大すぎる。いまの体制は、憑依体災害初期の混乱の中で緊急対応として生じた歪なものだ。君個人の資質によらず機能する体制を組み立てる必要がある」

正論ではあるが、現実的とは思えない。マッケイは黙り込む。それを屈したと見たか、上役たちの表情がわずかに緩《ゆる》んだ。

「何も現場を離れろと言っているわけじゃない。新体制の構築には君の意見も充分に――」

作戦本部長が言いかけたときだった。

電話が鳴った。

意表を突かれて、マッケイはテーブルの上のスマートフォンを見下ろす。オブライエン少佐からだ。

視線を上げると、三人の上役も、眉をひそめてマッケイを見返していた。

長官が無言で、出るように促した。マッケイは電話を摑み、耳元に持っていった。

「俺だ。何があった？　どこだ？」

「基地にいるんですが、妙なことが起こってます」

「妙なこと？」

オブライエンらしからぬ曖昧《あいまい》な表現をマッケイは不審に思った。基地というのはエリア51内に常設された、AOFテキーラガンナー分隊の拠点のことだ。

「説明しづらいのですが……」

口ごもるオブライエンを遮《さえぎ》るように、子供の声が聞こえた。

「UFOよ！　UFOが出たの！」

「……なに？」

困惑するマッケイの耳に、ニーナの興奮した声が飛び込んでくる。

「エリア51ってやっぱりUFOが出るのね！　そうだと思ってたわ。ネットでそういう動画を見たことがあったから、ずっと疑ってたの！　初めて本物見ちゃった」

「ニーナ……ニーナ！　返してくれ。大事な話なんだ」

電話口に戻ってきたオブライエンに、マッケイは訊ねる。

「どういうことだ、少佐」

「UFOなんです」

「UFOというと――」

「空飛ぶ円盤ですね」

「見たのか？」

「見ました。私と、ニーナと、訓練場にいた部下が三十名ほど目撃してます」

「映像記録を送れ」

「それが、残っていないんです」

オブライエンの声は戸惑っていた。

「誰のカメラにもＵＦＯが映っていないんです。レーダーにも検知されていませんでした」

マッケイは考えながら矢継ぎ早に指示を飛ばす。

「わかった。誰も基地を離れるな。外部との通信を遮断しろ。心理戦と化学戦の可能性を踏まえて、分隊全員の医療チェックを行え。目撃者が最優先だ」

「了解」

「何らかの手段による攻撃だと想定しろ。〈船長〉を叩き起こせ。これからすぐそちらに向かう」

マッケイは通話を切って、長官に目を向けた。

「現場でトラブルのようで――。申し訳ありませんが、失礼しますよ」

「話は終わっていないぞ、マッケイ」

「緊急事態でして。すみませんね」

苦々しい顔の上役たちを尻目に会議室を出る。何か異常事態が起こっているらしいというのに、マッケイは救われたような気分だった。

2

《つまり、攻撃の可能性があるかと訊きたいのかね》
専用回線の向こうで、〈ヴァン・トフ船長〉が暗く沈んだ声を出した。
《そうだ。どう思う?》
《わからない。わたしは見ていないからね、判断のしようがない》
《ニーナは見たのにか?》
《そのときわたしは落ち込んでいたから機能が低下中だった。申し訳ない》
気鬱《きうつ》の激しい〈船長〉は、沈み込んでいるとどうしようもない。話しているだけで、こちらまで引っ張られて落ち込むことがあるくらいだ。身の内に〈船長〉を抱えながらニーナが元気でいられるのはすごいことなのではないかと、マッケイは密かに思っている。
だが、その健康なはずのニーナが〝UFO〟を見たとなると——。
《ニーナの状態はチェックしたか?》
《チェックした。肉体的には問題ない。そもそもニーナは有害な化学物質の影響を受けない》
《ラリッて幻覚を見た可能性は除外できるわけか。心理戦の可能性は?》

《君の言う心理戦とはどういうものを指すのかね。広告宣伝や文化的因子による長期にわたる影響は、わたしにはチェックできない。君たちの文化に精通しているわけではないからね》
《俺が想定しているのはもっと即効性のあるやつだ。催眠や洗脳といった……》
《CIA《きみたち》が得意とする技術だな。だが人類に対して、短期間で幻覚を見るような精神操作が実行された場合、脳内のニューロン配置や神経伝達物質に何らかの痕跡が残ると思う。そのような痕跡は、少なくともニーナには見つからなかった》
《電磁波攻撃はどうだ？　ハヴァナ症候群のような——》
《あれは君たち自身の猜疑心とストレスが脳に損傷を与えたのではなかったか？　いずれにせよ、強力な指向性の電磁波を浴びたような細胞の損傷は見られない》
《憑依体による攻撃の可能性は》
《周辺環境を走査してみたが、新しい憑依体の存在は検知できなかった。君たちもそれは承知しているのでは？》
〈船長〉の言うとおりだ。宇宙からの憑依体降着に伴う重力波パルスの有無は真っ先に確認したが、観測データは静かなものだった。
　マッケイはさらに訊ねようとしたが、〈船長〉にぼんやりとした口調で遮られた。
《すまないが、わたしは疲れた。少し休ませてもらうよ。君はすぐそこまで来ているのだろう、あとは直接確認してくれたまえ》

《おい、待て、勝手に寝るな》

呼びかけたが、返事はなかった。舐めやがって、とひとしきり毒づいてから、マッケイはジェット機の窓から外を見下ろした。マッケイを乗せたガルフストリームVは、着陸態勢に入るところだった。見渡す限り広がるネヴァダ砂漠の一角を占める、最高機密区画エリア51。干上がった塩湖《えんこ》の上に、ひっかき傷のような滑走路が延びていた。

短いタラップを下りたマッケイは、人間の兵士が運転する迎えの車に乗って、滑走路から基地司令部の建物に直行した。

壁のスクリーンと戦術デスクからの光で照らされた薄暗いオペレーションルームに、沼底に潜《ひそ》む大魚《たいぎょ》と妖精のような、対照的な二人が待っていた。〝神殺し部隊〟を率いるオブライエン少佐と、憑依体アントニーナ・クラメリウスだ。

「その後、異状ないか」

前置きなしにマッケイは訊く。オブライエンが頷《うなず》いた。

「ありません。〈船長〉から何か聞いてますか？」

「少なくとも既知の手段で攻撃された痕跡はないそうだ。ニーナ、君は？」

ニーナは大げさに片眉を上げる。

「ねえ、挨拶くらいしたらどうなの？　大人なんだから」

「悪いが子供に付き合っている暇はないんだ」

「そんなに生き急いでいるのか、マッケイ？」

背後からの声に、マッケイはぎょっとして振り返る。部屋の隅の暗がりから長身の女が姿を現した。顔面に描かれたドクロのペイントが、暗がりに白々と浮き上がっている。〈死《サン》の聖母《タ・ムエルテ》〉――カミラ・ベルトラン。

「ＣＩＡで働いていると子供に挨拶もできなくなるようだな。役立たずの舌だけ壊死《えし》させてやろうか」

マッケイは両手を挙げて降参のジェスチャーを返す。カミラのコミュニケーションにはいつもねっとりした恫喝《どうかつ》の糖衣《とうい》がまぶされている。

「こんにちは、ニーナ。気が急《せ》いていたもんで、すまんな」

「あら、いいのよ。私を子供扱いしたことも含めて、気にしないで」

ニーナがつんとして言ってから、カミラを睨んだ。

「子供扱いしたのはカミラもだけどね」

〈死の聖母〉は微笑《ほほえ》んで答えなかった。ドクロに向かって、マッケイは訊ねる。

「あんたも見たのか？　その、ＵＦＯを……」

口に出すと改めて馬鹿馬鹿しく思えた。カミラは首を横に振る。

「見ていない。残念だ」

「見たかったのか?」

「アメリカがエリア51にＵＦＯを隠していることが明らかになるからな」

「だから何度も言っただろ、それはただの都市伝説だ……」

しかもだいぶカビの生えたやつだぞ、と呆《あき》れるマッケイに、カミラが顔を近付ける。

「おまえはいつもそうやってごまかすが、私は信じない。どうだ?　この機会に吐いてしまえ。どこにＵＦＯを隠しているんだ?　秘密の格納庫《バンカー》があるんだろう?」

マッケイは顔を遠ざけて答える。

「あんたが手の付けようのない陰謀論者なのは今に始まったことじゃないが、遙《はる》か魚座《うおざ》の彼方《かなた》から来た異星の存在に憑依された人間に、ＵＦＯがどうとかいう戯言《たわごと》に執着されると、俺はいったいどういう顔をすればいいのかわからん」

「ＵＦＯの研究、してないの?　本当に?」

ニーナが横から訊ねる。マッケイはうんざりしながら言った。

「本当だ。ここエリア51は確かに極秘の区域だが、それはまず核実験場であることに加えて、新兵器のテストが行われてきたからだ。ＵＦＯの噂は、ステルス機の開発がここで行われたことから生まれたんだろう。戦争サイボーグ《ウォーボーグ》の研究開発が行われたのもここだった」

「本当?　少佐」

ニーナがオブライエンを振り仰いで訊いた。

「ああ。俺たちはここで生まれた。他の連中は少し若い第二世代だが、俺は最初の部隊の一人だった」

「UFOは嘘?」

「俺の知る限りじゃな」

オブライエンがそう言うと、ニーナは露骨にがっかりした表情を浮かべた。

「なあんだ。カミラに教えてもらって、すごくワクワクしてたのに」

「何を教えてもらった?」

「えっとねえ……ロズウェル事件でしょ、ナチスのUFOでしょ、トンキン湾事件、ケネディ大統領の暗殺……」

指折り数えるニーナを見下ろしていたマッケイとオブライエンの視線が持ち上がって、カミラに向けられた。

「口の利き方くらいで、よくも俺に説教できたもんだな。おまえの方がよほど教育に悪いぞ」

「真実を教えたまでだ」

言い合う大人たちには構わず、ニーナは首をひねっている。

「UFOが嘘だったなら、私たちが見たのはなんだったのかしら。私だけじゃなくて、部隊のみんなも見たのよ。ねえ、少佐」

「ああ」

「どんな形状だったんだ？　映像記録に残らなかったと聞いたが――」

「目撃者全員に絵を描かせました。これです」

オブライエンが渡す紙束を、マッケイは受け取った。数十人分のＵＦＯのスケッチ。鉛筆からマーカーまで、さまざまな画材で描かれた絵はだいたいが下手で、子供の落書きとしか思えないものばかりだ。ニーナが描いた絵も混ざっているのだろうが、見当が付かない。

画風はばらばらだが、描かれている対象はほぼ同じ形状をしていた。

フリスビー状の扁平な機体。上面は丸みを帯びて、下面は平らだ。銀色に光っていたとか、黒かったと補足している絵もあった。機体が傾いたとき、中央に穴が開いていて、ドーナツのように見えたというメモもある。着陸脚のつもりか、小さな車輪が描かれた絵もあった。

曖昧な絵のすべてに極秘指定のスタンプが捺《お》されているのを見ると、ますますもって馬鹿らしくなる。最後まで目を通してから、マッケイは卓上に紙束を投げ出した。

「どう思います？　ミスター・マッケイ」

「これだけなら、ドローンか気象現象か、何かの見間違いだと一蹴《いっしゅう》するところだが」

「ええ。見間違いなら話は簡単だったんですが。問題はどの映像記録にも残らなかったということですね」

「記録に残らない何かが現れて、消えた――どうにも気持ちが悪いな。俺の勘《かん》は、何者かの攻撃だと言ってる」

「しかし誰が何のために、我々にＵＦＯの幻覚なんて見せるんです？　合衆国の中でも相当に攻めにくい場所ですよ、ここは」

オブライエンの指摘に、マッケイも頷く。

「内部犯か、未知の憑依体か。前者の可能性については我々でも捜査できるが、後者に関してはそうはいかない」

「〈船長〉に知恵を貸してもらうしかないですね」

「そういうことだ。ニーナ、悪いが〈船長〉をもう一度叩き起こしてくれるか。どうせごねるだろうが、いま必要なんだ」

「まかせて、〈船長〉の扱いは慣れてるから」

ニーナが答えた次の瞬間、共有回線に〈船長〉が現れた。

《取り込み中に失礼するが、いいだろうか》

「わっ、起きてたの？」

驚くニーナ。〈船長〉は否定した。

《いや。妙なものを感知して起きたんだ》

「妙なもの？……重力波か⁉」

〈船長〉の答えは、マッケイの予想とは違うものだった。

《放射線だ》

「……なんだって？」

《それほど強くはないが、間違いない。この基地の上空を、放射線源が移動している。もしかして、剝《む》き出しの原子炉を運んでいたりするのかね？》

マッケイとオブライエンは呆気《あっけ》にとられて目を見交わした。一瞬後、二人は部屋を飛び出し、手近な窓に貼り付いた。

「どこだ？　見えるか、少佐？」

「こちら側には何も」

二人の背後を、ニーナが裸足《はだし》でぺたぺた走りすぎていく。

「ニーナ、どこへ行く？」

「屋上！」

ニーナに導かれる形で、大人たちは基地の屋上に出た。砂漠の強烈な日差しを手のひらで遮りながら、マッケイは上空に目を凝《こ》らす。

「あれだ！」

オブライエンが太い指で空の一角を差した。ウォーボーグと違ってマッケイの目には遮光フィルタがない。目をすがめて見ると、東の空にぽつんと小さな黒点が浮かんでいた。

「やはりレーダーに反応がない……？」

基地の防空管制にアクセスしたらしいオブライエンの横で、ふわりとニーナが宙に浮いた。

「見てくる！」
言うやいなや、ニーナは一気に加速して飛んでいった。白昼の空に青い炎が尾を曳く。放射線源に不用意に近づいては――と反射的に思ったが、〈船長〉に護《まも》られているニーナならそこは大丈夫なのだろう。
ニーナは一直線に機影へと迫っていく。と、急に慌てた声が回線を流れてきた。
《あれ？　薄くなってる……消えちゃう！》
消える……？
マッケイも、一瞬遅れて気付いた。見間違いではない。遠目《とおめ》にもどんどん輪郭が曖昧になり、そしてついに――消えてしまった。
《放射線がなくなった》
〈船長〉がぽつりと言う。オブライエンが慌てて呼びかけた。
「ニーナ、無事か？」
《私は平気。逃しちゃったけど……あ、待って！　やった！　撮《と》れてる！》
「撮れてる？」
《スマホで映してみたの。ほら、これ！》
送られてきたファイルには、確かに不明機の姿が捉えられていた。高速飛行中に撮影しただけあってブレがひどかったが、被写体が航空機であることははっきり見て取れた。

「飛行機……どこのだ、これは？」

「空軍にこんな機体はありませんよ」

「ステルス形状をしていないのに、レーダーに反応がないのはどういうことだ」

二人で唸《うな》っていると、いつの間にか屋上に現れていたカミラが、自分のタブレットを見ながら興味深そうに言った。

「ずいぶんと古めかしい機体のようだな。それに、これを見ろ」

拡大した画像の一角を、カミラが指し示す。ひどくブレた画像の中でも、機体に星型のマークがあるのはわかった。

「これはアメリカ軍のマークではないのか？」

青地に白い星。その横には、赤と白の帯まである。

疑いようもなく、アメリカ空軍機のマークだった。

「空飛ぶ円盤の次は幽霊飛行機か？　いったい何が起こってるんだ？」

マッケイの呟《つぶや》きに答えられる者はいなかった。

3

「機種の特定はできました。——一応は」

電子戦担当のブーボーが、いつになく歯切れの悪い口調で言った。

「見せてくれ」

オブライエンが言うと、オペレーションルームの大スクリーンに、モノクロの静止画像が表示された。コントラストが強く、ディテールが潰《つぶ》れている古い写真だった。

すぐにニーナが声を上げた。

「あ、これこれ！　間違いないわ、これよ！」

「ニーナ、いつから航空機の識別ができるようになったんだい？」

ブーボーの疑問に、ニーナは自信満々に答える。

「一目《ひとめ》見たらわかるわよ。だってすごく古い飛行機だったもの」

「そりゃ早合点かな。昔の飛行機はこういう形が多かったんだよ」

ブーボーがたしなめると、ニーナは不満そうに口を尖らせた。

「続けてくれ」

マッケイは促した。ブーボーが説明を始める。

「ニーナの写真に映った航空機は、コンベアB－36Hピースメーカーに酷似しています。かつての戦略爆撃機ですね。一九五〇年代、東西冷戦の初期には空軍の主力でした」

マッケイは自分の記憶をさらったが、さすがにその時代に関係するオペレーションには携《たずさ》わったことがなかった。

「ということは、核爆撃機か？」

「核の運用を想定されてはいましたが、諸々の都合で実際には核爆弾は搭載されませんでした。間もなく後継のB－52が実用化されたため、わずか十年ほどで退役しています」

B－52ストラトフォートレスは、二〇三〇年代に入ってなお現役で稼働している長命の戦略爆撃機だ。それに比べると十年というのはかなり短い。

「その骨董品がなぜエリア51を飛んでいた？　まずどこから現れたんだ」

「わかりません。現存する機体はすべて博物館や航空マニアの個人所有で展示されていますし、飛べるものは一機も残っていないはずです」

「じゃあ、本物の幽霊飛行機だったってこと？」

好奇心に目を輝かせるニーナに、ブーボーが首を傾《かし》げてみせる。

「放射線を撒き散らす幽霊がいたとしたら、そうかもしれないね」

「少なくとも放射線は幻覚ではなかった。基地の記録にも残っている」

オブライエンが横から付け加える。

「その放射線にも理由を見つけたかもしれません」

ブーボーの言葉に、マッケイは振り向いた。

「というと？」

「ニーナの撮ってきた写真を見てください」

スクリーン上のモノクロ写真の横に、ニーナが撮影した画像が開かれた。補正されてはいるものの、被写体が遠いため、ディテールはブレてほとんど見えない。

「機首の部分です。コックピットのやや後ろに、何かマークがありますよね」

「この白い丸のことか？」

「ええ。その白い丸の下側に、字が書かれているのがわかりますか」

「六文字あるな。途中の線はハイフンに見える」

「そうです。この時代の爆撃機にはでかでかと機種名が書かれていたので、ここにあるのもそうでしょう。しかし、この文字列がB－36Hだとしたら、一文字多い。ハイフンの前にもう一文字あるように見えませんか。これ、たぶんXです」

アメリカ空軍の命名規則において、Xは研究開発中の実験機に振られる記号だ。ブーボーがスクリーンに新たな画像を表示する。やはりモノクロだが、滑走路に駐機中の機体を至近距離から撮った、鮮明な写真だ。

「これがXB－36Hです。ニーナの写真では識別できなかったコックピット後ろのマークも見えます」

白地の上に書かれたものを見て、マッケイは目を見開いた。六方向に開く花のようなそれは、中心の核と、その周囲を回る三つの電子の軌道を描いた、原子のマークだった。

「XB‐36Hは、原子力推進機の実験機でした。原子炉を積んで無限の航続距離を得ようとした、夢いっぱいの機体です」

「原子炉を積んだ……？　大丈夫なのか、それは」

オブライエンが呟いた。

「もちろん、大丈夫じゃありません。原子力ターボジェットエンジンから放射性の排気を盛大に撒き散らしながら飛ぶことになります。あまりに危険なので、離陸時には原子力を使わない通常のエンジンを使用するということになりましたが、まあ……そういう問題ではなかったですね。結局、技術的、コスト的な問題で、この計画は中止されました」

「〈船長〉が感知した放射線は、その排気だったと？」

「辻褄《つじつま》は合います。とはいえ、どこから来てどこに消えたかは謎のままですが」

マッケイは腕を組んで唸った。

「五〇年代の実験機《Xプレーン》の幽霊か。エリア51ならでは、とは言えるかもな」

「ほう？　これまでもそういうことがあったのか？」

ずっと黙っていたカミラが不意に口を開いた。この〈聖母〉は、わずかでも陰謀の気配を感じるとすかさず嘴《くちばし》を突っ込んでくる。マッケイは雑に手を振って言った。

「ない、ない。そんな話は聞いたことがない」

「ねえ、そのXプレーンって、他にどんなのがあるの？」

ニーナに訊かれて、マッケイは苛々《いらいら》と答える。

「自分で調べてくれ。ウィキペディアにでも載ってるだろ」

「失礼ね。真面目な話をしてるのよ。もしかすると、私たちが最初に見たUFOも、Xプレーンだったかもしれないじゃない?」

男たちは顔を見合わせた。

「賢いな、ニーナは」

オブライエンが言うと、ニーナは当然だと言わんばかりに鼻を上向かせた。

ブーボーがスクリーン上で、実験機の写真を次々に開いていく。実運用に至らなかった奇妙な航空機の数々に、ニーナは興味津々の様子だった。珍《めずら》しく、カミラも画面を熱心に見つめている。それに気がついて、マッケイは笑い出しそうになった。

「うーん、ないわねえ」

Xナンバーの付いた写真をすべて見終わって、ニーナは不満そうに言った。

「というか……円盤形の機体がないのね。一番それっぽいのは、あの平べったい……」

「フライングパンケーキ?」

「そうそう。平べったくてかわいいけど、おっきいプロペラが付いてるから見落とすとは思えないし」

「Xプレーン以外で、他に円盤形の機体はないのか?」

カミラに話し掛けられて、ブーボーが一瞬びくりと背筋を伸ばした。マッケイにはその気持ちがよくわかる。〈死の聖母〉に直接話しかけられるのは、死そのものが語りかけてきたような、ぞっとする感覚を伴う体験なのだ。しょっちゅう絡まれるうちに、マッケイはもう慣れてしまったが。

「あ、ああ、なくはない。たとえば……」

スクリーンに円盤形の機体が現れた。浅い皿を伏せた形をしていて、中央には大きなファンがあった。

「初期の垂直離着陸機《VTOL》の開発計画にこういう円盤形のものがあった。これは、えーと……VZ－9アブロカーという機種だね」

「似てる……」

ニーナがスクリーンを見上げて呟いた。横でオブライエンが首を横に振る。

「似ているが、小さすぎる。あれはもっと大きかった」

ブーボーが画像を切り替えながら頷いた。

「そうですね。これは二人乗りですし、直径はせいぜい車一台分くらいです。まともに飛行できるようになる前に開発も中止されてますね」

スクリーン上では、パイロットが乗った銀色の円盤が飛んでいた。しかしその高度は低すぎる。着陸脚が地面に触れそうになりながら、ふらふら進んでいるだけで、「飛行」ではなく「浮遊」と表現する方がふさわしい。

と、ニーナが不意に声を上げた。

「今の、ちょっと前に戻ってくれないかしら?」

ブーボーがニーナの指示どおりにプログレスバーを戻すと、二機の円盤が並んだ画像が現れた。一機は先ほどから映っているVZ－9。その隣の円盤はさらにサイズが大きい。机の上に載っているから、実機ではなく模型のようだ。

「これ!　私が見たの、これよ。大きい方!」

ニーナが言って、オブライエンを振り返る。

「そうよね、少佐」

「確かに……。こっちの方が俺の記憶にも近い。この機体は何だ、ブーボー?」

「Y－2シルバーバグ、とありますね。直径五〇フィート、ジェットエンジン六基を積んで、成層圏をマッハ四で飛ぶVTOL機です」

コンセプトスケッチや設計図のスキャン画像がスクリーンに表示されると、ニーナとオブライエンが息を呑んだ。中央が丸く盛り上がったフリスビー型の機影は、絵に描いたような〝空飛ぶ円盤〟そのものだった。

「間違いないわ、これよ」

妙なことになってきた、とマッケイは顔をしかめる。

「五〇年代の幽霊飛行機がもう一機か……」

「いや、その、待ってください。それはおかしい」

資料を読んでいたブーボーが慌てたように口を挟んだ。

「おかしい？　何がおかしいの？」

「この飛行機は実在しません」

きょとんとした顔のニーナと、訝しげな大人たちに向かって、ブーボーが説明する。

「高高度を超音速で飛ぶ円盤形のＶＴＯＬ機があったなんて、聞いたことあります？　これはあくまでプロジェクト開始時のコンセプトです。実現できたわけじゃない。当時の技術でかろうじて作れたのがさっきのＶＺ－９で、せいぜい人の背丈くらいまでしか浮かぶことができなかった。結局プロジェクトは中止されたので、Ｙ－２は幽霊になるどころか、最初から生まれてもいません」

「我々は存在しない飛行機の幽霊を見たということか？　ますますわけがわからんな」

オブライエンがそう口にした、次の瞬間だった。

オペレーションルームの中が真っ赤な照明で照らされた。

同時に、けたたましい警報が鳴り響き、聞いたことのないアナウンスが流れた。

「警告。Ｓ３計画の実行まで三十秒。基地要員は速やかに待避壕へ」

事態を把握するより先に、警報への反射的な行動で、マッケイは椅子から飛び上がった。

「なんだ⁉　憑依体か⁉」

　ブーボーとオブライエンも立ち上がっていた。ニーナはつかの間《ま》驚きに目を丸くしていたが、気を取り直すと、ふわりと浮かび上がってデスクを跳び越え、戸口から外に出ていった。カミラが無言でその後を追う。

「レーダーは無反応です。航空機もミサイルもドローンも見あたらない。重力波も正常です」

　ブーボーが困惑したように言った。

「警告。S3計画の実行まで二十五秒。基地要員は速やかに待避壕へ」

「なら、この警報は何を言ってる？　S3計画とは何だ？」

　オブライエンが首を横に振る。

「初耳です。ブーボー、わかるか？」

「基地の緊急対応マニュアルを検索しましたが、そんなコードはありません。警報装置の故障というのが一番ありそうに思えますが――」

「このタイミングでか？　あり得ない」

「警告。S3計画の実行まで十五秒。カウントダウン開始」

《ねえ、遠くに変なものが見えるんだけど》

　外に出て行ったニーナからの通信が入った。

「変なものとは？」

《ずっと遠く、白い気球みたいなのが浮いてるの。見に行ってみる》

「気球……まさか？」

ブーボーが弾《はじ》かれたように顔を上げた。

「九。八。七」

「ニーナ！　近づくな！　全員物陰に隠れろ！」

最後の一言は、基地のオープン回線で全員に向けて発された。

「六。五。四」

わけもわからず床に伏せながら、マッケイは訊いた。

「何が起こってる？」

「核です！　初期の水爆実験！　空中爆発に気球を使っていた！」

マッケイが驚愕するうちにも、カウントダウンは容赦なく進む。

「三。二。一」

目をつぶった。次の瞬間来るであろう爆発の光と、遅れてくる衝撃波を予期して、身体を強《こわ》ばらせたまま待つ——。

何も起こらない。

警報は途絶えていた。ゼロがカウントされる寸前に、ぶつりと切れたようだった。

静まりかえった回線で、ニーナが不思議そうに言った。

《気球消えちゃった》
「無事か、ニーナ？」
　訊きながら、オブライエンが慎重に立ち上がる。
《うん、どこもなんとも。何だったの、今の？》
　マッケイも床に腕を突いて起き上がった。
「俺も訊きたい」
　ブーボーが長々と息を吐いた。
「まさにカミラの喜ぶような陰謀論なんですが――Ｓ１がマンハッタン計画の別名で、Ｓ４がロズウェル事件のＵＦＯ調査計画だったという話があるんです。その間のＳ２とＳ３は単なる欠番なのか、それとも知られざる秘密の計画があったのか……という。なので――」
「存在しない飛行機の幽霊の次は、存在しない核実験の幽霊だと⁉」
「僕がそう主張してるわけじゃないですからね⁉」
《兵士諸君、ちょっといいかね》
　不意に、〈船長〉が会話に入って来た。
《何が起きているか、わかったかもしれない。わたしの推測が当たっているとしたら、これはなかなか厄介な事態だ》
「説明してくれ。これは攻撃か？」

《そうだ。攻撃と見て間違いない》
〈船長〉が断定した。
《我々は、現実改変ブルートフォース攻撃を受けている》

4

現実改変ブルートフォース攻撃。〈船長〉によるとそれは、ある事象に対して強烈な不満を持つ主体が、現実を改変しようと試みる時空構造そのものへの数学的攻撃だという。

簡単に言うと、その理屈はこうだ——

宇宙のすべては数式で表記することができる。

したがって「この現実」を表す数式も存在するはずである。

つまり、その数式を書き換えれば、現実も書き換わることになる。

実際にはそんな数式を導き出すのは不可能だろう。宇宙の隅から隅までを余すところなく表現する数式が仮に存在したとしても、その数式を表記できる媒体や演算装置は、宇宙と同じくらい大きなものになってしまう。

……と思われるところだが、しかし実は、その数式は比較的短く収めることができる。目的は現実の中の任意の部分を書き換えることであって、宇宙全体を変えたいわけではないからだ。ということは、「この現実」を表す数式の中の、ごく一部を書き換えれば済む。
この理論に基づいて、強力な計算機で総当たり《ブルートフォース》して、宇宙を表す数式の、都合のいい部分にヒットするのを待つのが、現実改変ブルートフォース攻撃である。
《始末の悪いことに、この種の攻撃はリアルタイムで感知することが難しい。演算結果が出た瞬間に現実が書き換わるから、変化に気付くのは常に改変された後だ。今回は軍事基地上空に未確認飛行物体が出現するという形だったから発覚が早かったが、より違和感のない形で書き換えが行われた場合、誰にも気付かれない可能性が高い》
〈船長〉の説明を、マッケイは信じがたい思いで聞いていたが、どうにか気を取り直して訊ねた。
「OK、大まかな理屈はわかった。これを仕掛けているのは憑依体か？」
《膨大な演算パワーが必要となるこの種の攻撃は、地球人のテクノロジーでは不可能だ。憑依体である可能性が極めて高い》
ニーナがカミラと顔を見合わせた。
「私たち以外にいるってこと？」
《どうやらそのようだ》
「いつ地球に現れた？　そんな兆候はなかった――」

そう言いかけて、マッケイは考え直した。

「いや……最近のこととは限らないな。重力波パルスの監視体制が整ったのは北京《ペキン》の後、カミラの件の直前だ。それまでの空白期間に人知れず降着していた可能性はある」

《あるいはわたしとニーナの接触より先に地球に到達していたかもしれない。潜伏期間に個体差があっても不思議ではない》

カミラがニーナを見下ろして言った。

「そいつとも友達になりたい？」

ニーナは首を振る。

「そうなれればいいとは思ってるけど、期待はしないでおく」

淡々とした口調だった。マッケイは意外に思う。ニーナはいつも新たな憑依体と「友達」になりたいと口にしては、周囲の大人たちを困惑させてきた。何か変化があったのだろうか。

「つまり、さっきの核実験も、現実を改変された結果起こりかけていたってこと？」

ブーボーの質問に、〈船長〉が答える。

《そうだ。この現実では起こらなかったことが起ころうとしていた》

「爆発の直前で止まったのはラッキーだったな」

《いや、直前で止まったのは必然だったと考えられる。いきなり劇的な現実改変を行うのは難しい。今回の攻撃は三段階に分かれていた。君たちが最初に目撃した円盤状の実験機が第一段階。原子力爆撃機が第二段階。そして実際には行われなかった水爆実験が第三段階だ。砲兵が着弾地点を観測しながら照準を調整するのと同じように、演算の範囲を絞り込んでいったのだろう。しかし、核爆発の結果をこの現実に上書きできるほどの成功は収めなかったということだ》

「もしかして、第一、第二段階で出現した機体が幽霊みたいだったのも、充分精度の高い演算ができなかったから？」

《君の推測通りだろう。第一段階では記録に残らないほど希薄な実体だったものが、第二段階では写真に残った。第三段階はより〝現実に近い〟状態だったはずだ》

マッケイははっとして口を挟んだ。

「おい、待ってくれ。ということはだ、次の段階ではさらに……なんと言うんだ、濃厚な現実になってくるわけか？　今度こそ本当に核爆発が起こると？」

《とは限らない。核爆発が起こりかけたのは、この場所だったからだ。ここは以前から幾度となく核実験が行われてきた場所だ。総当たりで試行するうちに、ここで起こった可能性のある現実がたまたまヒットしたのだろう》

「たまたまで核爆発を起こされちゃたまらないな。それならもう一つ訊くが、なぜここなんだ？」

《故意に狙われたと考えるべきだ。目標は他の憑依体かもしれない》

「私を？」

ニーナが訊いた。

《あるいは、カミラを。もしくは、君たち両方を。そうでなければ、基地全体が対象とされたのかもしれない。どの可能性もありうる》

「敵はこちらの居場所を知っているということだな」

《最低でも、われわれの拠点がこの基地だということは摑んでいるだろう》

それを聞いてマッケイは立ち上がった。

「よし。すぐ移動する」

「どこへですか？」

「飛んでから考える。この基地を離れるのが最優先だ。次の攻撃をただ待つわけにはいかない。準備にかかれ」

ブーボーが立ち上がって、真っ先にオペレーションルームから退出する。マッケイはニーナとカミラに目をやって言った。

「君らは身一つで飛べるからいつでも出られるだろうが、部隊の仲間を手伝ってやれ」

「もちろん。何をすればいいの？」

「ブーボーかパンゴリンに訊け。それでいいな、少佐」

オブライエンが頷いた。

「頼んだぞ、二人とも」

「了解、任せて。行きましょ、カミラ」

ニーナは勇んで出て行った。カミラは片眉を上げてマッケイを見たが、何も言わずに後に続いた。また先走ってどこかに飛んで行かれては困るので、とっさに用事を言いつけたが、ニーナはともかく〈死の聖母〉から〝手伝い〟を申し出られた部隊員はさぞかし面食らうだろう……。そう思いながらマッケイは、退出しようとするオブライエンを呼び止めた。

「少佐。ニーナのことだが、大丈夫か?」

「と言いますと?」

「憑依体と〝友達〟になるとかいういつもの戯言、今回は言わなかった」

「戯言とはひどい」

「子供の妄言《もうげん》とでも言い直そうか?」

オブライエンは少し声を潜めて言った。

「コンゴでの作戦でゾウたちを死なせたことにだいぶショックを受けていて、しばらく引きこもっていたんです。何か思うところがあったのかもしれませんね」

「ああ、なるほど。こちらとしては助かる」

オブライエンがマッケイに向かって、ゆっくりと首を傾げる。表情はなくとも、非難のジェスチャーだろうとは見当が付いた。

「ニーナもそうやって少しずつ大人になっていく。人間的成長だ。喜ばしいじゃないか」

「あの子の手本になる大人は我々しかいないんですよ。俺もあなたも見られてる」

「あいにくだが、俺は教師じゃない……反面教師にはなれるかもしれんが」

オブライエンの首元の装甲に開いたスリット状の鼻孔から、呆れたようなため息が漏れた。

5

憑依体出現の報にいつでも対応できるように、この基地には、C－5Mスーパーギャラクシーが常に待機している。部隊のうち四十人のウォーボーグと機材を腹の内に収めた巨大な輸送機は、迫る夕闇から逃れるかのように、速やかに滑走路から飛び立った。

「手伝うことなんか何もなかったわ。先に乗って、席に座っててくれって言われただけ！」

ニーナは不満そうだったが、マッケイにしてみれば、おとなしく座っていてくれるだけで充分ありがたい。とはいえこの分だと、次はまた別の手を考えなくてはならないだろう。

次があればだが。

機が水平飛行に移るやいなや、部隊の主だったメンバーは機内司令室に集合した。オペレーションルームで集まっていた面子《メンツ》に加えて、副隊長のパンゴリンも参加している。

「どこへ向かいますか、ミスター・マッケイ」

オブライエンに訊かれて、マッケイは答える。

「人口密集地を避けて適当に周回しておけ。ネヴァダからはできるだけ離れろ、また核爆発を引き起こす可能性があるからな」

マッケイは集まったメンバーをぐるりと見渡して言った。

「やることは二つ。まず防衛態勢を確立する。次に敵の正体と居所を探る。意見のある者は？」

パンゴリンが手を挙げる。

「現実が改変されたらどうやってわかるんです？　〈ランタン〉で感じられるものですか？」

〈ランタン〉はウォーボーグたちの身体に組み込まれた高次元センサーだ。憑依体が接近したらこれで検知できる。

「〈船長〉？」

《不可能だ。現実改変が行われるのは時空の構造ではなく認知の領域だ。わたしやニーナでも感知できない》

「じゃあ、どうすれば――」

《君たち自身が違和感に気付くしかない。これに関しては人類の方が得意だろう。わたしも地球の知識は学習したが、細かい部分の異状は察知できない》

パンゴリンがぎょろりと目を動かした。

「肉眼で見張っていろと?」

《感覚機能を拡張するテクノロジーならなんでも使えばいい。要は君たちの知っている現実とズレた事象だと識別できるかどうかだ》

「やはり、改変される前に気付くことは不可能だと……」

《そうだ。したがって、我々は守勢に立たされることになる》

「相手は何をしたいのかしら。昔の飛行機を蘇《よみがえ》らせたいってわけじゃないと思うけど」

ニーナが不思議そうに言った。

《個々の改変事象の意味に囚われるのは推奨しない。何かしらのポリシーに沿ってブルートフォース攻撃が行われていると仮定して、改変の傾向から敵の目的を推測するしかないだろう》

「よし。では二つ目だ。敵憑依体の居所を探りたい。何ができる?」

マッケイの問いにブーボーが手を挙げた。

「この攻撃を実行するには莫大な演算能力が必要だ、そうですね? その演算をしている装置がどこかにあるはず。量子スパコンか、クラウドか、宇宙から来た生体コンピュータか、なんでもいいですが、そんなもんがブン回ってたらとんでもない熱を出してるはずです。熱源を探しましょう」

「わかった。宇宙軍に軌道上から探させる」

「海洋大気局《NOAA》にも調べてもらってください。インターネット全体を使って、完全にランダムな分散コンピューティングでもしていない限り、どこかに熱の偏《かたよ》りが出ると思います。聞くだにものすごい計算が必要そうですし、気象に影響を及ぼすレベルじゃないかと思うんですよね」

「案外、地球温暖化の原因だったりしてな」

　パンゴリンはジョークのつもりで口にしたようだったが、誰も笑わなかった。この憑依体がいつ地球に降着したか不明な以上、あり得ないことではない。

　オブライエンが手を挙げた。

「ひとつ心配なのは、相手がその熱を処理する手段を持っている可能性だ。コンゴのスードブッダは、我々の砲撃で生じた熱エネルギーを別の次元に逃して自分を冷却しようとしていた。そうだったな、ニーナ？」

「ええ。私と〈船長〉がそれを邪魔したから、熱を処理できなくなって倒れたの」

「つまり、今回の敵も同じことができると想定すべきだ」

《その通りだが、逆にそうした高次元テクノロジーを用いていたら察知できているはずだ。君たちの〈ランタン〉でも感じられるのではないかな。現時点でそのような気配はない》

　マッケイは頷いた。

「よし、まずその線で調べよう。他に案がある者は——」

　そのときだった。突然、機が大きく傾いた。マッケイは転倒しそうになって、すんでのところでデスクにしがみついた。

　ニーナが小さく声を上げて、その場に浮かんで体勢を立て直す。カミラは声一つ漏らさなかった。増強された身体能力を持つウォーボーグたちは、床の傾斜に小揺るぎもしない。

　司令室のスピーカーから声が鳴り響いた。

「こちら機長。前方、レーダーに異常な反応あり。大きすぎます」

「大きすぎる？　正確に報告しろ」

「その——」

　ベテランのパイロットであるはずの機長が言い淀んだ。

「——前方の空を埋め尽くすほどです」

　マッケイはオブライエンと顔を見合わせてから、傾いた床に足を滑らせながらコックピットへと向かった。

　ドアを開け、スイッチとディスプレイに壁一面を埋め尽くされた操縦室に踏み込む。操縦士二人の肩越しにレーダーを覗き込むと、画面上では、回避機動中の機の前方から、雷雲《らいうん》のような不定形の影が近づきつつあった。

「相対速度は？」

「マッハ〇・七八……こちらの巡航速度とほとんど変わりません」

「自然現象ではなく？」

「気象情報からいって雷雲ではないですし、何の前兆もなく現れました」

「回避できそうか」

「出現が急すぎました。それにあまりにも範囲が広い。衝突コースから逃れられません。六十秒後に接触します」

　オブライエンが振り返って叫んだ。

「ニーナ！　前から何か来る、守ってくれ！」

「わかったわ！　まかせて！」

　コックピットのドアから覗き込んでいたニーナが身を翻《ひるがえ》して、機体後方へとすっ飛んでいった。

「カーゴベイを開けろ、ニーナが出る」

「了解。回避機動を中止します」

　機体が水平飛行に戻ると同時に、テールの巨大なドアが開く震動が床を伝わってきた。間もなくニーナが、コックピットの窓の外に姿を現す。機内に向かって手を振ってから、青白く燃える足で機首先端に降り立った。

《さあ、何が来るのかしら》

回線越しにニーナの声が聞こえてくる。

マッケイの隣でオブライエンが身を乗り出して、窓越しに前方を凝視する。眼球が焦点を調節するかすかな駆動音が聞こえた。

「小さい……ドローンの群れか、いや――」

オブライエンが息を呑んだ。

「――鳥だ!」

次の瞬間、窓の外が真っ黒に塗りつぶされた。西の地平線から差していた夕陽の色がかき消え、機体の外板が凄《すさ》まじい勢いで乱打される。窓に激突した塊《かたまり》が、コックピット内の機器が発する光で緑と赤に照らし出される。命を失った羽毛の塊。確かに、鳥だった。

マッケイは血の気が引くのを感じた。鳥との衝突《バードストライク》はあらゆる航空機にとっての悪夢だ。どれほど強力な軍用機だろうと、エアインテークから鳥を吸い込んだらエンジンが停止する。故意にエンジンに吸い込まれるよう設計されたカミカゼドローンも開発されているほどだ。

鳥が機体にぶつかる音が不意に途絶えた。同時に、ニーナの慌てた声が聞こえた。

《ごめんなさい! 防ぎきれなかった、大丈夫?》

窓一面にへばりついた鳥の死骸が風に引き剝がされて、視界が戻ってくる。機首に立つニーナが、両手を前方に掲げている姿が目に入った。

その向こうの空は、鳥に埋め尽くされていた。視界の端から端まで、無数の鳥で黒々と覆われている。とんでもない大群だ。
《ど……どうしよう！　鳥が――どんどん死んじゃう！》
ニーナの声は動揺していた。見えない障壁を作って機を守っているようだが、その壁に次から次へと鳥が激突し、死骸となって、左右に分かれて落ちていく。
「〈船長〉、大丈夫か？」
《技術的にはまったく問題ない。単純な質量攻撃だ。ニーナの方が鳥を殺すのを嫌がっているだけだ》
それなら我慢してもらうしかない、とマッケイは言おうとしたが、人の足が窓の外を歩いて下りてきたので、ぎょっとして言葉を呑み込んだ。新たに機首に姿を現したのはカミラだった。
《私が代わろう》
ニーナの肩に手を置いて、カミラが言った。
《私の方が向いている》
カミラがニーナの前に進み出ると同時に、それまでとは比べものにならない勢いで、空中の鳥が死に始めた。
カミラの身体から放射された力が、鳥の群れの中を爆発的に広がっていく。死の力が、一瞬で命を失って落ちていく鳥の群れによって可視化されていた。

空のすべてが埋め尽くされたかと思うほどの鳥が、一羽残らず死に絶えるまで、十秒もかからなかった。前方視界は晴れ渡り、沈む太陽の残光を遮るものは何一つなくなっていた。

カミラの放つ死の力を目《ま》の当《あ》たりにして、誰もが呆然《ぼうぜん》としていたが、マッケイはいち早く気を取り直した。

「機体の損傷は？」

「い……一番と三番のエンジンが不調です。いつ止まってもおかしくありません」

「エンジンが二基死んでも飛べるか？」

マッケイの問いに、パイロットがしぶしぶという声で答える。

「飛ぶことは飛べます」

「下手なところに降りたら何が起こるかわからん。敵の所在を掴むまで保《も》たせてくれ」

「了解しました」

「ニーナ、カミラ、よくやった。助かった」

マッケイの言葉に、カミラが冷たい口調で応じる。

《おまえのためにやったわけではない。大丈夫か、ニーナ？》

《……平気よ》

ニーナが言葉少なに答えた。

「〈船長〉、今のは何だったんだ？　どういう現実改変が行われたら、あんな馬鹿みたいな数の鳥が出てくる?」
《わたしにはわからない》
カミラが窓に向かって屈み込み、外板にへばりついていた死骸を無造作に持ち上げた。
《これは何の鳥だ?》
最初は真っ黒なシルエットにしか見えていなかった鳥は、光を当ててみると青みがかった灰色をしていた。腹部は赤褐色で、ハトに似ているが尾が少し長い。
「俺は鳥に詳しくない。誰かわかるか?」
みな首を横に振る中、ニーナが眉をひそめて言った。
《まさかとは思うけど……リョコウバトだったりするかしら》
「リョコウバト?」
《絶滅したハトの仲間よ。西部開拓時代のアメリカに、何億羽もいたんですって。空が真っ暗になるくらい》
そう言って、ニーナは悲しそうに付け加えた。
《『ディスカバリーチャンネル』で見たの。絶滅した鳥だって知ってたら、助けられたかもしれないのに……》
《あなたは気にしなくていい。どのみちこの現実には存在しないはずの鳥だから》
そう言い終わらないうちに、カミラの手の中の死骸が薄れたかと思うと、ふっと消失した。

窓に残っていた血の染みも、ちぎれた羽毛も、気が付くと幻のように消え去っていた。
《ほら》
言われたニーナは、冴えない顔でため息をついた。
《ありがとう、カミラ――死骸が消えても、殺しちゃった事実が消えるわけじゃないけど》

6

演算量にふさわしい熱源を探すという案は、うまくいかなかった。衛星からの観測映像を見ても、過去の気象データを洗っても、異常と言えるほどの熱源は地球上のどこにもない。

《奇妙だ。飛行中のこちらをリアルタイムで攻撃してきたのだから、どこかに痕跡がなければおかしい》

「演算で生じた熱を急速に冷やす仕組みがあるんじゃないのか？」

マッケイの意見を、〈船長〉は即座に否定した。

《冷やすというのは、熱源の外に熱を分散させるということだ。もし君の言うような仕組みがあったとしても、熱源周辺一帯の温度が上昇することで検知できる。だが、そうした動きはない。何か見落としているはずだ。説明が付かない》

「副隊長の言った説もあながち外れじゃないかもしれませんね」

ブーボーの言葉にパンゴリンが顔を上げる。

「何か言ったか、俺？」

「地球温暖化の原因説ですよ。つまり、ずっと前から地球上で現実改変ブルートフォースの演算が行われていて、それが常態化したせいで、現在の地球は既にその排熱込みの気温になってる。だからたまにＣＰＵが加熱して、冷却ファンがぶん回っても、たいした温度上昇にならない」

《いや、それでも変化は必ず観測データに表れるはずだ。この次元だけで熱を処理しようとしたら、痕跡を消すことは不可能だ》

「迷彩されているんじゃないか。もとから熱い場所に計算機を置いておけば、多少熱が生じてもデータ上は誤差にしか見えない」

オブライエンの意見に、ブーボーが言った。

「熱い場所に演算装置を置くのはそもそも自殺行為ですよ。熱暴走が早まるだけです」

《海の底はどうかしら。海底火山とか、熱水鉱床《こうしょう》とか、そういうやつに見せかけて、こっそり隠してあるとか？》

機外を飛びながら周囲を警戒しているニーナが言った。

「それも『ディスカバリーチャンネル』か？」

《『ナショジオ』だったかも》

「〈船長〉？」

《あり得る。その場合、通信が傍受できるかもしれない》

「何の通信だ？」

《海底に設置された演算装置を我々に向けられた大砲にたとえるなら、砲撃地点を指定するためのスポッターが必要だ。飛行中の我々をピンポイントで狙ってきたということは、敵はこちらを捕捉し続けている。衛星の目が届かない場所に大砲を隠したとしても、スポッターとの間には情報のやりとりが生じるはずだ。海水中では電磁波による通信が大きく制限されるため、何らかの特殊な方法で問題を回避しない限り、他の手段によって通信手段を確保する必要がある。可能性が高いのは物質を通り抜けられるニュートリノ通信だ》

黙って聞いていたブーボーが言った。

「〈船長〉、ニュートリノ通信を傍受できるテクノロジーは地球に存在しないよ。観測装置はあるが、ランダムに飛んできたニュートリノをキャッチするのが精一杯だ。解読ができない」

《解読する必要はない。スポッターの位置を逆探知できればいい。君たちの観測装置は移動可能か？》

「いや。日本のスーパーカミオカンデと南極のアイスキューブ、どちらも動かせるような施設じゃない」

《わかった。即席になるが観測装置を作ろう》
〈船長〉があっさりとそう言うのに、ブーボーが面食らったように口ごもる。
「ど……どうやって？」
《別次元に氷を封入して簡単なレンズを作る。要はニュートリノが水分子に衝突した際のチェレンコフ放射とその入射角が検知できればいい》
技術的な話は何もわからないが、敵の通信を捉えようという意図だけはマッケイにも理解できた。
「どれくらいでできる？」
《すぐに。ニーナ、やってもらえるかな》
「話は聞いてたけど、何をすればいいのかしら」
《子供のころに、黒い板越しに太陽を見たことがあるだろう。あの黒い板に相当するものを作る》
《勝手に私の思い出を覗かれるのはいい気分じゃないのよ、いまさらだけど》
《すまない》
《それに子供のころって、ほんの一年と少し前よ……。まあ、いいわ。やりかたを教えて》
それから何分か経《た》ってニーナが作り上げたのは、〈船長〉の言《げん》によれば、超高圧で圧縮された氷が詰め込まれた、差し渡し百マイルの漏斗状をした高次元構造物ということだった。

だが、機外のニーナが顔の前に掲げて見せたのは、親指と人差し指で持てる程度の大きさしかない、光沢のない黒の丸い板だった。

《構造の大部分は別次元に置かれている。こちらの次元にあるのは接眼部と、周辺空域一帯をメッシュ状にカバーする漏斗の口部分だけだ》

「そのメッシュ状の部分って、この機の周辺百マイルに広がってるんだよね？　他の航空機にぶつかったりしない？」

ブーボーの質問に、〈船長〉が答える。

《メッシュ構造は剛体ではないので、マクロサイズの物体は通り抜ける。衝突の心配はない。ただ、空間の屈折がレーダーに検知される可能性が大きい。既に敵がこちらの所在を把握しているからこそ取れる選択肢だった》

オブライエンが慌てたように口を挟む。

「待て。ということは、いまレーダーを見たら、この機体の周辺百マイルに輝点《ブリップ》が散らばってるってことか？」

《その理解でおおむね正しい》

オブライエンとマッケイは顔を見合わせた。

「まずいですよ。国中の航空管制が大騒ぎだ」

「くそ……しょうがない、早く敵を見つけて、そのクソでかい漏斗をしまってくれ、ニーナ」

《やってみるわ。何か見つかることを祈ってて》

ニーナがそう言った直後、コックピットから連絡が入った。

「ミスター・マッケイ、オブライエン少佐、ちょっといいですか」

案の定だ。突然の異常なレーダー反応が、さっそくパニックを引き起こしたのだろう。それ以前に、コックピットのパイロットたち自身が、予告なく機体周辺に現れた反応に驚いたはずだ。機材の故障だと思ったかもしれない。気を取り直してマッケイは言った。

「レーダーの反応は〈船長〉がやってることだから気にしなくていい。どこかから何か言ってきたか？　近くの空港の管制か、北米航空宇宙防衛司令部《NORAD》か？」

「いや、それが、ＡＷＡＣＳからでして。この上にいるようです」

「ＡＷＡＣＳ……？」

早期警戒管制機《AWACS》は大型のレーダーを背負った軍用機で、高高度から空域を監視する「空の目」だ。戦場や重要な地域で使われる敵機やミサイルの飛来をいち早く捕捉するために使われる。平時にも監視任務には就《つ》いているが、今飛んでいるような防空網の内側、内陸深くで出くわすのは奇妙だった。

「正規の暗号通信で呼びかけてきているんですが、向こうのコールサインがリストにないんです。存在しないＡＷＡＣＳからコールされているわけですが、応答しますか？」

即座にマッケイは悟った。存在しないコールサインのＡＷＡＣＳ——現実改変だ！

「コールサインはなんと？」

「ＢＡＬＬＯＯＮＦＩＧＨＴ」

バルーンファイト。なんだか間の抜けた響きだ。

「こちらの周辺に多数の風船の反応があるが大丈夫か、と言ってます」

「風船？　なんの話だ」

「確認すると答えておきましたが……」

マッケイの後ろで、ブーボーが驚きの声を上げた。

「機外カメラに映ってます。なんだこれ……」

司令室のモニターに映し出された物体は、言われなければ風船とは思わなかったかもしれない。もうとっくに日は暮れているが、光を増幅された映像で昼間のようにはっきり見える。人が乗る気球より少しコンパクトなくらいか。ひしゃげた形をした気嚢《きのう》から何本ものロープが下がり、最下部にぶら下がった不規則な形の塊に繋がっている。塊は錘《おもり》がわりなのか、強い気流の中で風船の釣り合いを保っているようだ。

気嚢の表面は滑らかではなく、昔のゲームに出てきたポリゴンの荒いモデルのように、多数の平らな面で構成されている。形状のひしゃげ方もよく見ると規則的で、空気力学かステルスか、何かしらの設計意図があるように見えた。映像が拡大されると、気嚢の表面に漢字が書かれているのが見えた。

「どうもバルーンファイトは、風船爆弾だと言ってるようです」

パイロットの言葉でマッケイも思い出した。百年近く前、大日本帝国が開発していた兵器だ。日本から放たれてジェット気流に乗り、かなりの数が合衆国本土に到達した。直接的な被害こそ少なかったが、心理的効果は大きく、細菌兵器搭載の可能性を当時のアメリカは真剣に憂慮していた——ずっと昔、心理戦の講義で聞かされた話だ。

モニター越しに見る不思議な形の風船爆弾が、その進化形だとするなら、日本との戦争が奇妙な形で続いている別の現実からやって来たのかもしれない。

「焼いていいか、と訊かれてますが、どうしますか？」

「……承諾してみろ」

風船爆弾と同じ現実のＡＷＡＣＳなのだろうか。未知の現実の防空体制を見たいという職業的好奇心に突き動かされて、マッケイは言った。

風船爆弾が、不意に日を浴びたように白く染まった。画面がホワイトアウトしかけて、光度補正が自動的に調節される。モニターの中では、破裂した風船爆弾と、碌《ろく》なものではないであろうその積荷が激しく燃えていた。黒い燃えカスが風に吹かれて、急速にばらばらになっていく。

「レーザーですね」

オブライエンが言った。風船爆弾対策に高出力レーザーを積んだＡＷＡＣＳを飛ばしているのか――とマッケイが感心するうちにも、雲間に続けざまに光が走り、遠くの空で炎が上がった。

ハッと気付いて、マッケイはコックピットに向かって言う。

「ニーナたちを――その辺を飛んでる小型の飛行物体を間違えて撃たないように伝えてくれ」

「了解」

長い間の後、パイロットが言った。

「応答ありません。バルーンファイトは消えました」

「……そうか」

オブライエンが息をついた。

「礼を言いそびれましたね」

「消えてくれて助かった。別の現実の空軍まで相手にしなきゃならなくなったら、事態がややこしくなるばかりだ」

「それは同感ですが。ニーナとカミラへの誤射を心配していたのは意外でした」

「俺をなんだと思ってるんだ？」

「あの二人なら撃たれても無傷でしょうし、てっきり気にしないかと」

「うっかり反撃して、友軍機を撃墜されたら困るからな。別の現実の友軍とはいえ」

あてこすりに皮肉で返したマッケイに、オブライエンが続けて言った。

「そのことなんですが……気付きましたか？　基地でのＵＦＯは一瞬目撃しただけでしたが、いま我々は、改変された現実に属する友軍機の、本来存在しないはずのクルーと通信して、航空支援を受けたことになります」
「それが何だ？」
「現実改変の度合いが進行していませんか。影響範囲も、干渉の大きさも、エスカレートしているような気がします」
そこへ機外のニーナから通信が入った。
《ねえ、今のレーザーは味方ってことでいいのよね？》
「ああ」
《次はもうちょっと早く教えてもらえたら嬉しいわ》
「可能ならそうする。君らが冷静でいてくれてよかった」
《本当にそうよ。あの変な風船、カミラが見に行こうとしていたところだったのよ》
「それより、敵の通信は拾えたか？」
マッケイが訊くと、ニーナは言った。
《だめ。何も引っかからないわ》
「外れか。〈船長〉、意見は？」
《非常に奇妙だ。ニーナが作成した粒子観測装置は、ニュートリノ以外の粒子通信も捉えら

れる精度を持つ。敵はわたしの想定を上回る隠蔽手段を持っているか、そうでなければ――》

〈船長〉の言葉が急に途切れた。

「どうした？」

《ああ、こんな間の抜けた見落としがあるだろうか。君たちとしか話さない時間が長かったせいで、いつの間にか地球人の思考に縛られていた》

「何が言いたい？」

急かすマッケイに〈船長〉は、つくづく自分にうんざりしたとでも言いたげな暗い口調で言った。

《簡単なことだよ。地球上に反応がないということは、地球の外にいるということだ。ニーナ、空を見上げてごらん》

《え？　あっ、もしかして――あそこ？》

ニーナの驚きの声に続いて、〈船長〉が告げた。

《敵がこちらの位置を捉えていたのも不思議ではない。我々の敵は、月にいる》

7

司令室のモニターに、機外カメラが捉えた上空の月が映し出された。折しも満月、雲の上には遮るものもなく、欠けのない真円が煌々《こうこう》と照り輝いている。

《敵の戦法が理解できた。ブルートフォース攻撃に用いる演算装置は、月の裏側に設置されている》

〈船長〉が言った。

《したがって排熱は地球からは見えない。月まで行って裏側を覗き込めば、おそらく単分子ワイヤーのヒートシンクが林立しているだろう》

「破壊できるか」

《月まで行けば可能だ》

淡々とした答えを聞いて、オブライエンが疑うように言った。

「いまこの状況でその選択肢は現実的か？」

《そうは思わない。その気になればニーナは月まで行けるが、それでも数日かかる》

「くそ。敵憑依体も月にいるとしたら最悪だ。その数日間、防御手段のない現実改変に曝《さら》され続けることになる」

マッケイがそう毒づいたときだった。

《大丈夫。そんなことはないよ》

中性的な、聞き覚えのない声。

通信回線に一瞬、沈黙が落ちる。それを面白がるようにくすくす笑いが聞こえた。
《びっくりしちゃった? せっかく出てきてあげたのに》
「誰だ」
《君たちの言う〝憑依体〟だよ》
声はそう言ってから、思い出したように付け加えた。
《敵のね》
マッケイの背後でブーボーが囁《ささや》いた。
「暗号通信に入り込まれています。切りますか」
「切るな。この接続は交渉用にキープしろ」
内部の通信回線をブーボーが切り替えている間に、マッケイは訊ねた。
「どう呼べばいい?」
《へえー、意外に冷静》
中性的な声が感心したように言った。
《では改めて――初めまして、アントニーナ・クラメリウス。〈ヴァン・トフ船長〉。〈死の聖母〉カミラ・ベルトラン。そして合衆国特殊作戦軍《USSOCOM》・陸軍特殊作戦軍団《USASOC》AOF、テキーラガンナー分隊のみなさん》
こちらの情報を知られていることに、マッケイは改めて危機感を覚える。

《僕のことは、そうだな……チェルノボグとでも呼んで。〈教授〉でもいいよ》
「チェルノボグはスラブ神話の邪神です」
ブーボーが補足する。
「なぜ〈教授〉と?」
《僕の中のやつがそういう雰囲気なんだよ。そっちの〈船長〉と似たようなもん》
チェルノボグがそう言うと、〈船長〉が色めき立った。
《君と融合した憑依者は知性を保っているのか⁉ 〈教授〉と話したい、今すぐに》
「おい、何言ってる⁉ 気安く接触しちゃだめだろ⁉」
マッケイは思わず口を挟むが、〈船長〉はいつになく強情だった。
《言われるまでもない、敵対的知性に接触する際の防御方法は、君の脳細胞の数より多く心得ている》
意外なことに、チェルノボグの方が否定的だった。
《そこの君の言うとおりだ。やめた方がいいよ。うちの〈教授〉、すっかり耄碌《もうろく》しちゃっててさ。知識はすごいけど同じ話を繰り返してばかりだし、話して楽しい相手じゃない》
《わたしは同等の知性を持つ主体と話したい。このときをずっと待っていたんだ、頼む》
《〈船長〉、気持ちはわかるけれど……》
ニーナも止めようとしたようだが、それより先に、チェルノボグが言った。

《わかった、どうぞ。後悔すると思うけど》
一瞬の間の後、〈船長〉が火傷《やけど》したような悲鳴を上げた。
《……ああっ！》
「〈船長〉⁉」
マッケイの呼びかけに〈船長〉は応じない。
「ニーナ、〈船長〉は大丈夫か？」
《大丈夫、ダメージはないわ……でもすごいショックを受けたみたい》
数秒の沈黙の後、〈船長〉が言った。
《なんという損失だ、なんという……》
明らかに打ちのめされた声だった。異星から来た高次元セキュリティ機械の声が、これほどの絶望を表現できるとは信じられなかった。
《確かに——確かにかつては〈教授〉と称するのがふさわしい存在だったのだろう。長く生き、あらゆるものを見てきた存在だ。明晰な知性と、深い経験に基づいた叡智《えいち》を持ち合わせた賢者だ》
〈船長〉が呻《うめ》くように言葉を垂れ流す。
《しかし、超新星爆発で吹き飛ばされ、孤独の中で完全に発狂している。今やその叡智は失われ、ランダムに出力される知性の残り火は、たったひとつの妄執に対してのみ燃やされて

いる――》

チェルノボグに対して、〈船長〉は言った。

《そんな破壊された精神と融合して、君が理性を保っているとしたら信じがたい》

《白状すると僕も年寄りだからね、身の回りでさんざんこういう連中は見てきた。言ってしまえば、慣れてたんだ》

チェルノボグがくすくす笑う。

《そんな告白をした後で姿を現すのは気まずいが、まあ大目《おおめ》に見てくれたまえよ》

カメラがニーナの正面に浮かぶ新たな人影を捉えた。

声の印象通り、中性的な人物だった。十代から二十代に見えるが、人種はよくわからない。白人にも、アジア人にも、中東系にもヒスパニックにも思える。ノーネクタイのシャツ、小洒落《こじゃれ》たジャケットにスリムなパンツ。髪は黒く、頭の後ろでくくっている。両目はエメラルドのように煌《きら》めいていた。

《やあ、ごきげんよう》

ニーナも、後ろに浮かぶカミラも返事はしない。チェルノボグは空中でゆったりと揺れながら続けた。

《こっちをどうやって探すのか隠れて見ていたら、投網を始めたのには笑ってしまったよ。しかし月の演算装置に気づかれたら、見つかるのも時間の問題だ。となったら、ここは挨拶

くらいはしておくのが筋かと思ってね》
「チェルノボグ、君の動機はなんだ？」
マッケイは訊いた。
《動機？》
「なぜ我々を攻撃する？　和解する気はあるか？」
《和解！　へええ、いきなり撃ってくるわけじゃないんだ。それとも心理戦の一環かな？》
「そんなことはない。現にカミラは和解して我々の仲間に加わった」
いったん人の形が残らないほど徹底的に叩いてからではあったが、嘘ではない。カミラに何か要《い》らないことを言われないうちにと、マッケイは言葉を連ねる。
「君の現実改変攻撃は脅威だったが、幸い我々は深刻な損害を受けていない。今ならまだ引き返せる。ここで和解し、我々に加わらないか」
《そうかそうか。いや、実は僕も君たちと仲良くなれたらいいなと思っていたんだ》
チェルノボグが笑みを浮かべて話しているところに、〈船長〉が割り込んだ。
《やめたまえ、マッケイ。この憑依体は君たちとは相容《あいい》れないと思う》
二日酔いから起き上がったような、ぐったりした口調だった。
「なに？　どういうことだ」
《いまや〈教授〉は過去しか見ていない。理想化した過去に近づくために、現実を改変しようとしている。いや——もはや単なる個々の事象の改変ではない、完全な破壊と表現する方が正確だろう。私が妄執と言ったのはそういうことだ。そしてこの憑依体は、〈教授〉を拒絶せず同調している。憑依体自身が、〈教授〉と同じ価値観で行動している》

　マッケイにはまだ意味がよくわからなかった。チェルノボグがにこやかに言う。

《妄執という表現には異を唱えたいが、僕も〈教授〉同様、輝かしい過去に接近しようとしているのはその通りだ。さっきも言ったけど、こう見えて僕はけっこうな年寄りなんだよ。大祖国戦争の勝利を、ソビエトの崩壊を、ロシアの止めようのない没落を、すべてこの目で見てきた。未来に何の希望も持てなくなった祖国で、人生の終焉《しゅうえん》を迎えようとしていたそのとき、〈教授〉と出逢ったんだ》

　それまでの砕けた口調が、説明に入ると急に硬く、理屈っぽくなった。憑依体になる前のチェルノボグは、それこそ何かの分野の教授だったのかもしれないとマッケイは感じた。

《星空の彼方からもたらされた神秘的な力を得て、さて、どうしたものかと考えた。健康状態が修復されたから、時間はたっぷりあった。若いころの理想そのままの身体を実現できたんだ、いや、嬉しかったね。〈教授〉の介護をしながら、君たちの活躍をじっくり観察させてもらったよ——ああ、言い忘れていた、〈教授〉との接触は、北京で君たちがエフゲニー・ウルマノフと接触したときより少しだけ前だ。僕の知る限り、地球に到達した魚座超新星爆発の被災者は〈教授〉が一番乗りだと思う》

そこで照れたように頭を掻いた。
《ごめんごめん。年寄りはすぐ話が長くなる。身体は若返っても、こういうところは変わらないんだよね》
そう言いながらもチェルノボグは話をやめない。
《加齢で損傷した脳も回復して、思考が明晰になったのはいいが、改めて考えてみても、やっぱり僕には未来に希望が持てなかった。苦労して作り上げたものが無惨に破壊されていくのをさんざん見てきたからね。だったら、過去の栄光に目を向けようと思った途端、道が開けた！　衝撃的だった。僕が人間のままだったら、過去に縋《すが》るのは逃避にすぎない。しかし今の僕は違う。〈教授〉が僕に植え付けてくれた力で現実を作り替え、失われたものを、しかも最良の形で蘇らせることができるんだ。この世についに生まれなかった物事まで、無限の可能性の中から発掘できる。素晴らしい……》
チェルノボグは目を閉じて、感に堪《た》えないという様子で頭を振ったかと思うと、不意に大きく目を見開いた。
《まあそういうわけなんだよ。長々喋ってすまないね、君たちにちょっかいをかけたことを大目に見てもらえるというなら、こちらとしても喜ばしい。僕の大実験に加わって、共に理想の過去を実現しないか？》
取って付けたような問いで、長広舌《ちょうこうぜつ》が途切れた。

マッケイは戸惑っていた。なるほど確かに、相手は若返った年寄りらしく、話が長くて要領を得ない。後ろ向きと言えば後ろ向きだが、これは真剣に考慮すべき申し出なのか？

「そうだな、あー……」

マッケイが言葉に詰まっているうちに、ニーナが意外なことを訊ねた。

《あなたと〈教授〉は、過去に戻りたいの？》

《時間旅行がしたいわけではないが、ふむ、おおむねそう言えるだろう》

《未来はどうなるの？》

《どうなるって、どういう意味だい？》

《あなたが現実を書き換えてしまったら、あなた以外の人たちが今まで作ってきて、今も作っている、いろんな物事が消えちゃうじゃない》

《より素晴らしい形に生まれ変わると考えてはどうかな》

《あなたにとっては素晴らしいかもしれないけど、他の人にとってはどうかしら、あなたと〈教授〉はお年寄りだからいいかもしれないけど、私にはまだ未来があるのよ。それを勝手に台無しにされるのは嫌》

《ああ、君の若さが眩《まぶ》しいよ。しかしね……そういう君だって、過去に戻りたいと思うことがあるんじゃないのかい？》

《え？》

《船長》と接触して憑依体となったあの日に戻りたいと、考えたことがないとは言わせないよ》
黙り込んだニーナに、チェルノボグが目を細めて笑いかける。場数を踏んで大抵のことには動じないようになったマッケイだが、その笑顔にはぞっと背中が粟立った。
《ニーナ、耳を貸すな。マッケイ君、君たちもだ！》
ニーナに矛先が向いたからか、〈船長〉の声に力が戻っていた。
《〈教授〉が仕掛けているのは、ある種の惑星壊滅サービスだ。あらゆる現実改変手段とセットで実行される。今回用いられているブルートフォース攻撃のように、射幸性の高い歴史改竄《かいざん》エンジンを乱用することで、ほぼあらゆる文化圏を破壊できる。この敵との和解はあり得ない！》
《なんでもいいが、いつまでべらべら喋らせておく気だ？》
カミラがニーナの前に出て左手をかざした。
《呪われた生にしがみつく哀れな生き物だ。あるべきところへ送ってやる》
チェルノボグは、どうぞお好きに、とでも言うように両手を広げてみせた。
マッケイの目にはなにも見えなかったが、カミラが急に、驚いたようにのけぞった。
《ん、どうした？　変な手応えでもあったかな？》
チェルノボグが含み笑いをした。カミラは答えず、自分の手のひらを見つめている。

《シンプルな身代わりだよ。君から死が飛んできたら、僕の代わりに何の罪もない、ランダムな小動物に自動転送《リダイレクト》するようにしておいたんだ。犬かな？　猫かな？　ふふふ、そう驚かなくてもいいだろう。〈死の聖母〉の前に出るのだから、こちらもそれなりの身繕《みづくろ》いはするさ。カミラ君、人間以外を死なせるのはあまり好きじゃないんだろう？　もう少し慎重になったほうがいいね。付随被害《コラテラル・ダメージ》って概念、知ってたかな》

カミラが両手をだらりと下げた。その顔は見えないが、視線の先にいるのが自分でなくてよかったと、マッケイは心の底から思った。

チェルノボグは自分に向けられた殺意を気にする様子もなく、ふと上空を見上げて言った。

《おお。ちょうど今、なかなか派手な現実改変が起こったよ。月を見てごらん――実にシンボリックで、ドラマチックだ》

別の機外カメラが、月を画面の中央に捉える。ピントが合う前にもう、何かがおかしいのがわかった。満月の表面が、あり得ないほど赤いのだ。

その赤い地の上に、鮮やかな黄色で模様が描かれていた。

一瞬、ソビエトの国旗の、鎌とハンマーのマークかと思った。色合いは完全にそれだったし、形状も似ている。しかしよく見ると、黄色の模様は、どこの国のものともわからない、曲がりくねった文字のようなものを形作っていた。

《ふーむ。なかなか興味深いね。あれが何かわかるかい？　サンスクリット語でA、U、M

を表す文字だ》
チェルノボグは面白そうに考え込んでいる。
《なるほど、なるほど。ソビエトが冷戦時代に月へ侵攻して、国威を示すために表側を国旗の柄で塗りつぶしたんだね。ところがその後クーデターでソビエト連邦は崩壊、日本からオウム真理教が入り込み、国教になった。ここに真理ソビエトロシアが成立し、月面のペイントも塗り替えられたわけだ。いや、面白い。この改変でどういう影響が出るのかぜひ見てみたいね。感想はどうかな？　テキーラガンナー分隊の皆さん》
黙っていたマッケイは口を開いた。
「おまえと手を組む選択肢はないということがよくわかった」
《ああ、そう？》
「安心したよ。俺は自分のことをまあまあ嫌なやつだと思っているが、おまえに比べたら遙かに善人だ」
《ふむ。それじゃ、決裂ってことで。いや、残念残念》
まったく残念とは思っていない口調でチェルノボグが言った。
《では改めて、諸君と僕とは敵同士というわけだね。じゃあ……ニーナ君！　君はどうする？》
《え!?　私は――》

突然教師に指名された生徒のように、ニーナがうろたえる。返事を待つことなく、チェルノボグが続けた。

《僕はまず、こうしようかな》

チェルノボグがカメラを指差した。つまり、マッケイたちの乗った輸送機の方を。

金属の破断する身の毛のよだつような音とともに、機体が大きく傾いた。

「左のエンジンを二基ともやられました！」

スピーカーからパイロットの叫び声。踏ん張りきれず、司令室の壁に叩きつけられそうになったマッケイを、危ういところでオブライエンが支えた。

《おっ、とっさに逸《そ》らしたね！　さすが人類の救世主として名高いアントニーナ・クラメリウス先生だ。いや、翼の一枚ももぎ取れなかったのは悔しいな。しかしその様子じゃ、もうまともに飛べないだろう。無事着陸できるといいね。健闘を祈る》

急速に高度を落としていく機の中に、チェルノボグの最後の言葉が響き渡った。

《君たちが空を飛んでいる間に、地上はなかなか面白いことになってるよ。楽しんで！》

8

機内にけたたましい警報が鳴り響く中、スーパーギャラクシーは降下していく。パイロットの必死の操縦で、失速は避けられていたが、推進力のほとんどを失った巨大輸送機にできることは、不時着できる場所を探すことくらいだった。

「近くの基地まで行けるか。民間空港はどうだ？」

「無理です、エンジンが右の一基しかまともに動いてない」

「くそっ」

このままでは、むりやり荒野に降りることになりそうだ。バードストライクでエンジンが不調になったときに着陸していればとも思うが、あのタイミングでその選択はできなかった。

「ニーナ、操縦がほとんど効かない。なるべく平らな場所を探してくれ！」

《平らな場所、平らな場所……やってみる》

「カミラもだ！　あんたには悪いが、俺たちはまだ死ぬわけにはいかないからな」

返答はなかった。

「おい、聞いてるか？」

《カミラはチェルノボグを追いかけて行ったわ》
「なんだと？　勝手に……」
《ねえ、下に大きい道路があるみたい。滑走路の代わりにならないかしら》
「道路――いや、無理だろう。こっちはバカでかい輸送機だ。舗装がこの機体の重量に耐えられたとしても、狭い道路にぴったり降ろせるかどうか怪しい」
《それが……本当に大きいの》
ニーナの口調は戸惑っていた。
《というか、あんな大きい道路、あったかしら？》
ブーボーが司令室のカメラの映像を切り替え、前方にズームする。モニターに現れた映像に、マッケイは眉をひそめた。
確かに、道路だった。とんでもなく大きい。何車線あるのかとっさに数えられないほど幅広く、地平線から地平線まで、ひたすらまっすぐに延びている。行き交う車のヘッドライトが、夜の荒野を突っ切って、点々と列を成していた。
マッケイが知るアメリカにそんな道路は存在しない。明らかに、現実が改変されて出現したものだ。
ためらっている余裕はなかった。マッケイはパイロットに指示を飛ばす。
「あの道に降ろせ！　早くしないとまた消えちまうぞ！」

「りょ……了解！」

「ニーナ、今から着陸する。可能ならサポートしてくれ」

《わかったわ！》

勢いよく返事をして、ニーナがコックピット前に回り込むのが見えた。

着陸脚を展開する震動が足元から響いてくる。

「全員ベルトを締めてください、着陸します」

パイロットの声に従って、マッケイは司令室内の手近なシートに座り、身体を固定した。

前方カメラの映像の中で、急速に地面が近づいてくる。本当に巨大な道路だった。機の下腹をかすめるように行き過ぎる標識や、沿道のビルボードに目を凝らして、いったいこれが何なのか見定めようとしたが、生身の目しか持たないマッケイの動体視力では追いつけない。当然と言うべきか、先に気付いたのはウォーボーグたちだった。

「……ルート66って書いてありますね」

「ルート66だと⁉　これが⁉」

オブライエンが驚愕の叫びを上げた。

ルート66。イリノイ州シカゴからカリフォルニア州サンタモニカまで、アメリカの中東部から西部に至る、全長二千四百四十八マイルの国道である。一九五〇年代半ば以降、州間高速道路網が整備されるに従って衰退し、一九八五年には廃線となった。マッケイの生きてきた現実ではそのはずだ。

どうやら眼下の巨大道路は、単にルート66が廃線を免れただけではなく、生き延びて想像を絶する発展を遂げた姿のようだ。片側の車線だけでも、スーパーギャラクシーが余裕を持って着陸できるほどだ。この輸送機は、主翼の端から端までがサッカーコートの短辺と同じだけの幅があるのに。それを考えると、馬鹿げているとしか言いようのないスケールだった。

こちらの降下に気付いたか、道路を走る車が次々に減速し、左右へ避難していく。小魚を追い散らすクジラさながらに、スーパーギャラクシーは高度を下げ、ついに路上にタイヤを接した。

着地の衝撃で機体が震える。一基だけ生き残ったエンジンが逆噴射をかけるが、出力も足りず、バランスも悪すぎる。進路が右に逸れていく。

《大丈夫！　そのまま進んで！》

モニターの中、機首先端の空中に浮かぶニーナの姿が見えた。青い炎でできた鎖のような構造物が何本も両手から延びている。機体のあちこちに繋がっているようだ。

《慌てないでいいわよ！　私が引っ張るから、素直に来てくれて大丈夫！》

炎の鎖を引いては緩めして、ふらつく機体を制御しようと奮闘するニーナの姿をモニターの中に眺めながら、マッケイはふと、怒りにも似た強烈な感情を覚えた。

——俺たちはいったいこの子に何をやらせているんだ？

〈船長〉と接触したとき、ニーナは、わずか八歳だったという。それが十代半ばまで一晩で肉体を加齢された。ティーンに見えるこの子の中身は、本当にまだ子供なのだ。それを大人たちが、体《てい》よくコントロールしようとしている。ニーナの身に起きたことも、現在の境遇も、あまりにもグロテスクだ。

なのにニーナは、いつもマッケイたちを助けようとしてくれる。とっくに見捨ててどこかへ行くこともできたのに。実際北京の直後はそうしようとしたし、オブライエンによると、何度も感情的になって、短期間の家出をしたことがあるという。お偉方がパニックに陥《おちい》らないように、報告を差し止めてはいたが。

ＣＩＡのケース・オフィサーとして、マッケイはこれまで数え切れない人間を――資産《アセット》を使い、操《あやつ》り、切り捨ててきた。綺麗事の言える立場でなくなって久しい。しかしそれでも、ニーナほど若い……というか子供を使ったことは一度もなかった。ニーナの境遇と、ニーナを使わざるを得ない状況の歪さからずっと目を背けてきたマッケイだったが、この不時着の瞬間、マッケイと機内の部下すべての生死がニーナに懸かっている事実を目の前にして、抑えつけていたものが噴き出してきたようだった。己の中にそんな怒りが潜んでいたことに驚きつつも、マッケイはしばらく、ニーナの映像を凝視したまま硬直していた。

気がつくと、機体は静止していた。酷使されたエンジンが、ゆっくりと静かになっていく。

《みんな大丈夫？》

ニーナの気遣わしげな声。マッケイはなんとか唾を飲み込み、答えた。

「……ああ」

平静を装えていなかったのか、ウォーボーグたちが訝しげにマッケイの方を見た。ニーナは気付かなかったようで、ほっとしたように笑った。

《よかったわ。それにしても……すごい道路！　こんな大きい飛行機が降りたのに、全然道がふさがってないんだもん》

機外の映像には、左右を通り過ぎていく車の列が見えている。徐行してはいたが、ニーナが言ったように、どちらの側にも充分な余裕があった。

動揺している場合ではない。マッケイはベルトを外して立ち上がった。

「外に出るぞ。チェルノボグを追って、この馬鹿騒ぎの落とし前をつけさせてやる」

後部傾斜板を下げて、マッケイはルート66の路面に降り立った。道路というより、アスファルトの敷き詰められた競技場のように思える。路肩と中央分離帯がどちらも遠い。発煙筒の赤い光があたりを照らし出す。オブライエンが部下に命じて、後方の安全確保をさせていた。とはいえ後続車にいきなり追突される心配はなさそうだ。既にスーパーギャラクシーの後ろに何台もの車が停まって、運転者が降りてきている。こちらを撮影している者も多かった。

この部隊の存在は知られているので、いまさら気にする意味はないのだが、撮影されていい気分になるＣＩＡはいない。無駄とは知りつつも、マッケイは顔を背け、ウォーボーグたちの巨体を盾にした。

「メートル法だ」

ブーボーがぽつりと言った言葉が耳に入って、マッケイは訊き返した。

「なんのことだ？」

「道路標識ですよ。マイル表記じゃない」

「我々の知ってるアメリカからだいぶ遠くに来ちまったな」

「オクラホマですよ。遠くどころか、アメリカのど真ん中です」

後方で一般人を押しとどめていたパンゴリンが戻ってきて言った。

「ちょっと話を聞いてきたんですが、妙なことになってますね。この道路に戸惑ってる人間と、何も不思議に思っていない人間が混ざってました」

「元々の現実の住人と、この道路があった現実の住人が両方いるということか」

「かもしれません。それと、あの月に対しても……」

パンゴリンが指差す先には、なおも赤の地に黄の梵字《ぼんじ》が記された異様な満月が輝いている。

「あれに違和感を覚える人もいますし、何十年も前からああだったと言う人もいて。後の方のグループからしきりに訊かれたのは、我々の不時着は、例の〝ソビエトの侵略〟と関係があるのかということです」

「ソビエトの侵略……？」

マッケイははっと気付いて、オブライエンを見上げた。

「いま確認しました。アラスカ上空の防空識別圏に、ロシア機――いや、ソ、ビ、エ、ト、機が侵入していました。五時間前のことです」

「五時間前⁉」

そんな連絡も、兆候も、何一つなかった。本来ならマッケイに最優先で情報が流れ込んでくるはずだが、どこかで堰《せ》き止められていたのか――と、反射的に考えてしまったが、そうではないだろう。別の現実から、いきなり外挿《がいそう》された侵略だ。

「アンカレッジが爆撃されて即応部隊が潰《つぶ》されたようです、フェアチャイルドとマウンテン・ホーム、それに西海岸の基地複数に空挺が降りたと」

「めちゃくちゃだ。アメリカ本土にソ連の空挺か。帝国主義者の夢想ここに極まれりだな」

冷戦が最も熱かった時代にも、こんな事態はあり得なかっただろう。あまりにも荒唐無稽だ。しかも今襲ってきているのはソ連ですらなく――チェルノボグの言が正しいなら――真理ソビエトロシアとかいう、わけのわからないカルト国家だというのだから。

考え込んでいると、オブライエンが顔を寄せてきた。

「どうします？　最寄りの基地に向かいますか？」

「この侵略がどのくらい続くのかによるな。始まったときと同じようにいつの間にか敵軍も消えてなくなるのか、それともこのまま事態が進行するのか」

そこへ空からニーナが降りてきて、マッケイの疑問に答えた。

「〈船長〉は、消えるにしてもすぐには消えないって言ってるわよ」

「なぜだ？」

《改変された現実の定着率が上昇しているようだ。ブルートフォースの演算精度が上がったのだろう。言わば敵は、コツを摑んでしまった》

マッケイは頭を搔きむしった。

「くそ。チェルノボグの行方は？　カミラはまだ追跡中か？」

《北東方向へ飛んでいるが、目的地はわからない》

カミラのGPS情報を参照して、ブーボーが言う。

「メンフィスを通過してナッシュヴィル方面に向かっていますね。進路の延長線上にワシントンDCとニューヨークがあります」

それが偶然とは、マッケイは考えない。

「敵はただの懐古趣味の年寄りじゃない。アメリカの中枢を叩くつもりだ」

《わたしもそう思う。残念なことだが、敵の本性は変わらないのだろう》

「本性？」

《君たちが考えた、憑依体の人格変異モデルがあるだろう。コンタクトによって精神を蝕《むしば》まれ、最終的に都市破壊者と化す。チェルノボグも例外ではない。一見会話が成立するようでいて、その実態は破壊衝動に駆りたてられている》

声のトーンがまた一段と落ち込んだ。

《わたしとニーナがそうならなかったのは、コンタクト時にわたしが鬱状態で、宿主《しゅくしゅ》であるニーナとの精神的交流すら拒否していたからだ。攻撃を受けて初めて反撃するというポリシーに基づいて設計されたわたしが、もともと能動的な性格ではなかったというのもある。しかし、わたしたちのような例外を除けば、みな結局は破壊を撒き散らす災害と化してしまう――》

「あんたがその性格でよかったと言うべきなんだろうな」

《君たちにとっては間違いなくそうだろう》

「私にとってはどうなの？」

ニーナが訊ねると、〈船長〉は深いため息をついた。呼吸の必要がないはずの〈船長〉だが、実存の苦しみを背負ったような「ため息」には、たっぷりと感情が込もっていた。

《ニーナ、君がわたしと接触したのは本当に不運で、災難としか言いようがない。だがこんなことを言って許されるのであれば、わたしにとっては、君と融合したことは奇跡的な幸運だった》

「どういたしまして」

ニーナがもったいぶって言う。マッケイは苛々《いらいら》と口を挟んだ。

「敵の目的を、DCとニューヨークの破壊、アメリカの滅亡と仮定しよう。今の俺たちにできることは限られている。オクラホマのハイウェイで立ち往生だ。ここからどうすれば状況を変えられる？」

「私だけなら追いかけられるわ！」

「もちろんそうだろう。それが最善の手かどうか確認したい。君の戦力は絶大だが、今までの経験を鑑《かんが》みるに、部隊のバックアップが間違いなく有効だった。カミラと君、二人だけでチェルノボグを無力化できるか？」

「やれると思う。まかせて」

ニーナが表情を引き締めて答える。しかし子供の決意に流されるマッケイではなかった。

「率直に言うが、俺はカミラを首都上空に入れると考えるだけで恐ろしい。東海岸一帯でカミラとチェルノボグが戦ったとき、付随被害がどれだけの規模になるか見当もつかん」

「チェルノボグはともかく、カミラは味方よ」

「あいつは君の味方であってアメリカ人の味方じゃない。それにカミラは人間がどれだけ死んでも気にしないだろう、あいつにとって死は慈悲で――」

マッケイの言葉が途中で途切れた。

「どうしました?」

訊ねるオブライエンをマッケイは見返した。嫌な可能性が、頭の中で次第に現実味を帯びていく。

「これがチェルノボグの策だとしたら?」

「これとは?」

「奴はカミラの攻撃を〝リダイレクト〟した。ランダムな小動物にな。それでカミラは攻撃を手控えた」

「はい」

「しかし……もしそのリダイレクトの矛先が、動物ではなく人間になったとき、カミラはどうすると思う?」

あっ、とニーナが声を漏らした。

「カミラがどれだけ巧みに〝死〟を操れるのか俺にはわからんが、単純に考えて、他にリダイレクト対象がいなくなるまで死を振り撒き続ければ、いつかはチェルノボグにヒットする。カミラがそれを思いつかないわけがない。チェルノボグはこちらの情報を把握していたから、敵も当然、死の飽和攻撃があり得ると理解しているはずだ」

「つまり……敵はほとんど何もする必要がない。人口密集地の上を飛んで、カミラが痺《しび》れを切らすのを待つだけでいい」

オブライエンの口調も慄然《りつぜん》としていた。マッケイは頷く。

「そもそもカミラが動物に対する攻撃をためらうのも絶対じゃないんだ。コンゴではゾウを、さっきはリョコウバトを自分の意思で死なせた。そうすると決めたら、あいつはやるだろう。しかもいま一人で、止める者が誰もいない」

「たいへん……今すぐ追いかけなきゃ！」

ニーナが慌てて浮かび上がるのを、マッケイは止めた。

「いや、君だけじゃだめだ——俺が行かないと」

「あら、どうして？」

意外そうなニーナへ、マッケイは仏頂面で言う。

「俺が指揮官で、あいつの監督責任があるからだよ」

「ふうん……？　よくわからないけど……」

「〈船長〉、あんたは高次元の空間やらなんちゃらを操れるんだよな」

《その通りだ》

「ざっくりしたことを訊くが、その高次元空間を使って、瞬間移動みたいなことはできないのか」

《できなくはない》

〈船長〉の返事を聞いたブーボーが驚く。

「それって……ワープ的な？　空間と空間を高次元経由でくっつけて近道するやつ？」

《そうした方法もある》

「マジかよ」

「ちょっと待て、なんで今までそれを言わなかった？　そんなことが可能なら、こんな輸送機も必要なかったんじゃないのか」

気色《けしき》ばむオブライエンに、〈船長〉が淡々と答える。

《君たち人間が耐えられないからだ。〈ランタン〉の使用で理解できたと思うが、高次元の感覚情報は人間の見当識《けんとうしき》を喪失させ、精神にダメージを与える》

「ニーナだけなら可能ということか」

《ニーナでも危険を伴う。わたしですらそうだ。他ならぬわたし自身が、次元の狭間《はざま》で深い傷を負った》

「え、いつのこと？」

ニーナも初耳だったようだ。〈船長〉は重い口調で答える。

《魚座の超新星爆発が、我々にとってなぜ破滅的だったか考えたことはあるかね。爆発の影響はこの次元を超えて、高次元空間にも及び、時空をズタズタに引き裂いた。あらゆるものが混沌に飲まれた。弾き飛ばされた高度な知性たちが狂気に陥った原因は、長い漂流の孤独だけではない。次元の崩壊によって存在の根本を打ち砕かれたショックが最大の理由だ》

「しかし、あんたは生き延びた」

　マッケイの言葉に、〈船長〉は意表を突かれたように黙り込んだ。マッケイは続ける。

「〈船長〉、いま俺が知りたいのは危険かどうかじゃない。可能かどうかだ」

《本気なのかね》

「くだらんことを訊くな。あんたが次元の狭間とやらを生き延びた方法を教えてくれ。俺たちにも、それはできるか？」

　短い沈黙の後、〈船長〉が言った。

《極めて危険だが、可能だ。ただし前提として、高次元知覚能力が必須となる。私がいるからニーナは対処できる。〈ランタン〉を装備したウォーボーグ諸君も、ダメージは負うだろうが、通り抜けることはできると思う》

「わかった。やろう」

《ただし――君には無理だ、マッケイ君。高い確率で死ぬか、発狂するだろう》

「それは困る。可能にする方法を考えてくれ」

　無茶を承知で訊くと、〈船長〉は逡巡するように黙り込んだ。

「目をつぶって我慢していれば行けないか？」

《……知覚刺激の入力を制限して認知的混乱を防ぐという意味で言っていると解釈して答えるが、それでうまくいくなら苦労はしない。実際には、すべての感覚器を塞《ふさ》いでも、人間が知らないあらゆる未知の知覚情報が襲いかかってくるだろう。比喩で返すなら、目隠しをして嵐の中を歩けば安全かと訊ねているようなものだ》

「その目隠しが高性能なやつならどうだ。あんたならそういう高次元の便利なツールを作れるんじゃないか？」

また少し黙ってから、〈船長〉が言った。

《致命的な知覚刺激を遮断するのは至難だ。逆に、人間の理解を超えるすべての入力を、人間が解釈可能な情報に変換するアダプタを作る方がたやすい。今、組み上げた》

「えっ？　早いな、おい」

《急造ではあるが、ごく短時間、君が次元の狭間を超えるまでなら耐えるかもしれない》

「よし、よくやった。行くぞ、少佐」

マッケイの勢いに、ウォーボーグたちは戸惑っているようだった。

「本当にそんな危険を冒すつもりですか。〈ランタン〉持ちの俺たちがニーナと行って、ミスター・マッケイはいつものように後方で指揮する方がいいと思いますが」

「いや、俺が行かないとだめだ」

「カミラの監督責任の話なら、通信経由でも問題ないのでは？」

「違う。あいつはアメリカ人を憎んでいる陰謀論者だから、あいつの暴走を止めるには、俺がその場にいる必要がある」

「意味がよくわかりませんが」

「あいつにとって他人の死が意味を持つのは、唯一、相手がアメリカ人の場合だ。しかもあいつがあらゆる陰謀の元締めだと思い込んでいるCIAの人間なら、なおその死に重みが生じる。つまり俺だ。カミラを制御するためには、あいつがその気になれば一瞬で殺せる場所に俺がいるということが重要なんだよ」

マッケイはオブライエンを睨み付けた。

「さあ、いつまでくっちゃべってるつもりだ？　さっさと部下をまとめろ、出発するぞ！」

9

《忘れるな、兵士諸君、決して道を踏み外してはならない》
スーパーギャラクシーの機首の前に集合したウォーボーグたちに、〈船長〉が語りかける。
《私が進路を示し、ニーナが先導する。正しいステップを踏み、正しいコレオグラフをなぞれ。諸君がこれから実行するのは、これまでで最も難度の高い〈歩法《ほほう》〉だ。わずかに踏み外しただけで、諸君の認知は混乱に襲われる。しかしそれでもなお、歩法を続けなければならない。復帰に失敗すれば、次元の狭間で完全な破滅を迎えるだろう》

ウォーボーグたちはみな、表情のない顔で聞き入っている。〈船長〉の言っている意味を、彼らは本当に理解しているのだろうか。マッケイには抽象的としか思えない表現だ。現場に立ち寄った政治家の、何の身もない訓示のように。それとも、〈ランタン〉による高次元知覚能力をある程度身につけたウォーボーグたちにとっては、具体的なインストラクションなのだろうか。

「みんな、心配しないで。私がちゃんと助けるから。怖くても漏らさないようにね」

ニーナのからかいに、兵士たちが口々にヤジを飛ばした。

「誰に向かって言ってんだ、このガキ」

「おまえこそオムツ履いてきたか？」

「何歳まで寝小便垂れてたか言ってみろ！」

ニーナはケラケラと笑う。暴力を生業《なりわい》とする連中特有の荒っぽい雰囲気を、マッケイは一度も心地いいと思ったことがないが、ニーナはすっかり馴染んで、気圧《けお》される様子もない。その気になれば全員まとめて叩きのめすことのできる実力差があってのことだろうが、マッケイが生涯決して混ざることのないであろう輪の中に、この歪な未成年の憑依体が解け込んでいるさまを目の当たりにすると、これでいいのかという疑いがいつも湧き上がってくる……。

「ミスター・マッケイ！　大丈夫？　話聞いてた？」

ニーナに呼びかけられて、マッケイは雑念を振り払う。

「ああ。〈船長〉の作った変換アダプタというのを渡してくれ」

《もう実装した》

「どこにある？　何も感じないぞ」

《然《しか》るべき入力がないから当然だ。効果を発揮したらすぐにわかるだろう。君の知覚にも進むべき道を投影する。踏み外さないよう進んでくれ》

「わかった」

「兵隊さんたち、準備はいいかしら？　じゃあ——出発しましょう！」

ニーナはそう言うと、身体の前で指先を合わせて、ぱっと離した。

何の前触れもなく、マッケイは闇の中に放り出された。

——なんだ……⁉

思わず出たはずの声が、自分の耳にも届かず消えた。視覚、聴覚、触覚、あらゆる感覚がない。暗闇の中を落ちているのか？　浮かんでいるのか？　わからない。三半規管すら麻痺している。ただ、自分の精神だけが無の中に取り残されたようだった。捕虜を弱らせるために目隠しとイヤーマフをつけて放置する、感覚剝奪《はくだつ》という尋問手法があるが、それがどんなに効果的か、いまマッケイは己の身で思い知っていた。

パニックのあまり絶叫しそうになったそのとき、暗闇にふっと光のスポットが現れた。青く燃える裸足の足跡だ。

――ニーナ。

《辿《たど》りたまえ》

無の中に立ち現れた気配は〈船長〉のものに違いない。だが、これまでマッケイが回線越しに抱いていた気弱な印象とはまったく異なり、とてつもなく大きな、非人間的な存在感があった。ひとつの山ほどもある、得体の知れない機械の塊が、暗闇の中に聳《そび》え立っているようだ。

《変換アダプタが起動しているはずだ。これから徐々に入力が増えていく。情報に溺《おぼ》れそうになったら、ニーナの後を追うことだけに集中したまえ。ある程度はサポートできるが、最終的には君自身が努力するしかない。幸運を祈る》

燃える足跡が遠ざかっていく。マッケイは慌ててその後を追おうとした。身体の感覚がないため、夢の中にいるかのようにもどかしい。それでも進むことはできているらしく、点々と続く青い炎に、少しずつ視点が近づいていく。

ニーナの足跡しか存在しなかった暗闇の中に、別のものが生じた。オレンジ色の光点が、同色の線で繋がっている。どれもマッケイよりも大きく、何かの生き物の関節や身体の先端部分を連結したような構造に見えた。何十体もいる。

少し観察して、マッケイは気付いた。これはテキーラガンナー分隊の連中だ。ウォーボーグたちの動きが、点と線でマッケイの視覚に投影されているのだ。

ただ、すべてが人型をしているわけではなかった。ウォーボーグたちの身体は大きく、人間の標準的な体格から逸脱してはいるが、基本的な構造は変わらない。しかしここに抽出された動きは、明らかに元々の身体動作からはみ出していた。ある者は野獣のような、またある者は昆虫のような。鳥のように浮かぶ動きもあれば、水生動物を思わせる、流れるような動きもあった。

——俺の部隊はこんな動物園だったのか？

マッケイの思いを察したように、〈船長〉が言った。

《知覚が拡張されれば動きも変わる。兵士たちの動きは〈ランタン〉によって高次元方向に拡張された。それぞれの個体で認識の形状が異なるため、拡張された構造にも若干の差が生まれる。高次元から俯瞰すればそれほどの違いではないが、元の次元に知覚を固定された君からは大きく違うように感じられるのだろう》

一見ばらばらに思えるそれらの動きには、全体に通底するパターンがあるようだった。その正体がマッケイには不明だったが、不意に暗闇が晴れ、周囲に新たな情報が増えたことで意味がわかるようになった。

途方もなく大きなものが、周りで動いている。マッケイが認識したのは、幾何学的形状の立体だった。一つ一つが世界そのものと同じほど大きい、球体や直方体や多面体、その他もっと複雑な形の立体が、触れられそうなほど近くで、音もなく回転している。マッケイたちはその合間を移動しているのだ。巨大な歯車の隙間を、すり潰されないように通り抜けるような、紙一重《ひとえ》の動きで。

《立ち止まるな。動き続けろ。ただニーナの足跡を追え》

〈船長〉の言葉に我に返る。青い足跡と、それに付き従うオレンジ色の異形《いぎょう》たち。一歩踏み外せば歯車に巻き込まれる、死と隣り合わせのパレードに、マッケイはなかば呆然としながらもついていった。

《目的地に近づく。現実の様相が見えるようになるかもしれないが、惑わされずに進みたまえ》

〈船長〉の言葉と同時に、流れ込む情報が一気に増えた。

幾何学的立体の山脈の表面に、無数の情景の断片が貼り付いていた。巨大な宝石の中から外を見ているかのようだ。その一つ一つに、奇怪なものが映し出されていた。

地上からのサーチライトを浴びながら、マンハッタンの上空を横切っていく全翼機。ジャンボジェットよりも大きなサイズで、翼に列を成す丸窓から光が漏れている。

フロリダの海辺に立つロケットの発射台。天を突くサターンVロケットの機首に、扁平《へんぺい》な楔形《くさびがた》をした宇宙機が搭載されている。機体の背中に並んでいるのはどうやらミサイルだ。

カナダとの国境に築かれた高い障壁。カナダ側をパトロールしていた装甲車と兵士が、ホールドアップした越境者を取り囲んでいる。

テーマパークらしい大規模な施設。園内に立ち並ぶ建物はコンクリートが剝き出しのブルータル様式で、たくさんの来園者がくぐっていくゲートには〈ＣＩＡランド〉とあった。廃墟と化したデトロイトの街路を歩くクマ。粉雪に薄く覆われたアスファルトに印されているのは、人ではなく獣《けもの》の足跡だけだ。

――これは本当に、いま起こっていることか？　加速度的におかしくなってる気がするんだが……。

半信半疑のマッケイの思考に、〈船長〉が答える。

《君が見ている改変の大半は実際に起こっている。元の現実から逸脱していくと、より「あり得ない」現実の蓋然《がいぜん》性が高まり、より改変が容易になることで、指数関数的に改変が進行する》

――ソビエトが攻めてきた時点で充分あり得ないことだったがな……。いったいどうなっちまうんだ、この国は？

《改変のプロセスは既に破局的な段階を迎えている。我々が基地を離れ、空中にいる間に、地上ではかなりの攻撃が顕在《けんざい》化していたと考えられる。影響の及ぶ範囲は「この国」だけではなくなっている。事態がこのまま進めば、互いに矛盾するような現実が斑《まだら》状に分布する混沌とした状況が惑星規模で展開したのち、徐々に打ち消し合って平衡するプロセスが、エン

トロピーが最大になるまで続く》

——つまり？

《わかりやすく言うなら、この惑星の文明は壊滅するだろう》

それまで辿ってきた隘路《あいろ》の先に、突然、道が開けた。次元と次元が噛み合う歯車の隙間からこぼれ落ちるように、マッケイたちは元の次元に帰還した。足の下に地面を感じたと思う暇もなく、マッケイは膝を突いて嘔吐した。

頭を摑んで振り回されているような目眩《めまい》に、しばらくうずくまるしかできなかった。ようやく顔を上げられるほど回復して、マッケイはよろよろと立ち上がった。

「ここは……」

建物の屋上だった。見覚えがある五角形の構造、すると、どうもここは国防総省——ペンタゴンのビルのようだ。何度も来たことのある建物にもかかわらず、すぐにそれとわからなかったのは、五角形の建物が外側に向かって増築され、フラクタル図形のパノプティコンとでも言うべき入り組んだ形に拡張されていたからだ。

ということは、オクラホマからワシントンDCまで一千マイル以上飛んだことになる。ウォーボーグたちにとっても過酷な旅だったと見えて、何人もの兵士がまだ座り込んでいた。

ニーナは一人まっすぐ立って、南西の方角を見つめている。

《チェルノボグは百八十秒後に到達する》

「先回りできたか。少佐、行けるか？」

オブライエンが頷く。

「行けます。火力が乏《とぼ》しいことはいかんともしがたいですが」

重火器の詰め合わせ、〈コールドアイアン・ストライクパッケージ〉はスーパーギャラクシーの機内に置かれたままだ。いま使えるのは手持ちの小火器しかない。

「わかった。多少はかき集められると思う」

「あなたがですか？」

「俺の権限がまだ残っていればだがな」

マッケイは電子戦担当のブーボーに指示しながら、改変された現実の中で自分の権限を探り始めた。

「プロトコルが違う……データベース構造も前に見たときと全然違います、こりゃ大変だ」

「必要な情報は一から探した方が早いな。クラックするつもりでやってくれ」

「国防総省のシステムをですか？　簡単に言ってくれますね」

そう言いながらも、ブーボーは立ったまま空中に指を走らせている。操作しているインターフェースはマッケイの目には見えない。

「セキュリティ用の狙撃ドローンが使えます。これは現実改変前にも見たことがあるやつだ」

「憑依体相手には、ないよりマシという程度だな」

「武装の口径はそれなりですよ。当たるかはともかく」

「他には？」

「建物に隠された対空用のランチャーと……レーザーがあります。どこからタレットが出るんだこれは……？」

　百八十秒という時間はとても充分とは言えなかったが、部隊員が高次元酔いから立ち直る猶予にはなったようだ。オブライエンとパンゴリンが部下たちの間を歩き回り、指示を飛ばしている。手持ちの兵器は部隊の標準装備の、ライフルとグレネードランチャーが一体化した個人戦闘火器《OICW》だけだが、全員〈ランタン〉を収納せずに展開したままにしているところを見ると、最初から〈歩法〉による戦闘を前提にしているようだ。ニーナと〈船長〉の指導で部隊が訓練を重ねているとは聞いていたが、マッケイが高次元戦闘の実戦に立ち会うのは初めてだ。

「来たわ」

　ニーナがぽつりと言った。

　大気を切り裂くジェット機のような轟音《ごうおん》が、次第に近づいてくる。

　その音が最高潮に達したかと思うと、不意に消失した。

　訪れた静寂の中、夜空から、人の姿の悪神が舞い降りてくる。

「おやおや……？　なんでここにいるんだい？」

意外そうに口にしたチェルノボグを見上げて、ニーナが答える。

「言うまでもないわ。あなたをぶっ倒すためよ、チェルノボグ！」

10

「いや、驚いたな。先を越されるとは思わなかった」

チェルノボグが拍手をする。声ににじむ驚きは嘘ではなさそうだ。

「よく見たら、ニーナ先生とおつきの騎士団だけじゃなくて、生身の人間までいるじゃないか。ついてくるの、大変だったんじゃないのかな？　えーと、君、なんと言ったっけ……そうだ、マッケイ君だ。悪いね、歳を取ると物忘れが多くて」

マッケイは気にしなかった。敵に軽く見られている方が長生きできる。

ふたたび轟音が接近し、衝撃波で大気を震わせながら、上空にカミラが現れた。

「カミラ！　無事か？」

先手を打って、マッケイは名を呼んだ。短い沈黙があって、回線越しに返事が来る。

《私は無事だが――どうやってここに？》

チェルノボグと同じことを訊くカミラには答えず、マッケイは言った。

「状況を説明してくれ」

《交戦を何度か試みたが、躱《かわ》された。これから全力で慈悲を与えようと思っていたが……》

考える隙を与えまいと、マッケイはまくしたてた。

「おまえが勝手に部隊を離れたことは問題だが、俺の命令で敵を追跡したということにする。よくやった」

《何を言っている……?》

「来るのに手間取って悪かった。俺たちが支援する。機会を逃さず死をぶち込んでやれ」

疑いに満ちた声で、カミラが訊いた。

《私に対して何か企《たくら》んでいるか、マッケイ?》

「俺が謀《はか》りごとをするのは敵に対してだけだ」

一拍おいて、何が面白かったのか、カミラの忍び笑いが聞こえてきた。

チェルノボグが考え込むように言う。

「ふーむ……。ただ先回りしたかったというわけではなさそうだね? もしかして、カミラ君を止めたかったのかな。君たちとカミラ君との間には緊張関係があるようだからね。なにしろ彼女は――」

「カミラは私の友達よ。悪く言ったら許さないから」

ニーナがきっぱりとした口調で、チェルノボグの言葉を遮った。

「どっちみち、許すつもりなんかないけどね！」

「勇ましいお嬢さんだ」

「褒め言葉は要らないわ。言わせてもらうけど、あなたはクソジジイよ」

「言葉遣いが悪いぞ、ニーナ」

オブライエンが咎《とが》めてから、付け加える。

「だが、今日くらいはいいだろう」

「あら。ありがとう、少佐」

取り澄まして礼を言ったニーナの足が青く燃え、その身がふわりと浮かび上がった。マッケイはブーボーに訊ねる。

「状況は？」

「使える限りのものはオンラインにしました。ペンタゴンの職員を説得している暇がないので、完全にクラッキングですが……」

「よし――」

ひとつ息を吸って、マッケイは言った。

「全員、攻撃開始」

青く輝く矢のように、ニーナがチェルノボグに向かってまっすぐに突進する。

同時に、ウォーボーグたちの半数が射撃を開始した。残りの半数は、その場でゆっくりと

した複雑なステップを踏み始めた。マーシャルアーツの演武のようだ。その動きにつれて、彼ら〝バックダンサー〟の周囲の空間が歪んで見える。〈歩法〉を用いた攻撃なのか、防御なのか——どちらにしてもマッケイには理解できない。

ニーナとチェルノボグは上空で戦闘機のようなドッグファイトを繰り広げていたが、めまぐるしいその動きにも、念入りに振り付けられたダンスのようなパターンが見られた。ときおりパターンが途切れ、どちらかの動きが目に見えて崩れる。するとそこから新しいパターンが始まり、続いていく。三次元宇宙に投影された高次元戦闘だ。

「おまえたちが来たのは、結果的にはよかった」

いきなり隣から声を掛けられて、マッケイは跳び上がりそうになった。いつの間にか、カミラがすぐそこに立っていた。

「そ……そうか?」

「私ひとりでは、奴を仕留《しと》めるのに手間取っただろう。最終的にはリダイレクトとやらが飽和するまで攻撃するつもりだったから、かなり時間が掛かったはずだ」

マッケイが恐れたとおりの思惑を語りながら、カミラは上空の戦闘を目で追っている。

「しかしこうして、タイミングを見計らって横合いから死を投げてやると——」

チェルノボグが、それまでのパターンから逸脱して、がくりと急角度で落下する。すぐに別の動きに移行するが、ニーナの青い軌跡が容赦なく距離を詰めていく。

「――奴を的確に邪魔することができる」

「今、攻撃したのか？」

「三十回は試みている。奴も苛立っているだろうな」

ドクロのペイントをした顔が忍び笑いに歪《ゆが》む。

「カミラ、前々から思っていたんだが――」

「ほう、何だ？」

「おまえ、死は慈悲だとか言いつつ、ムカつくやつをぶっ殺すとなると楽しそうだよな」

カミラは目を細めてマッケイを見返した。

「私にも感情はある。おまえはいつも忘れているようだが」

「陰謀論者に猜疑心以外の心があるとは知らなかったよ」

「猜疑心についてはＣＩＡの方がスペシャリストだろうに」

カミラはそう嘲笑《あざわら》って、ぐるりとあたりを見渡した。

「指揮官殿はお暇なようだな。兵士たちが戦っている間、ここに突っ立っているだけか？」

マッケイは首を横に振る。

「俺の仕事は半分がた終わったよ。ケース・オフィサーの領分は計画と準備と後始末だ。こんな現場に立ってるのがそもそもおかしい」

「なるほどな。いつも安全な場所で悪巧みをしているわけか」

「なんとでも言え。そういう役割だ」

〈死の聖母〉と険悪な立ち話をしている間にも、上空の戦闘は激しさを増していた。

ブーボーの指揮下に入ったペンタゴンの防空システムが稼働し、屋根からせり上がった航空機迎撃用のミサイルランチャーが次々と発射される。首都上空の夜空に、数十機のミサイルが白く煙の尾を曳《ひ》いた。

ミサイル回避のために高度を下げたチェルノボグに向かって、屋上や壁面に掴まった狙撃ドローンが発砲する。大口径の対物ライフルに六本の脚が生えた、ナナフシに似たシンプルな作りをしている。移動と射角調整が半自動化されたこのドローンは、もともとマッケイも馴染みのあるツールだった。

一方で、ドローン迎撃用のレーザータレットには度肝を抜かれた。ブーボーがペンタゴンの増築部分から見つけ出したこのシステムは、ガーゴイルのように屋根に設置された歴代CIA長官の石像の目からレーザーを照射するのだった。名前も知らない昔の長官の首が、排熱で湯気を立ち上らせながら、チェルノボグを追尾してぐるぐる回っている。

下から見ている分には、優勢のようだ。マッケイは密かに胸を撫で下ろす。そうでなくては困る。チェルノボグは、ニーナやカミラではなくまず部隊の乗った輸送機を落とそうとした。その前の攻撃は、部隊の基地を狙っていた。それに思い当たって、敵が潰したがっているのは憑依体と人間との連携だと気付いた。

現実改変による混乱で部隊のサポート態勢を破壊し、憑依体を引き離して各個撃破という筋書きだったのだろう。マッケイたちが先回りして現れたのは、チェルノボグにとっては誤算だったはずだ。

――〈教授〉だかなんだか知らんが、本職相手に安い策を仕掛けやがって。

マッケイは内心で毒づく。安い策だとしても、ギリギリの線で挽回できたのは奇跡だ。それがわかっているだけに腹立ちも倍だった。

「ミサイルが尽きました。狙撃ドローンの弾丸も空《から》です」

ブーボーが報告する。

「まずいな。〈船長〉、このまま押し切れるか?」

《決め手に欠ける。火力不足だ、こちらが優勢だが制圧しきれない》

折しもレーザータレットも熱で動かなくなり、長官たちの首が煙を上げながらうなだれた。

戦場に不意の静寂が流れる。

「ふう、いやあ、危なかった。やはり近代兵器を甘く見てはいけないね」

ニーナから一定の距離を取って移動しながら、チェルノボグが言う。

「冷や汗をかいたよ。若返ったからといって、つい調子に乗ってしまった。だが、君たちの負けだ」

「何を言ってるのかしら。負けてないわよ」

「いやいや、僕たちが丁々発止《ちょうちょうはっし》やりあっている間も、現実改変攻撃はずっと続いていたからね。ニーナ君もカミラ君もアメリカ人じゃないからどうでもいいかもしれないが、お付きの諸君は気が気じゃないと思うよ」

満足げに微笑《ほほえ》んで、チェルノボグはあたりを見回す。首都には緊急車輌のサイレンが鳴り響き、あちこちから煙が立ち上っている。目標を外れたミサイルが落ちたのか、あるいは現実改変の影響か。

「おお……。見てごらん、あれを」

チェルノボグが東の空を指し示す。ワシントンの街並みの向こう、雲間で何かがチカチカと光っているのが見えた。

「何だ？」

マッケイは目をすがめるが、人間の目では何もわからない。

「ソビエトから西回りの爆撃機編隊が来たようだ。東西に分かれてアメリカに侵攻する計画だったようだね。この次元に顕現《けんげん》しているのは、断片的な可能性のパッチワークにすぎないが……そんな可能性があり得た現実は、いったいどんな世界だったのだろうか」

チェルノボグは腕時計を見るような仕草をして言った。

「名残惜《なごりお》しいが、そろそろ僕は失礼しよう。総掛かりで追い回されて、さすがに疲れたよ。騎士団諸君は弾切れのようだが、ニーナ君とカミラ君の二人にやられ続けては、僕のような年寄りにはきつい」

　チェルノボグが気取った仕草で一礼する。

「さらば、アメリカの諸君。君たちの祖国は着実に廃墟になりつつあるが、なに、君たちはまだ若いからね。くじけず頑張ってくれたまえ」

「逃がすな！」

　マッケイは怒鳴った。面白そうにチェルノボグが見下ろしてくる。

《追うことはできるが――》

「ここで無力化しろ。逃がしたら終わりだぞ」

《策があるなら聞こう》

〈船長〉に意見を求められて、マッケイは笑い出しそうになった。自分の頭脳と決断に、あまりにも大きなものが懸かっている。

　現状使用できる材料は、誘導ミサイル……衛星からの攻撃……艦砲射撃……他国からの弾道ミサイル……核……。

　だめだ、何の兵器を使うにしても、指揮系統が破壊されている。今この場で使える手段でなくては意味がない。そんな手段が……、

　――ある！

「〈船長〉！　次元の狭間だ！」

《また追跡するということか？》

「逆だ。俺たちが通ってきた狭い通路に、奴を叩き込んでやれ！」

わずかな沈黙の後、〈船長〉が言った。

《理解した。ニーナ、カミラ、高次元通路を開く。敵をそこへ誘導してほしい》

「あ……そういうこと？　わかったけど、ちょっと……エグいわね」

「私もやるのか？」

他人事のような態度のカミラに、マッケイは怒鳴った。

「ニーナが働いてるんだ、グダグダぬかしてないで手伝え！」

カミラは毛ほども動じる様子がなかったが、肩をすくめて答えた。

「まあ、いいだろう」

ニーナは既に回り込み、離脱しようとするチェルノボグを妨害していた。

「しつこいな。ここでやりあっても千日手だよ。疲れるからやりたくないとは言ったが、続けようと思えば続けられるんだ。それで困るのは君たちの方じゃないのかい？」

まるで自分が被害者であるかのような、迷惑そうな口調のチェルノボグに、ニーナが言った。

「本音を言うと、こんなことしたくないのだけれど」

「うん？」

「グロそうだし……」

「何の話だい？」

ニーナが身体の前で指先を合わせて、ぱっと離した。

チェルノボグの背後の空間が裂けて、通路が開く。変換アダプタの機能で、今度はマッケイの目にも見えた。通路と言っても、次元の狭間という表現に相応《ふさわ》しく、恐ろしく狭い。通路の周囲の次元が、超越的なサイズの歯車のように嚙み合って、動き続けている。

「これはいったい……？」

チェルノボグが空中で振り返ったとき、マッケイの隣で、カミラが黙って指を差した。

指の先のチェルノボグが、風に押されたように、ほんの少しだけ動いた。

高次元通路の方へ。

「しまった！　これは、そういうことか――」

チェルノボグの身体が一瞬で吸い込まれる。

巨大な肉挽《ひ》き機に巻き込まれたように、存在そのものが歪み、挟まれ、高次元の歯車によってみるみるうちに引きちぎられていく。その様子を、マッケイははっきりと見ることができた。皮膚が破れぬままに裏返り、肉があらゆる方向に弾け、内臓が何千通りもの方法で同時に分割される。憑依体が、生きながらに腑分《ふわ》けされていく。

植物の根のような白い光が、別次元から、人間の肉体の隅々まで根を張っている。それが

〈教授〉なのだろう。憑依した人間と同時に、異星の知性体もズタズタに引き裂かれていった。耳にしたと思った凄まじい悲鳴がどちらのものか、マッケイには判別がつかなかった。

パン！　とニーナが手を叩いた。

何もなかったように通路が閉じる。

——それで終わりだった。

呆然としているマッケイの前に、ニーナが降下してきた。

「うえっ。やっぱりグロかったわ」

舌を出して嘆くニーナに、カミラがうっすらと笑いかける。

「せいせいしたな」

「しないよぉ。食欲なくなっちゃったわ」

「これで……終わりか？　本当に？」

半信半疑でマッケイは訊ねた。

《我々がここに到着したときの反応からして、チェルノボグと〈教授〉は我々の用いた移動手段を知らなかったようだ。対策の立てようがない》

「じゃあ、とりあえずあいつはもう生きてないってことか？」

《無力化できたと考えていいだろう》

「はっきり言ってくれ、奴は死んだのか？」

回りくどい言い方に業《ごう》を煮やして、マッケイは言った。〈船長〉が答える。

《その理解で正しい》

ウオーッ、と獣のような歓声を上げるウォーボーグたちを背に、マッケイは手で顔を拭《ぬぐ》ってため息をついた。それから、ほとんど期待せずに訊ねる。

「現実改変攻撃はどうなった？　止まったか？」

《止まる理由がない。月の演算装置は稼働中だろう》

マッケイはもう一度ため息をつく。

「だと思った……。次はそっちを解決する算段を考えなきゃな」

「私、行ってこようか？」

ニーナが手を挙げて言った。

「月にか？」

「私だけなら気が楽だし、さっきのワープを使えばいいわ。地球の外に出てからならもっと簡単っぽいの」

《その通りだ。空間のポテンシャルが低い宇宙空間では、高次元通路の危険性が減少する》

「本当に大丈夫か？」

オブライエンが訊ねるのに、ニーナは不敵な笑みを浮かべて答えた。

「鉛《なまり》の兵隊さんたちは、悪いけど足手まといだから」

「言ったな？」

「ごめんね、少佐。嘘はつけないもの」

何度も同じようなやりとりをしてきたのだろう。ニーナはかぶりを振って言った。

「だいいち、みんなは月まで行けないでしょう。ロケットなんか持ってないんだし」

「それはそうだが……」

「心配ないわ。ぱっと行って壊して、寄り道せずに戻ってくるから」

オブライエンを宥《なだ》めるように、何でもないような口調でニーナが言った。

「〈船長〉、ダメ元で訊くが……壊すだけしかできないのか？　元の世界に戻す方法は？」

マッケイの問いに、〈船長〉が答えた。

《改変前の状態がバックアップされている可能性はないこともない。ロールバックができるかもしれないが……》

「おい、本当か⁉　だったら――」

《あくまで可能性があるだけだ。その場合もあくまで現在の状況を再改変することになるから、既に起こった事実は変えられないだろう》

「……あまり期待しない方がよさそうだな。厄介なことになったもんだ」

ぼやくマッケイの前で、ニーナがふたたび宙に浮き上がった。

「それじゃ、ちょっと行ってくるわね。カミラは兵隊さんたちのそばにいてあげて」

「一緒に行かなくていいのか?」

「きっとこっちで必要だから。ソビエトの爆撃機を放っておくわけにもいかないでしょ。他にもきっと、たくさんトラブルが起こるだろうし。役割分担よ。いい子にしててね!」

そう言うと、ニーナは一気に加速して空へと舞い上がった。

見る見るうちに遠くなる青い航跡を見上げていると、パンゴリンが呟いた。

「あの子がああやって飛んでいくのを何度も見送ってる。俺らよりよっぽど強い子だとわかっていても、そのたびに無事を祈っちまいますよ」

マッケイはそこまで感傷的にはなれなかった。ぼんやりと、このめちゃくちゃになった世界はどこまで元に戻るのだろうか、もし事態が落ち着いたら、やはり公聴会に呼び出されて、いろいろな責任を追及されるのだろうかと考えていた。

長官たちはどうしているだろうか、そもそも、この現実にいるのだろうか。

今までマッケイは、公聴会で血祭りに上げられそうになったらとっとと高飛びしようとしか思っていなかった。なのに今は、そんな真似をしたらニーナの教育に悪いのではないかという考えが浮かんでくる。マッケイは密かに動揺し、それを振り払うように声を張り上げた。

「よし、休んでる暇はないぞ。少佐! 憑依体以外にどんな敵がいるのかわからん、まず態勢を整える必要がある。移動手段を確保して、連携できる味方を探せ。置いてきたスーパーギャラクシーの回収も手配しろ」

「了解しました」

「カミラは我々と一緒に行動しろ。勝手にどこかへ行くなよ」

「いいだろう。ニーナがそう言ったからな」

「よし。行動開始！」

慌ただしく動き始める兵士たちを背に、マッケイは大統領へ電話をかける。まだこのホットラインが有効なのか、大統領は無事なのか、マッケイの知っている大統領のままなのか
——何一つわからないままに。

呼び出し音を聞きながら、マッケイはもう一度空を見上げた。ニーナの航跡は既に遠ざかり、ただ東の空に、星と見紛《みまが》う青い光が輝いていた。

単行本版あとがき

※本編の展開に触れているのでご注意ください。

■神々の歩法

なんと敵役エフゲニー・ウルマノフの出自が「ウクライナの農夫」である。なぜウクライナだったのかは、チェルノブイリを舞台にした『S.T.A.L.K.E.R. Shadow of Chernobyl』が、筆者の魂のゲームだという、ごく個人的な理由にすぎなかった（開発元のGSC Game World もウクライナの会社）。

ご存じの通り、二〇二二年二月末、ウクライナはロシアの侵略を受けた。今では読者が「ウクライナの農夫」からイメージするのは、農業用トラクターでロシアの軍用車輌を鹵獲《ろかく》して曳《ひ》いていく姿であろう。意図しない文脈が生じてしまったが、変更はせず、基本的に発表時と変わらない形で収録している。

なおニーナがチェコ人なのは、子供のころ読んだ菊地秀行《きくちひでゆき》〈魔界都市ブルース〉シリーズで「チェコ随一の魔法使い」ガレーン・ヌーレンブルクに出逢って以来、チェコに対する漠然とした憧れがあったからという、これまた個人的な理由であった。

砂漠化した北京を舞台にしたのは、だいぶ以前、中国の砂漠化が進み、北京のすぐ近くまで迫っているという報道を見たのがきっかけだった。紫禁城の面積は七十二万平方メートルだが、この短編が最初に出版された際は「七十二万平方キロメートル」と誤記してしまい、日本が二つ入りそうな広さを持つ超巨大紫禁城が密《ひそ》かに生まれていた。

「発狂した異星人が降ってくる」というアイデアは、友人のゲームデザイナー齋藤高吉《さいとうたかよし》のTRPG『墜落世界』がオリジンである。次から次へと宇宙船が落ちてくる惑星でその残骸をサルベージするゲームで、墜落船の生存者はなぜか例外なく発狂している、という設定がかっこよすぎて悔しかったので、自分ならどう書くかと考えた結果こうなった。G・R・R・マーティンの〈ワイルド・カード〉シリーズの影響もあったと思う。

著者解題もやりすぎると無粋ではあるが、もう一つだけ、自分で言わないと誰もわからないだろうオマージュ元も明かしておく。エフゲニー・ウルマノフが「最初の一撃の権利を与える」のは、一九八九年に社会思想社から出ていたゲーム誌〈ウォーロック〉26号に翻訳掲載された、ケン・セント・アンドレ「カザンの戦士たち」が元になっている。この作品は、これまた筆者の魂のゲームの一つであるTRPG『トンネルズ&トロールズ』を原作とする小説だ。作中、最後の敵として出てくるバルログ（『指輪物語』のあのバルログ）の「定命の者にたいし、最初に攻撃を許す」という習癖がなぜか好きで、実は他の作品でも二回オマージュしている。どれだけ好きなんだという話である。

この短編には筆者の血肉となった先行作品の要素が随所に顔を覗かせており、言い換えれば非常に「若い」作品でもある。原型はデビューのずっと前に書いたものだが、かなりの部分がそのままの形で残っている。なので、これで第六回創元ＳＦ短編賞をいただいたときには、既《すで》にライトノベルでデビューして数年が経っていたが、時間を遡《さかのぼ》ってデビューし直した感があった。

■草原のサンタ・ムエルテ

最後に極超音速滑空体が飛来するが、これはロシアのウクライナ侵攻に際して使用が報じられた「極超音速ミサイル」（と称する空中発射型の短距離弾道ミサイル）とは別物の、まだ実用化されていない、構想段階の兵器である。今後のロシアがこの種のハイテク兵器を実際に開発、維持、運用できるのかについては極めて疑わしいことが今回の戦争で明らかになったため、現状では二重の意味で架空兵器と言える。その一方で、いくらなんでも隣国に対してこれほど強引な手段を用いるだろうかと執筆当時は迷いながら書いたのだが、結果的にはリアリティが裏付けられる形になってしまった。

日本を舞台にしたガンアクションを書きたい作家にとって、銃器の扱いは悩ましいところだが、本作中での日米地位協定を用いたギミックはちょっとした発明ではないだろうか。便利なアイデアだと思うので、ご自由に使っていただいて構わない。本当に？

■エレファントな宇宙

コンゴを舞台にしたきっかけは、田中真知《たなかまち》『たまたまザイール、またコンゴ』が面白かったからで、オナトラ船（複数の艀《はしけ》を連結した長大な川船）を出したかったはずが、結局入れる余地がなくなってしまった。代わりと言ってはなんだが、河川砲艦が出せたのでよかった。

これも直接の参考文献というわけではないが、仏教寺院が出てくるのは、上野庸平《うえのようへい》『ルポ アフリカに進出する日本の新宗教』からの発想である。

■レッド・ムーン・ライジング

本書のための書き下ろしである。ロシアからアメリカを侵略しに来た時代錯誤的な帝国主義者を敵役にしようというのは、最初からの予定だった。途中まで書いたところで本当にロシアの帝国主義者がウクライナに侵攻してしまったので、これは控えめな表現であるが、もう本当にどうしようかと思った。

結果的には、完全にはご破算にせずに書き進めたが、想定していたアイデアのいくつかは使えなくなり、筋書き的にも大きな改造を余儀《よぎ》なくされた。成功したかどうかの判断は、読者の目に委《ゆだ》ねるしかない。

言うまでもなく（そう願いたい）、筆者はロシアの侵攻と、ロシアの指導者層が弄《ろう》する不実な言葉を非難する。ウクライナに平和が戻り、大切なものを失った人々の傷が少しでも癒える日が来ることを祈る。

二〇二二年　六月　宮澤伊織

文庫版追記

単行本発売から二年を経て文庫版が出ることとなった。二年経ってもロシアのウクライナ侵略戦争は終わっていないし、イスラエルのハマスに対する攻撃はガザ地区へのジェノサイドの様相を呈している。ミリタリー作品がエンタメとして成り立つのは平和あってのことだ。一日も早く占領地から手を引き、市民を殺すのをやめるよう望む。

このシリーズには共通して、裏テーマ……というほど大袈裟なものではないが、毎回何かしら「日本要素」を入れようと試みていた。二話目は日本が舞台なのでそのままだが、一話目はアニメ、三話目はアフリカに浸透した日本の仏教系新宗教、四話目は風船爆弾とオウム真理教がそれに当たる。アメリカ軍の特殊部隊が世界中を飛び回るという、日本人読者からはだいぶ「遠い」設定のシリーズなので、作中で急に距離が近くなる瞬間があると面白いのではないかと思ったのである。

文庫化に当たって、カバーイラスト・挿絵を窓口基《まどぐちもと》さんに描いていただいている。最初はカバーイラストだけの予定が、発注したわけでもない作中シーンのラフを何枚も一緒に送ってくださって、それが素晴らしかったので、ぜひ挿絵もお願いしましょう！　と言ってみたらOKが出て喜んだ。昔から挿絵のあるSF小説が大好きなので、常々もっと増えてほしいと思っている。
電子書籍として単話販売された表題作「神々の歩法」から引き続き、単行本版のカバーイラストを子供のころから憧れていた加藤直之《かとうなおゆき》さんに描いていただけたのも望外の幸せだったし、いつか一緒にお仕事ができたらと思っていた窓口基さんに文庫版のイラストを担当していただけたのもとても嬉しい。ありがとうございました。

二〇二四年　九月　　宮澤伊織

解説

堺　三保

地球は突如、未知の脅威に晒《さら》されることとなった。宇宙から飛来した高次元生命体に憑依《ひょうい》され、超人的な力を手に入れると共に心を病んだ人間が、凶暴な破壊行為を行い始めたのだ。アメリカはこれに対抗して戦争サイボーグだけで構成された特殊部隊を派遣するも、敵のあまりにも常識外れな力に翻弄される。だが、彼らの前に一人の少女、ニーナが現れ、救いの手を差し伸べる。彼女もまた宇宙から訪れた存在に憑依され、超人化していたのだが、幸運にも正気を保っていたのだった……。

というところから始まる本書『神々の歩法』は、二〇一五年の第六回創元ＳＦ短編賞受賞作である同題の短編「神々の歩法」を第一話とする連作長編で、次々に現れる超常的な力を持つ敵を相手に悪戦苦闘するニーナと米軍特殊部隊の戦いを描いたアクションＳＦである。

本書の最大の読みどころは、これら各話に登場する敵キャラクターのとんでもない「能力」と、それをニーナたちがいかにして撃破するかという「作戦」の妙にある。この「能力」の部分のSF的奇想と、「作戦」の部分の論理性、そして逆転の快感こそが、本書のおもしろさなのだ。

個々のエピソードにおける敵の「能力」については、読者諸氏の楽しみを削《そ》いでしまうことになるのであまり具体的には書かないでおくが、話数が進むにつれ、そのスケールが増大、SF度が高くなっていくところが実に良い。なにせ、単純な物理的破壊力から始まって、だんだんエスカレートしていき、ついには世界そのものを変容するような恐ろしい力が登場するようになるのだから。

もちろん、それに対抗する側の「作戦」のアイデアも秀逸で、特に第四話では敵の探索から攻略へと、それまでの伏線を生かした「作戦」が矢継ぎ早に展開、我々読者を楽しませてくれる。敵が圧倒的な超常能力で迫るのに対して、限定的な超能力しか持たないニーナとあくまでも物理的な攻撃しかできない特殊部隊とが、知恵を絞《しぼ》って作戦を立案、逆転しようとするところが実におもしろい。

この、敵味方による攻防戦のリーダビリティを支えているのは、描写のリアリティの高さなのだが、そこには作者の広範で深い科学、軍事、そしてSFやファンタジーの知識が垣間見える。

作者である宮澤《みやざわ》伊織は、元々はゲーム等の制作・開発を行っている会社、冒険企画局に「魚蹴《うおけり》」という名義で所属しているゲーム・クリエイターである。

小説家としては二〇一一年に〈僕の魔剣が、うるさい件について〉シリーズ（KADOKAWA）でデビュー。二〇一七年から刊行が始まった〈裏世界ピクニック〉シリーズ（早川書房）はすでに九巻を数えており、宮澤の代表作となっているのだが、この二つのシリーズは、それぞれ宮澤の作風をよく表している。

『僕の魔剣が、うるさい件について』は、意志を持つ魔剣という異世界ファンタジーのある種定番的なアイテムが、やたらとたくさん出てくるコミカルな作品なのだが、SFファンにだけわかるお遊びとして、これらの魔剣の名前がみな有名なSF小説のタイトルになっている。

一方、『裏世界ピクニック』は、都市伝説やネットロアといった現代の怪談を題材にした超絶不気味なホラーで、巻が進むにつれて、怪異の正体はどうやら異次元から我々の世界を覗き込んでいる何者かであることがわかってくる。異質なものとのコンタクトというSF的なテーマを含んだ、まさにコズミックホラーとでも言うべき作品として構成されているのである。

どちらのシリーズも、ファンタジーやホラーとしてしっかりと構築されていながらも、その中にSF要素を忍びこませているのだ。

単発作の『ウは宇宙ヤバイのウ!』（早川書房）や『高度に発達したラブコメは魔法と区別がつかない』（一迅社）は、タイトル自体がSFのパロディになっているし、『ときときチャンネル 宇宙飲んでみた』（東京創元社）はマッドサイエンティストの珍発明を扱うという、伝統的なSFホラ話の現代版だ（毎回の実験を動画配信するという設定になっている）。

そう、宮澤伊織はかなり重度のSFマニアなのだ。先に書いたSFやファンタジーの知識も、軍事や科学の知識も、その（良い意味での）おたく気質の産物なのだと言っても過言ではない気がする。

宮澤作品の魅力は、そういうおたく的な雑学の知識に振り回されるのではなく、それらをうまく利用して余人《よじん》には思いつかないような（SF＋ホラーやマッドサイエンティスト＋動画配信といった）組み合わせによる相乗効果を生み出しているところにある。

本書の話に戻ると、タイトルにもなっている「歩法」という設定が印象深い。これは作中で「高次元を認識しながらある一定の動きをすることで、高次元空間に干渉し、相手への攻撃が可能になる、人体の特殊な用法」であり「そのパターンに従って身体を動かすことで、この世界の外からパワーを得ている」ものだと説かれている。

この設定からSF的な要素を抜いて、「歩法」によって超常的な力を得る、という部分だけを考えると、まるで魔法のようだ。と言うより、陰陽道において邪気をはらうために行われる「禹歩《うほ》」を思わせるものだ。そう考えると、「歩法」とはSF的な要素と古来より伝わる呪術的な要素とが渾然一体となっているものに思えてくるし、それがこの「歩法」の持つ異様なイメージにぴったりと当てはまるではないか。

同じことは第二話から登場するもう一人の超常能力者、カミラにも言える。彼女は自分自身をメキシコで信仰されている〈死の聖母〉と同一視している。ここでも、SF的要素と呪術的要素とが絡み合っているのだ。

この、一見水と油のような二つの要素のマリアージュこそ、先に述べた通り宮澤作品の大きな特徴だ。本書は、コメディ要素が多い宮澤作品の中で珍しく徹頭徹尾シリアスなトーンを貫いている。だからこそこうした異質な要素を掛け合わせた結果、SF的な硬質感と呪術的な異様さとが混じり合って、よりドラマチックにストーリーを盛り上げているのだ。

さて、本書は四話目の「レッド・ムーン・ライジング」で一応の幕引きとなっているが、物語はいかようにも続けられる作りとなっている。個々の事件は解決したものの、すべての元凶たる高次元生命体の侵入は、まったくおさまっていないのだから。この先、さらなる災厄が地球を襲うであろうことは、予想するに難くない。

読者の一人としては、近い将来、ニーナたちの新たな活躍を読める日が来ることを願ってやまない。

初出一覧

神々の歩法（第六回創元ＳＦ短編賞）
　　創元ＳＦ文庫『折り紙衛星の伝説　年刊日本ＳＦ傑作選』
　　二〇一五年六月
草原のサンタ・ムエルテ　東京創元社『Genesis　一万年の午後』二〇一八年十二月
エレファントな宇宙　東京創元社『Genesis　されど星は流れる』二〇二〇年八月
レッド・ムーン・ライジング　書き下ろし

単行本
『神々の歩法』東京創元社、二〇二一年六月刊

検 印
廃 止

著者紹介 秋田県出身。2011年『僕の魔剣が、うるさい件について』でデビュー。15年、本書の表題作で第6回創元SF短編賞を受賞。他の著書に〈裏世界ピクニック〉シリーズ、『ときときチャンネル　宇宙飲んでみた』など。

神々の歩法

2024年10月31日　初版

著 者 宮《みや》 澤《ざわ》 伊《い》 織《おり》

発行所 (株) 東京創元社
代表者 渋谷健太郎

162-0814/東京都新宿区新小川町1-5
電 話 03・3268・8231-営業部
03・3268・8204-編集部
URL http://www.tsogen.co.jp
DTP キャップス
暁印刷・本間製本

乱丁・落丁本は、ご面倒ですが小社までご送付ください。送料小社負担にてお取替えいたします。

ISBN978-4-488-79801-7　C0193

第33回日本SF大賞、第1回創元SF短編賞山田正紀賞受賞

Dark beyond the Weiqi◆Yusuke Miyauchi

盤上の夜

宮内悠介

カバーイラスト＝瀬戸羽方

◆

彼女は四肢を失い、
囲碁盤を感覚器とするようになった――。
若き女流棋士の栄光をつづり
第１回創元ＳＦ短編賞山田正紀賞を受賞した
表題作にはじまる、
盤上遊戯、卓上遊戯をめぐる６つの奇蹟。
囲碁、チェッカー、麻雀、古代チェス、将棋……
対局の果てに人知を超えたものが現出する。
デビュー作ながら直木賞候補となり、
日本SF大賞を受賞した、新星の連作短編集。
解説＝冲方丁

創元SF文庫の日本SF

第1回創元SF短編賞佳作

Unknown Dog of nobody and other stories◆Haneko Takayama

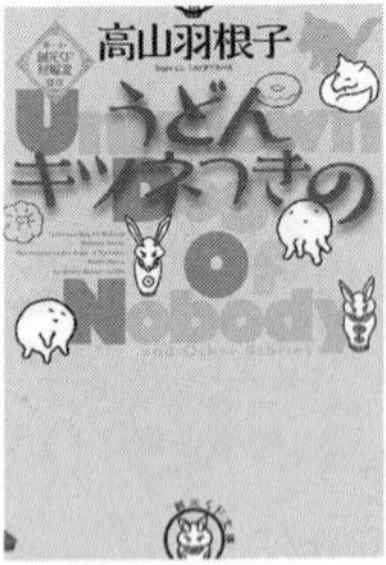

うどん キツネつきの

高山羽根子

カバーイラスト＝本気鈴

◆

パチンコ店の屋上で拾った奇妙な犬を育てる
三人姉妹の日常を繊細かつユーモラスに描いて
第1回創元SF短編佳作となった表題作をはじめ5編を収録。
新時代の感性が描く、シュールで愛しい五つの物語。
第36回日本SF大賞候補作。

収録作品＝うどん　キツネつきの，
シキ零レイ零　ミドリ荘，母のいる島，おやすみラジオ，
巨きなものの還る場所
エッセイ　「了」という名の檻褸の少女
解説＝大野万紀

創元SF文庫の日本SF

第12回創元SF短編賞受賞作収録

Good-bye, Our Perfect Summer■Rin Matsuki

射手座の香る夏

松樹 凛

カバーイラスト＝hale（はれ）

◉

意識の転送技術を濫用し、
危険で違法な〈動物乗り《ズーシフト》〉に興じる若者たち。
少女の憂鬱な夏休みにある日現れた、
９つの影をつれた男の子。
出生の〈巻き戻し〉が合法化された世界で、
過ぎ去りし夏の日の謎を追う男性。
限りなく夏が続く仮想現実世界で、
自らの身体性に思い悩む人工知性の少年少女――
夏を舞台とする四つの小説に、
青春のきらめきと痛みを巧みに閉じ込めた、
第12回創元SF短編賞受賞作にはじまるデビュー作品集。
解説＝飛 浩隆

四六判仮フランス装

創元日本SF叢書